生贄に転生したけど、美形吸血鬼様は僕の血を欲しがらない

ヴァルフィリス
「悪魔」と呼ばれる美貌の吸血鬼。
森の向こうでひとり暮らしている。
生贄として送り込まれたトアを最初
は疎ましく思っていたが……
トア
前世は孤独に生きていた日本人。
転生した世界が読んでいた
ヴァンパイアBL小説の中だと知り、
バッドエンドを回避しようとする。

ベルロード
ヴァルフィリスの叔父。冷酷無慈悲で極悪非道。幼いヴァルフィリスを一時的に預かる。
ジャミル
田舎貴族の令息。身なりは良く綺麗目に見えるが、その実は……!?
オリオド
誰からも好かれる明るい性格だが、やや短絡的なところがある。好みの女性の前では喋れない。
アンル
元気で世話焼きな狼獣人。カラッとした明るい性格で料理がうまい。早くお嫁さんが欲しい。
characters

目次

生贄に転生したけど、
美形吸血鬼様は僕の血を欲しがらない

プロローグ

　狭い部屋に押し込められるように設置された古いロッカーの前で作業着を脱ぎながら、僕――牧田都亜は、何度目かもわからないため息をついた。

　ここは鬱蒼とした山の中にある小さな小さな建設会社で、二年勤めている僕の職場だ。

　従業員はたったの十人。現場にいるのは一回り以上年上の男性ばかりで、唯一の女性である事務員は社長の奥さん。全員がこの町で生まれ育った人間ばかりという、ごく狭い世界である。

　高校卒業後、すぐに仕事を得られたのはラッキーだった。けれど、若者らしい夢を持つこともなく、恋愛に心を弾ませる機会にもいまだ恵まれていない。

　タバコの臭いが漂うロッカールームに足を踏み入れるたび、僕の脳裡には『牢獄』という言葉が浮かぶ。逃げ場のない小さな部屋は、まるで僕の人生そのものだ。

　痩せ型の僕にとって肉体労働は過酷だけれど、就職して二年が経ち、少しずつ仕事はこなせるようになってきた。きつい割に給料が安いと先輩社員たちは口々に文句を言うが、ひとりで生きていくぶんには十分な額だと思っている。

　これといって光るところもない平凡な僕が不自由なく暮らしていくには、これで十分だ。だが、このまま人生が終わってゆくのかと思うと、時折やりきれなさを感じてしまう。

着替えをしていると、荒っぽい音とともにドアが開いた。二人の大柄な先輩社員がどかどかとロッカールームに入ってきて一瞬にして部屋の密度が上がり、男の臭いが空間に充満する。

「お、お疲れ様です」

「おう、お疲れー」

愛想笑いを浮かべ、僕は先輩社員たちに背を向けた。急いで埃っぽいTシャツを脱ぎ、私服のスウェットを頭からかぶろうとしていると、不意に剥き出しの脇腹を掴まれる。

ぎょっとした僕は飛び上がり、内心「ひっ」と悲鳴を上げた。

「相変わらず細ぇなぁ、ちゃんと食ってんのかぁ？」

「食べてますよ。てかあの、触りすぎですって」

五十がらみの先輩社員たちが、ふざけた調子で脇腹を揉んでくる。

不愉快さが顔から滲み出そうになるのをなんとか堪え、僕は愛想笑いを見せつつ身をかわした。

「よし！　今日も奢ってやる。飯食いに行くぞ」

「いや……大丈夫です。昨日も行ったばっかだし、悪いんで」

「まぁまぁ、遠慮すんなって！　今日は特別に、カワイイ女の子がいるところに連れてってやっから！　な？　お前もそろそろ女、欲しいだろ」

「カワイイ女の子、ですか……」

「なんだよ、行くだろ？　楽しいぞ～？」

「あ、あはは……。はい、あとで合流します……」

先輩社員の笑顔の圧に負けて弱々しく頷くと、今度はバシッと尻を勢いよく叩かれた。

「ほら！　しゃんとしねぇとモテねぇぞ！」

「す……すみません！　お先に失礼します！」

威勢よく聞こえるよう声を張って挨拶をし、廊下へ飛び出す。

ひとりになると気が抜けて、僕は重い足取りで廊下を歩きながら、深い深いため息をついた。

〝男らしさ〟を求められるのは面倒だけれど、狭い人間関係の中で波風を立てたくはない。平穏な日常を送るために、僕はいつも耐えていた。

そもそも、僕の恋愛対象は男性だ。可愛い女の子に興味はない。

しかし、偏見渦巻くこの小さな世界で、そんなことを口になどできるわけがない。

思春期を迎える頃に自分がそうだと気づいてからずっと、好きになりそうな相手が現れるたび、恋心に蓋をしてきた。

僕なんかの恋が成就するわけがない。うっかり恋をしてしまえば、あとから苦しむのは自分だ――……そういう未来が目に見えているからこそ、躍起になって感情から目を逸らした。

その癖は大人になった今も変わらない。自分を殺して生きる人生はこれからもずっと続いていく。

それでいい。息苦しくはあるけれど、人生が平穏であるに越したことはないのだから……

「ワン！」

足早に職場を出ようとする僕を、耳慣れたコロの声が呼び止める。

コロは事務所で飼われている柴犬で、僕に癒しを与えてくれる唯一の存在だ。

ふらりと近づくと、コロは嬉しそうに尻尾を振る。まるで笑っているかのように見える表情がとても愛らしくて、僕は気の抜けた笑みを浮かべた。

「コロ、また断れなかったよ。僕は彼女なんていらないのにさ」

「ワフッ」

「うん、もっとキッパリ断れたらいいんだけど、先輩の圧には勝てないんだよなぁ……」

しゃがんで首元をわさわさと撫で回し、そのままぎゅっと抱きしめる。

コロは嫌がるそぶりもなく、尻尾をふりふりしながら抱きしめさせてくれた。もっとそうしていたかったけれど先輩社員の気配を察知した僕は慌ててコロから離れ、ふわふわの頭をひと撫でした。

「じゃあね、また明日」

逃げるように原付バイクに跨り、エンジンをかける。

山道を適当に流したあと、僕は山あいにある小さな展望スペースにバイクを停めた。

ここは、のっぺりとした闇の中にポツポツと小さな灯りが見えるだけの高台だけれど、とても静かでホッとする。

ポツンと置かれた木のベンチに腰掛けて深呼吸をしたあと、僕はがくりと項垂れた。

「は～～……疲れるなぁ……」

ぽつりとこぼれた言葉のわびしさに、自嘲の笑みが浮かんでくる。

早くに両親を亡くした僕を育ててくれた祖母に楽な暮らしをしてほしくて、就職を決めた。

だが、僕が高校を卒業した途端に祖母は弱り、回復することなく死んでしまった。孫が手を離れ、気が抜けてしまったのだろう——残された僕にそう語ったのは、祖母を看取った主治医だった。

祖母がいなくなったのだから、この場所に縛られる理由はなにもない。

とはいえ、この田舎町しか知らない自分が外の世界でうまくやっていけるのかと考えると不安で、なかなか次の一歩を踏み出せないでいた。

——でも、このままじゃダメだ。そろそろ本気で先のことを考えないと……

膝を抱えて考え事に耽っていると、ブルゾンのポケットでスマートフォンが振動する。案の定、着信画面には先輩社員の名前があった。早く合流するようにという催促の電話に違いない。

「はいはい、今行きますよ……」

のろのろと立ち上がり、ヘルメットをかぶって原付に跨る。ポケットの中では延々とスマホが振動しているが、電話に出てしまえばまた、愛想笑いをしなくてはならない。

——あーあ……。なんかもう、疲れたなぁ……

疲れに痺れた頭で、ぼんやりしていたのが良くなかった。

ハッと気づいた時には、下り坂の急カーブが目の前に迫っていて——……

「っ……!!」

ブレーキを強く強く握り込んだ時はもう遅かった。

激しい衝撃の直後、ぞっとするような浮遊感が全身を包み込む。

そこでブツリと、世界は暗転した。

第一章　見覚えのある顔

「……っ……うぁ、うわぁぁぁっ……！」

悲鳴とともにがばりと起き上がり、咄嗟に自分の身体を抱きしめる。耳をつんざく激しい衝撃音と落下感の記憶が生々しく、身体中の肌という肌が粟立っていた。

だけど、こうして生身の身体に触れられるのだから、まだ生きているのだろうが……

「……あれ？」

てっきり病院かと思ったけれど、そこはひどく暗く寒い場所だった。

両腕をさすりながら、慎重に部屋を見回してみる。

――病院じゃない。なんだろう……雰囲気がおかしいぞ？

頼りない蝋燭の灯りに照らされた部屋には、粗末なベッドが二台。壁際の古びた木棚には、薬瓶のようなものが並んでいる。医務室のようなところだろうか。

寒さと不安に震えながらあたりを見回しつつ、こわごわとベッドから足を下ろした。そして、足元の氷のように冷たい感触にまた震え上がる。履いていたはずのスニーカーはどこへいったのだろう。

「え……？　どこだ、ここ……」

冷たい床を踏みしめて、こわごわと立ち上がる。

怪我をしている様子はなく安堵するものの、身につけているものは病院着の類いではなく、薄く白い布でできたワンピースのようなものだ。

裾はくるぶしまでを覆い隠すほどの長さで、袖口は手首に向かうほど広がりのあるデザインだ。

丈は長いが、息が白く曇るほどの冷気の中で過ごすにはあまりにも頼りない。震える身体を抱きしめながら、小さな灯火を頼りに窓のほうへゆっくり歩み寄ってみた。

――あれ……？　僕はこんな顔してたっけ？

鏡面になった窓に、目の大きい痩せた少年が映っている。

肩につくほどの長さをした淡い色の髪はあちこちが跳ね、伸ばし放題といった雰囲気だ。

――僕の顔……だよな。

そうだ、これは僕の顔。大人たちからは〝目つきが悪い〟と捉えられがちな大きな目が、ずっとコンプレックスだった。

顎が小さく頬が細いせいか大きな目ばかりが目立ってしまい、ただそちらに目線を向けているだけで睨んでいると勘違いされ、相手を不機嫌にさせてしまう。

ただ、それはあながち間違いではなかったかもしれない。

実際、自分たちの享楽にしか関心のない大人たちに心の底から失望感を抱いていたため、目から感情が溢れ出していた可能性もなくはない。

窓ガラスに映るこの顔は、確かに自分の顔だ。なのに、なぜだか妙な違和感があった。

目鼻立ちがはっきりしているからこそ、生意気に見られがちなこの顔は、確かに自分だ。だけど同時に、僕はもっと日本人らしい顔をしていたはずなのにと思い、ふと気づく。——ああ、僕は夢を見ていたのだ、と。夢の中の自分は黒髪で、目も鼻も小さくて主張の薄い、おとなしそうな顔だった。

今の自分とは似ても似つかないその相貌が、窓に映った顔とだぶって見えた。

どうやら、目覚めたばかりで意識が混濁しているらしい。

今まで見ていた夢と現実がごちゃ混ぜになっているせいか、頭の深い場所がズキズキと疼く。痛みに顔を顰め、汗の浮かんだこめかみをぐっと押さえた。

「……くそ……頭痛い」

呟く声も、記憶にある自分のそれとは少し違う。違和感を覚えて喉元を押さえた時、バンッ！とノックもなしに勢いよく扉が開いた。仰天するあまり声も出ず、弾かれたように後ろを振り返る。

「ようやく起きたのかい。まったく間の悪い子だね、出発の直前に倒れるなんて」

「……は？　あの……すみません。ここ、いったいどこですか」

看護師にしては様子のおかしい女性に、恐る恐る尋ねてみた。すると、ただでさえ眼光鋭かった女性の眦が見る間に吊り上がり、さらに厳しい目つきへと変貌する。

でっぷりと太った身体を重そうに揺すりながらこちらに歩み寄ってくる女性は、映画に出てくる修道女のような衣服だ。引っ詰めた髪の毛は全て白く、浅黒い肌に深く刻まれた皺もいかめしい。

「ふざけるんじゃないよ!!　すっとぼけたふりすりゃ、生贄にならなくて済むとでも思ってるのかい⁉」

「はっ……⁉」

鼓膜をつんざくようなヒステリックな声がきぃんと頭に響き、唐突に、彼女にまつわる記憶が脳裡を去来した。

――この人は修道女のホッツ。この教会で孤児院を営んでいるけれど、王都から支給される金や子どもたちが街で下働きをして稼いだ金を、全部酒や男遊びに費やしている……

そうだ。ひと月ほど前、ホッツの不正に気づいて彼女を責めたことがあった。激昂したホッツに掴み掛かられてからというもの、彼女との関係は最悪だ。

現に、こちらを睨みつけるホッツの目はどこまでも忌まわしげだ。記憶はあるのに覚えがないような不思議な感覚に首を傾げていると、ホッツは露骨に顔を歪めて嫌悪の表情を浮かべた。

「トア！　まさかお前、自分から生贄になりたいって言い出したくせに、怖気づいたのかい⁉」

「え？　……トア？」

「今更行きたくないなんて言っても許さないよ！　もうここにあんたの居場所はないんだ。あんたは今夜生贄として、あの悪魔のところへ連れていかれるんだからね！」

「生贄？　悪魔って……⁉」

覚えのある言葉の数々が、僕の記憶を揺さぶってくる。

――この状況。僕と同じ、『トア』という名の少年の容姿。『生贄』、そして『悪魔』……

額をがつんと殴られたような衝撃に襲われ、足元から恐れが這い上がってくる。

――う、嘘だろ……⁉　これ、『生贄の少年花嫁』の内容そのものだ……！

†　†　†

「この人の新作も異世界転生ものか……そろそろ飽きてきたなぁ」

バイク事故を起こす前日の夜のこと。

僕はいつものように、電子書籍販売サイトでＢＬ小説を買い漁っていた。閉塞的な日常に疲れ果てた僕は、心の安らぎをＢＬ作品に求めていたのだ。

同性しか好きになれないと気づいた時から、ゲイであることをひた隠しにしてきた。固定観念の蔓延る田舎で性的志向をオープンにしてしまえばどうなるかなど、想像するまでもない。

現実で恋をすることはとうの昔に諦めていたけれど、心の潤いは必要だ。

そこで僕は、ＢＬ作品を通じて恋愛を擬似体験しようと試みた。

一度手に取ってしまえば、ハマるのは容易かった。

さまざまな葛藤を乗り越えて結ばれてゆく主人公たちの姿に僕は胸を打たれ、励まされ、日々を生き抜く力をもらえた。

それだけではない。ＢＬ作品は乾き切った僕の心に、ときめきやエロスをも与えてくれた。社会人になってから見つけたＢＬという癒やしに、僕は自由になる金のほとんどを注ぎ込んできた。

世間ではコミカルなものやハッピーエンドの作品に人気が集まるようだ。けれど僕が好むのはどちらかというと、ドロリと生々しい情感の溢れる薄暗い雰囲気の作品だ。悲恋のメリーバッドエンドものや、救いのないバッドエンド作品も構わず読んだ。

もちろんハッピーエンドは素晴らしい。だけど、幸せな雰囲気の作品は僕の心情からどこか遠く、共感しにくさがあった。

登場人物たちが悩んだり苦しんだり、痛めつけられたりする作品を読んでいる時、僕の心は締めつけられる。だけど、キャラクターが苦しい状況で思い悩んでいるほど、苦しんでいるのは僕だけじゃないんだな……と共感できて、僕の心は不思議と凪いでいった。

とはいえ、彼らには僕とは決定的な違いがある。

だいたいの作品において、苦境に立たされていた不憫な主人公たちは美しく頼もしい攻め様に救い出され、ハッピーエンドに向かってゆく。

だが、悲しいかな、現実世界を生きる僕の前にかっこいい攻め様は現れない。

もうこの場所にこだわる理由はなにもないのに、田舎町から飛び出す勇気を持てない僕に手を差し伸べる人物など、現れるわけがないのだ。

ＢＬに救いと癒しを求めることだけを心の支えにしていた僕の日課は、電子書店のサイトのトップ画面に上がってくる作品のチェックだった。

その日のラインナップは、十作品ほどある新作のほとんどが『異世界転生』を冠したファンタジー小説。

どの表紙にも、西洋貴族風の衣装を身に纏った王子様風のキャラクターがいて、こちらに艶やかな視線を投げかけている。

ページをめくれば、壮麗かつ甘美な世界が読者を待ち受けるに違いないと期待させる作品ばかり。キャラクターたちは漏れなく美形で華やかで、十分に僕の目を楽しませてくれるのだが……

「うーん、最近こういうのばっかりだなぁ。ちょっと飽きてきたかもなあ、異世界もの……」

そう独りごちつつ、スルスルと画面をスクロールしていった。

するとランキングの終わりがけのほうで、ふと、真っ黒な背景の中にひときわ日立つキャラクターが目に飛び込んできた。

目にも鮮やかな白銀色の髪。切れ長の深紅の瞳が挑発的に僕を睨みつける。

「うわ……すっごい美形。人外ものかな？」

表紙を飾るイケメンキャラに興味を惹かれ、僕はその作品の詳細情報をタップしてみた。

「『生贄の少年花嫁』……ふうん、ヴァンパイアものか」

『吸血鬼』『鬼畜』『バッドエンド』といった作品の特徴を示すキーワードが表示されているが、僕はその時、さほどその内容には興味を惹かれなかった。

吸血鬼を題材としたＢＬ作品はこの世に数多(あまた)存在しているため、ネタとしてはすでに出尽くしている感じがする。題材として、特に目新しく感じられなかったからだ。

「ちょっと今更感あるんだよなぁ、ヴァンパイアものって」

と言いつつも……表紙イラストのヴァンパイアらしき男の美麗さには、ぐっと惹かれるものがあった。

文句のつけようがないほどに整った顔立ちは無表情で、いかにも冷酷そうだ。

しかし、瞳の表情にどことなく愁いが漂っているように感じられ、妙に僕の心に訴えてくるものがある。商業作品には珍しい『バッドエンド』というキーワードも気になるところだし、あらすじにある主人公の名前は僕と同じときている。

……僕は吸い寄せられるように、購入ボタンをタップしていた。

あまり期待せず読み始めた『生贄の少年花嫁』だが、文章は読みやすく、すんなりと情景が思い浮かぶ。飾らない文章で綴られているため、寝る前のまったりした時間に読むにはちょうど良い作品に思えた。

村に降りかかる厄災を退けるため、『生贄』として攻めの『悪魔』へ捧げられた主人公、『トア』。

村に伝わる因習を断ち切るためにも、トアは『悪魔』と呼ばれる攻めを殺す覚悟で自ら生贄に志願する。だが、その目論見はことごとく失敗し、トアは『悪魔』からひどい陵辱を受ける。

トアは何度ひどい目に遭っても、孤児院でともに暮らしてきた子どもたちを守るため、果敢に『悪魔』に攻めかかり、そのたびに惨たらしく犯されるのだ。

感情の通わない行為を重ねるうち、やがて二人の間には快楽と愛欲に塗れた共依存関係のようなものが出来上がってゆくが――……

ラストで『悪魔』と呼ばれる吸血鬼は、村からトアを救うべくやってきた田舎貴族に殺されてしまう。無事助け出されたものの、トアは『悪魔』への恋慕とも快楽への執着とも言いがたい複雑な感情から抜け出せないままでいた。

その後、トアは『悪魔』に教え込まれた快楽を忘れられず、村の男たちの慰み者と成り果て、やがて自害の道を選ぶ――……

そう、『生贄の少年花嫁』は、かなり後味の悪い最悪の結末を迎える作品だった。

とはいえ、作品の薄暗く耽美な雰囲気は、僕にとって好ましかった。次は起きている時にじっくり読み直さなくてはと考えながら、うとうと寝落ちしたのだが……

まさか、本当に『異世界転生』という現象が存在するとは。

そしてまさか、よりにもよってその現象が自分の身に起こるなんて、にわかには信じがたい。しかも、しかも……

――よりによってこの話!? これじゃなくて、主人公がイケメンに囲まれて幸せになる作品だっていっぱいあるのに、よりにもよってバッドエンド作品の主人公に転生するなんて……

つくづく、自分のついてなさに絶望する。

生まれ変わる前の現代社会でも日々に疲れ果てて絶望していたのに、生まれ変わってもバッドエンドなんてつらすぎる。

――……どうせなら、ほのぼののスローライフを送ったり、イケメンだらけの乙女ゲーム的な世界に転生して、総愛されしたかったなぁ……

「ほら、これを着てさっさと表に出な！　最後のお見送りだ」

グズだノロマだと僕(トア)を罵るホッツのダミ声を片耳で聞きながら、絶望しつつも記憶の整理に勤しんでいたところへ、バサリとなにかを羽織らされる。それは白い外套(マント)のようなものだった。

分厚い生地はずっしりと重く、襟の高いデザインだ。凍えかけていた僕は、ありがたく外套(マント)に袖を通して前を掻き合わせた。すっぽりと足元までを覆う長さがあるものの、素足なのでぞわぞわと冷気が足元から這い上がってくる。

暗い廊下を引きずられるように歩いた先で、建物の玄関らしき扉が大きく開け放たれた。

全身を凍りつくような冬の風が包み、外套(マント)の裾を翻して吹き抜けていった。

鼻腔を満たすのは、嗅ぎ慣れた日本の冬の風の匂いではなく、異国の香りだ。

動物園で嗅いだような獣の臭いや濃い土の匂い。そして凍てつく空気が痛いほどに頬を刺す。

月明かりのもとに見えたのは、どこまでも続くかに思える茫漠(ぼうばく)たる草原だった。

そのさらに先に視線をやると、夜空よりもさらに深い闇を抱いた黒い森が、まるで巨大な獣のようにうずくまっている。

不気味な夜の風景に目を奪われていると、ひょろりと痩せた小柄な老人が、僕の前に進み出てきた。ホッツと同じように彫りが深く、たっぷり蓄えた眉や髭は全て白い。丈の長い黒衣に身を纏ったその老人の目は厳しくも狡猾そうな光を宿している。

「これより悪魔のもとへ身を捧ぐ哀れな生贄に、神からの祝福を」

老人は十字を切り、嗄れた低い声でそう述べた。

両肩に老人の手が置かれ、食い込む指に身体が竦む。

骨の目立つ大きな手だ。老人は僕の薄い肩を痛いほどに強く掴み、じっと瞳を覗き込んできた。

そして、誰にも聞こえないような囁き声で、幼子に言い聞かせるようにこう言った。

「トア。お前はこれから、悪魔の棲まう屋敷へと運ばれる。そいつは悪魔だ。この町に不幸を呼ぶ悪魔だ。……必ず殺せ」

「……こ、ころす……？」

「いいか、トア。必ず殺せ。なんとしてでも。そうすれば、お前はふたたびイグルフに戻れる。これから先、この町から生贄が出ることもなくなるのだ。……くれぐれも、励むのだぞ」

暗がりの中でも、その老人の瞳が昏い光を宿しているとわかる。僕に呪いを刻み込むように言葉をかけながら、さらに強い力で肩に指を食い込ませた。

「さぁ、とっとと行きな。悪魔の機嫌を損ねたらどうするんだい！」

「うわっ」

ホッツに襟首を掴まれ、前方に停められている馬車へと突き飛ばされる。一頭立ての質素な馬車によろめきながら乗り込むと、馬車はすぐさまガタゴトと動き出した。

その時、背後から風の音に交じって讃美歌のようなものが聞こえてきた。いや、この物悲しげなメロディは、葬送歌といったほうがいいかもしれない。

馬車の揺れに耐えながら後ろを振り返ると、さっきは姿が見えなかった子どもたちが、こちらに向かって合掌している姿が小さく見えた。

——あの子たちを守るために、僕は自ら生贄になったのか。

込み上げてくる寂寞（せきばく）たる思いに、ぎゅっと拳を握りしめる。気を取りなおすべく息を強く吐き、前方を向いて硬い椅子に座り直した。

舗装されていない道を進む馬車は揺れがひどくて、車輪が小石を乗り上げるたびに尻が浮く。だが、そんなことを気にしている余裕はない。僕は、『悪魔』を殺すという目的を持って生贄に志願したのだ。つまり、今から待ち受けるのは戦いだ。

そしてその相手は『生贄の少年花嫁』の攻めキャラである、残虐非道な吸血鬼……

——いや、待った……吸血鬼相手に僕が戦う？

殺せと言われたけれど、吸血鬼を殺すなんてことが僕にできるのか……!?

攻めである吸血鬼の名は、ヴァルフィリス。

表紙イラストの彼はとても美しかった。すこぶる僕好みな顔立ちをしていたため、ヴァルフィリスのイラストはじっくり鑑賞したのでよく覚えている。

深い真紅の輝きを湛え凛とした瞳、ゆるやかにウェーブした白銀色の短髪。

ヴァルフィリスの銀色の髪と白い肌は漆黒の表紙に映え、小さなスマホ画面の中でも圧倒的な存在感を放っていた。

細部に至るまで繊細に描き込まれた妖艶なタッチのイラストは、まるで宗教画のように神々しい。

襟の高い白いシャツに、黒っぽい色のベストというシンプルな衣装ながら、中世ヨーロッパ風の貴族然とした装いは端整で、とてもとても華やかだった。

スマホ画面を拡大して、まつ毛の長さや瞳のきらめき、淡く紅を引いたかのような色っぽい唇など、細部の描き込みまでじっくりと鑑賞してしまうくらい好みだった。

そして表紙の中で彼が腕に抱いている……いや、捕まえているのは、目力の強い痩せた美少年。

明るい亜麻色の髪は乱れ、明るい空色の瞳で憎々しげに読者を睨みつけている少年こそが『トア』。つまり僕である。

美少年設定なはずなのに、実際に触れた頬はカサカサだ。なんなら少し痩けている。それもそのはずだ、村の暮らしは貧しくて子どもたちに食べさせる食事を確保するだけで大変だった。

僕は孤児院で育ち、そのまま子どもたちの世話係として働いていた。いつも自分の食事を後回しにして幼い子どもたちが飢えないよう気を遣っていたせいもあり、僕は十八にしては小柄で痩せた身体をしている。

「食べるものには困らなかった現代のほうが、まだましだったかもしれない……。転生してより不幸になるなんてつらすぎる……僕がなにをしたっていうんだよ」

馬車に揺られつつ泣き言を吐きながら、僕は軽く腹をさすった。

薄くてぺたんこの腹だ。腕も脚もガリガリだし、こんな身体でどうやって吸血鬼と戦えというのか。それに……

――なんとかして吸血鬼を倒さないと、僕はそのまま犯されちゃうってことだよな。相手は絶世のイケメンだけど、初めてがレイプなんて絶対に嫌だし、怖い、怖すぎる……。現代人の叡智でもって、なんとかして吸血鬼を倒さないと……！

吸血鬼が苦手なものというと――パッと脳裡に浮かんだのは、にんにくと十字架だ。

数多の吸血鬼ＢＬを読んできたつもりだが、結局思いつくのはこの程度。……安直な閃きとしか言いようがない。それににんにくなんて急に手に入るのか？　そもそもこの世界線ににんにくは存在するのだろうか？

　それなら十字架はどうだろう。胸の前で十字を切るだけでも効果はあるのか……？

「……って、そんなんで勝てるわけないよな。ああ……どうしよう、逃げ出すべき？　ほら、よくあるじゃないか。逃げ出した先でかっこいい騎士様に拾われて、恋に落ちて、ハッピーエンドっていう展開が……！」

　一縷の望みを胸に周りを見回すも……森の中は真っ暗だ。樹々があまりにも深いのか、のっぺりとした完璧な闇である。

　しかも時折、ガサガサっと誰かが樹々の葉を揺らすような音や得体の知れない獣の唸り声のようなものが聞こえてきて、あまりに不気味だ。僕は思わず身を縮めた。

　さらには、遠くに狼の遠吠えのような声が聞こえてくる。

　つまり、このあたりには獣が出るに違いない。なんといってもここは異世界だ。なにか得体の知れない生き物が、よだれを垂らして僕を待ち受けている可能性だってなくはない。

　――こ、怖すぎるし危険すぎる……

　頭の中では『逃げる』『戦う』という選択肢がぴこぴこと光るイメージが思い浮かぶが、こんな状況じゃ、どちらも選ぶことはできやしない。

　にっちもさっちもいかずにびくびくしながら暗闇に目を凝らしているうちに、ずいぶん時間が経ってしまったようだ。

　次第に馬車が減速し始め、僕ははっとして御者の背中のほうへ目をやった。

すると、永遠に続くかと思えていた暗い森のその向こうで、小さな灯りがちらりと揺れている。

――う、うわぁ……どうしよう、もう吸血鬼のお屋敷に着いちゃうじゃん!! どうしよう、逃げるか……!? いや、でも逃げたら獣の餌食に……!!

もうダメだ、恐怖と緊張で頭の中がぐるぐるしてきた。

ガタガタ震えている冷たい手をかろうじて握り合わせ、吐息を吹きかける。

なにをしたって、時間は止まってはくれない。

灯りは少しずつ大きくなり、樹々の切れ目に大きな屋敷が見えてくる。

ほどなくして、馬車はとうとう停まってしまった。

「降りな」

掠れた声でそう命ぜられ、僕は生まれたての子鹿のような足つきで馬車を降りた。

そうだ、御者に哀れっぽく縋ってここから逃がしてもらう手もあるか――……!! と閃いたものの、馬車はすぐさまその場から離れていってしまった。この場所からすぐにでも逃げてしまいたいといわんばかりのスピードで……

力なく見上げた先には、大きな鉄製の門扉がそびえていた。

瀟洒な貴族のお屋敷といった外観だけれど、それはまるで牢屋の鉄格子のように見える。

捕らわれてしまったら最後。二度と脱出することのできない牢獄――

……前世と同じ、またしても牢獄だ。僕は泣きそうになった。

「どうする……行くのか？ 行かないのか？ いや、逃げるという選択肢は僕にはない。行くしかないのはわかってるんだ。だけど……どうする……!?」

そわそわとその場を行ったり来たりしていると、また遠くのほうから獣の遠吠えが聞こえてきて飛び上がる。

「あぁもう、行くしかない!! ……よし、行くぞ!!」

あえて大声を出して自分を鼓舞する。

そして僕は、おしゃれな鉄格子めいた門扉に手をかけ、グッと力を込めた。

第二章　遭遇

「開いた……」

金属が軋む音を微かに響かせながら、門扉は動いた。

僕ひとりが通れるだけの隙間を抜け、律儀にまた門扉を閉める。

石畳の地面を裸足で踏みしめながら、一歩一歩、屋敷のほうへと進んでいく。

冷たい石畳を踏みしめるたび、まるで剣山の上を歩いているかのような痛みに襲われた。

凝った装飾の施された大きな玄関扉は木製で、僕の身長をはるかに超える大きさだ。

ぐっと力を込めて扉を押し開き、するりと中に入り込む。

外は真っ暗だったけれど、そこここに置かれた燭台の灯りで屋敷の中はほんのりと明るかった。

扉を背中で閉めながら、用心深くあたりを見回してみる。

「わぁ……。すっごい豪華……！」

目に飛び込んでくるのは、見上げるような高さの天井と壁に沿ってゆるやかな螺旋を描く優雅な階段。玄関ホールだけでなんという広さだろう。

人の気配はなく、ひどく静かだ。恐る恐る屋敷の中へと歩を進めつつ、僕はきょろきょろとあたりを見回した。

その時、カタン……と、小さな音が奥から聞こえてきた。

仰天して飛び上がり、バクバクと破裂しそうな胸を押さえた。

薄暗がりに沈む屋敷の奥へ目を凝らす。

玄関ホールの奥にあるのはひときわ目立つ観音開きの扉。繊細でいて、豪奢な装飾の施された美しい扉だった。

ややくすんだ金色のドアノブに、僕はそっと手をかけた。

「あぁ……暖炉だ」

部屋の中はほんのりと橙色に染まり、パチ、パチと薪のはぜる音が響く。

絨毯の敷かれた部屋には大きなソファと寝椅子が置かれ、壁には立派な暖炉が設えてあった。

寒さで凍えていた僕にとって、まろやかに揺れる炎は涙が出るほどにありがたかった。橙色の炎で温められた部屋の空気に気が緩み、足早に火のもとへ駆け寄ろうとした。

だが、突然誰かに肩を掴まれたかと思うと、ぐんと突き放されるような衝撃が身体を包む。

暖炉の炎に気を取られ、暗がりに誰かが潜んでいることに気づかなかったらしい。

「うわっ……！」

突き飛ばされたものの、僕の身体を受け止めたのは柔らかなクッションだった。どうやら寝椅子の上に転がされたようだ。

足側のクッションが微(かす)かに軋(きし)み、誰かが寝椅子の上に乗り上げてくるのがわかった。ようやく暗がりに目が慣れてきた僕の視界の端で、キラ……と銀色の繊細な輝きが揺れて――……

「誰だ、お前」

鼓膜を甘く震わせる涼やかな低音。

思わず息を呑んで身を硬くした僕の視界に、繊細な輝きを纏った美しい男が現れた。

暖炉の炎を受けて煌々と輝く瞳は、まるで高貴なルビーのような真紅。揺らめく赤の美しさに、思わず目を奪われる。

切れ長の凛々しい双眸は銀色の長いまつ毛に縁取られ、男が瞬きするたび美しく輝く。

彫りの深い目鼻立ちとスッと通った高い鼻梁が完璧な配置で、美しい顔かたちを作り上げている。

暖炉の灯りを受けてうっすらと朱色に染まる白い肌は白磁のようにすべらかで、上品な形をした唇は淡く紅色を帯びてひどく艶かしい。

絶世の美形だ。

この姿は、紛れもなく……！

——う、うわぁ〜〜〜!! で、出た!! ヴァルフィリスだ……!!

この男が、残虐非道な攻めキャラたる、ヴァルフィリス。

突然すぎるエンカウントに硬直する僕を睥睨した紅い瞳が、炎の揺らぎを受けて禍々しくぎらついて見えた。

表情の読めない冷え冷えとした美貌は作り物めいていて余計に怖いし、肩を押さえつける容赦のない力加減にさらなる恐怖を煽られる。

目の前にいるのは、現代日本には存在しない人外。人の血を糧にする吸血鬼。

身が竦むほど恐ろしくてたまらない。……だけど。

——す、すごい、めちゃくちゃ綺麗だな……

恐怖を通り越して驚愕してしまうほどの美しさだ。

視線を奪われるままヴァルフィリスを見つめるうち、あまりの顔の良さに感動すら覚えてしまう。

これまで数多(あまた)のＢＬ作品を読み、二次元の美形たちはたくさん目にしてきたけれど、三次元となると迫力がまったく違う。

——あぁ、すごい。なんという造形美……！

気づけば、呆然としてヴァルフィリスの顔に見入っていたらしい。

しばしの沈黙のあと、ヴァルフィリスがうっそりと目を細めた。

「こんなものを隠し持っている割には、ずいぶんとおとなしいんだな」

「えっ？　こんなもの……って」

チャリ……と微(かす)かな金属音が耳元で聞こえる。

ヴァルフィリスが手にしているものを見て、僕は目玉をひん剥いた。

「なっ、ナイフ……!?」

あちこち錆びたナイフ……いや、太さからすると短剣といったほうがいいだろうか。刃渡り三十センチほどの諸刃(もろは)の剣だ。

現代を生きていた頃は手に取ることはおろか、目にしたことさえないような物騒な刃物を目の前にちらつかされ、僕は真っ青になった。

ハッとした。羽織らされたマントが妙に重たかったのはこのせいだったのか。

きっと、マントの内布のどこかに仕込まれていたのだ。組み敷かれた拍子にマントの合わせ目が開いてヴァルフィリスにバレたのだろう。

気が動転していたせいで、まったくそんなことには気づけなかったが……

——待て待て待て。そうそう、この隠し持った剣で、僕はヴァルフィリスに斬りかかってバトルになるんだった！　それでそのあと、『昂った華奢な身体を思うさま貪られ、何度も何度も果てさせられる』ことに……！

だが実際のところ、斬りかかるどころか組み伏せられてナイフを奪われてしまっている始末。

自分のどんくささに呆れていると、ヴァルフィリスは刃先へそっと鼻を寄せた。そして小さく笑う。

「へぇ、ご丁寧に毒が塗ってあるじゃないか」

「ど、毒……!?」

「なるほど、お前も俺を殺すように言いつけられてきたガキか。毎度毎度、ご苦労なことだ」

どことなく性的なニュアンスのこもった声音で囁くように凄まれる。

ぞくぞくと甘く痺れるような感覚が全身を這い上がり、思わず「ヒ、ヒィ～……」と気持ちの悪い声が漏れてしまった。

そのせいか、震える僕を見下ろすヴァルフィリスの視線が訝(いぶか)しげなものへ変化してゆき、生ぬるい目つきになった。

だが、聞き捨てならない言葉が耳の奥に引っかかる。僕は、恐る恐る尋ねてみた。

「あんたを殺すように……って、僕以外の生贄も、そう言ってたってこと？」

「ああ、そうだ。生贄として送られてくるガキどもは皆、お前のように武器を隠し持っていた。隙をついて俺を殺すように命じられているんだろ？」

「い、いや、だってそれは、あんたが生贄を寄越せとか物騒なこと言ってくるからだ！　だから僕らは、こうやってあんたを倒しに……！」

反射的に言葉が口から飛び出したことにも驚くし、反抗的な台詞のマズさにもゾッとした。

バトルを避けるのであれば、もっとしおらしく、おとなしくしておかねばならない場面なのに、思ったことがそのまま口から飛び出してしまった。

そうだ、いつもこうだった。

前世の僕は慎重に言葉を選びすぎて会話に詰まるタイプだったけれど、『トア』である今の自分は、思ったことをなんでも口にしてしまうタイプだった。

そのせいで大人たちから痛い目に遭わされたことも一度や二度ではなかった。

よりにもよって、吸血鬼のヴァルフィリス相手に真っ向からけんかを売るような台詞を吐くなんて、いくらなんでもマズすぎる……！

——ど、どうしよう。すごい冷ややかな目で僕を見てる……。どうしよう、カラッカラになるまで血を吸われて殺されたら……！

真っ青な顔で、地獄の沙汰を待つ。

冷や汗をたらたら流しながら震えていると……意外なことに、ヴァルフィリスはフッとシニカルに笑った。

「ふん、馬鹿言うな。俺は静かにここで暮らしているだけだ」

「……えっ？」

「とはいえ、せっかくの『生贄』だ。捧げられた獲物は、ありがたく頂戴しないと失礼かな？」

「ひっ……!?」

からかうような笑みを唇に浮かべ、ヴァルフィリスは僕の喉笛のあたりを指で突いた。

美しい攻め様が、僕に興味津々といった目つきでまっすぐに見つめてくるこの状況――……耽美なBL的絵面としては完璧だろうが、目の前に迫ってくる男は残忍な吸血鬼である。

やばい、やばいよ……！　このままじゃ小説の通り、陵辱三昧の日々が始まってしまう……!!

どうすれば、その状況を回避できるのだろう。

武器でもあれば戦えるだろうか。バトルの経験なんてないけれど、あの短剣を取り返せばなんとかなるかもしれない。

刃物を持てばきっと、ヴァルフィリスも簡単には手が出せないはず。真偽のほどはわからないが、あの短剣には毒が塗ってあるというのだからきっと慎重になるだろう。

短剣はどこにある？　僕はヴァルフィリスから目を逸らしてあたりに視線を巡らせた。すると、床の上に無造作に転がっているそれが視界に飛び込んできた。

――あそこまで手が届けば……!!

とはいえ、肩の骨が軋むほどの力で僕を押さえ込むヴァルフィリスの腕から逃れることが、まず至難の業である。動くに動けずにいる僕のこめかみを冷や汗がひとすじ伝う。

その時、僕はハッと閃いた。

――そうだ、この人を油断させて隙を作ればいいんだ……！

でも、どうやって？　……ふたたび難題だ。

思いつくのは色仕掛けだが、あいにく前世も今世も色恋とはまったく縁がなかった。僕にはあまりにもハードルが高い。

混乱する頭で必死に妙案を絞り出そうとしながら、狙いを定めるように短剣を睨みつけていると、荒っぽい仕草で顎を掴まれ、強引に顔の向きを変えられた。

ふたたび国宝級の顔面が目の前に迫り、僕は「ひぃ！」と声を漏らした。

「どうやらあの短剣に用があるようだな」

「うっ……そ、そういうわけじゃ……！」

しまった。武器欲しさに短剣ばかり見ていたせいで魂胆がバレている。

「あれを手にしたところで、こんな細腕だ。本気で俺を倒せるとでも？」

――う、うわぁ……笑い方がエロい……っ。

ちびってしまいそうに恐ろしいが、艶然とした笑みを浮かべて舌なめずりをしているヴァルフィリスは、筆舌に尽くしがたいほどに美しい。

またしてもトロ～ンと見惚れてしまっているうち、下唇を押しつぶされるように撫でられて、僕ははたと我に返った。

「あっ……」

「ふふ……身じろぎもできないほどに俺が恐ろしいか。かわいそうに」

「は、はぁっ!? 僕は怖がっているわけじゃない！ あんたの顔が良すぎて、ついうっかり見惚れていただけで……！」

憐れみと嘲笑を含んだ言葉にカチンときてしまい、妙な台詞が口から勢いよく飛び出した。

その台詞に、ヴァルフィリスが虚を衝かれたような顔をしている。

暖炉の部屋に妙な沈黙が落ちた。

しかもヴァルフィリスは首を傾げて「顔が良すぎてうっかり見惚れた……？」と僕の台詞を復唱している。

恥ずかしくていたたまれない。けど、これはチャンスだ。この隙を生かさない手はない……!!

僕はヴァルフィリスを勢いよく突き飛ばし、短剣へ手を伸ばそうとした。

短剣を取り戻し、ヴァルフィリスに刃を向ける——……といった具合に動く自分を想像していたのだが、イメージ通りに身体は動いてくれなかったらしい。

僕はあっさり手首を捕まえられ、今度は頭上で両手をひとまとめに縫い付けられてしまった。

さっき以上に身動きが取れなくなり、全身から完全に血の気が引く。

「しまった……！」

「なるほど、うぶなふりをして俺の油断を誘うつもりだったのか。面白いな、お前」

「う、うう……くそっ」

せっかく生まれた隙を活かせなかった無念さのあまり、僕はすっかり涙目だ。

その時、どこか楽しげな笑みを浮かべるヴァルフィリスの視線が、ふと、僕の粗末な白いワンピースのような服へ移ってゆく。

ヴァルフィリスは、にぃ……と唇に妖艶な笑みを浮かべ、僕の鎖骨から鳩尾のあたりを指先で淡く辿った。

妙にいやらしく、艶っぽい仕草で触れられてゾクゾクゾク……っと身体の奥底から震えが湧き起こる。初めて経験する感覚に、声が震えた。

「ふぇっ……!? な、なにを……っ」

「よく見ると、ずいぶんいやらしい格好をしているな。俺を誘惑して、その隙に殺すつもりだったのか？」

「いやらしい……って、あっ」

明るいところで見るまで気づかなかった。

僕が身につけている白いワンピースの生地はひどく薄く、うっすらと白い肌が透けて見えている。粗末さゆえにそういう仕様になっているだけかもしれないが、痩せた肉体が透けるワンピースは、確かにやたらと卑猥に見えた。

しかも寒さのせいか、さっきわずかに触れられたせいか、胸の尖りがツンと立ち上がってしまっているのが丸わかりだ。恥ずかしさのあまり顔から火が出る。

「ち、違う！　そんなつもりじゃ……！」

「それに、こんなに活きのいい『生贄』とやらは初めてだよ。楽しめそうだ」

「あ、ぅあ……っ」

ヴァルフィリスの白い指先が、ワンピースの布地の上を優雅に滑る。さら……と、尖った乳首の上を淡く擦られた拍子に、びくん！　と身体が小さく跳ね、思わず「ぁっ……！」と声が漏れた。

するとヴァルフィリスはさらに笑みを深くして、唇から赤い舌をチラリと覗かせた。

その拍子に、見えてしまった。

唇の隙間から垣間見えた白い犬歯が、常人のものとは比べ物にならないほどに鋭く尖っている。

あの牙で肌を突き破られてしまうのかと想像するとゾッとして、全身が戦慄いた。

深く牙の食い込んだ僕の肉から溢れ出した鮮血をヴァルフィリスは嬉々として啜り、呑み干すのだろうか。その様はありありと想像でき、さらなる恐怖が僕の全身をざわざわと粟立たせる。

「さ、さわるな……！　離せ、離せよ……！」

両手首を捕らわれたまま身を捩り、なんとかしてその戒めから逃れようとした。

だが、さほど力を入れているようにも見えないのに、ヴァルフィリスの手はびくともしない。

唇に物静かな微笑みを湛えながら暴れる僕を見下ろしつつ、ヴァルフィリスは自らの唇を小さく舐めて……

強い力で顎を捕らえられた次の瞬間、唇に柔らかなものが重なった。

「んっ……!?　っ……んぅ」

――え!?　キ、キスされてる……!?

そんなことをされるとは想像だにしていなかった。仰天するあまり、全身がかちかちに硬直する。抵抗を忘れたままおとなしくなった僕の唇を、ヴァルフィリスは柔らかく啄(ついば)み、角度を変えつつリップ音を立てながら軽く吸う。

それは、思いがけず優しい口付けだった。

これから始まる行為はきっと、荒々しく嗜虐的なものに違いない――そう身構えていたのに、思いのほか優しい仕草に戸惑わされて、不意打ちの心地よさに唇が緩んでしまう。

すると、するりと口内に柔らかなものが忍んでくる。紛れもなく、ヴァルフィリスの舌だ。

寒さに凍え、恐怖に縮こまった口内を溶かしてゆくように、熱を孕んだ柔らかな舌で粘膜を愛撫されている。僕は思わず、吐息をこぼした。

「ぁ、ふぁ……っ」

生まれて初めてのキス。

前世でも、ついぞ経験することのなかった他人とのセクシャルな触れ合いだ。

なにをどうしていいのかわからず、僕はヴァルフィリスのキスに身を委ねるしかなかった。

ついさっきまで、いつあの牙に咬まれるか、いつ陵辱が始まるのかとビクビクしていたというのに、あっという間にヴァルフィリスの唇の柔らかさに絆されている。

「ん、ぅ……ンっ……」

――温かい、柔らかい……。キスって、こんなに気持ちいいんだ……

怖い、逃げなきゃ、戦わなきゃと混乱していた頭が、トロトロと快楽に溶かされていく。

だが不意にヴァルフィリスの唇が離れ、ひんやりとした空気が唾液に濡れた僕の唇を微かに冷やした。

とろんと重いまぶたを持ち上げてヴァルフィリスを見上げると、白銀色のまつ毛に縁取られた真紅の瞳が間近で色鮮やかにきらめいていた。

「……どうした、抵抗しないのか？」

「へ……？」

「なるほどな、お前はそういう仕込みなのか。俺を籠絡するために、ほかにはどんなことを教わってきた？」

「ち、違っ……！」

吐息が触れるほどの距離で囁く声は低く、腰に響くような甘い声音だった。

つう……と鳩尾から下へ下へと淡く撫で下ろされると、とろりと濡れた感触とともに震えるほどの快感で腰が小さく跳ね上がる。

「う、ぁっ……!!」

僕の屹立は隆々と立ち上がり、白いワンピースの布地を押し上げていた。

しかもその先端はくっきりと染みを作り出すまでに濡れている。トロリと濡れた先端をくるくると指で撫で回されるたび、抗えない快楽で腰が自ずと揺れてしまう。

「っ……ぁ、違っ……！　ぼくはそんな、ぁっ、さわるな……っ」

「はしたないな。こんなに勃たせて、こんなに濡らして……。それに、まったくやめてほしそうじゃない声だ」

「っ……やめ、っ……ァッ、んん！」

「こうやって媚びて隙を作れと、町の男たちに教え込まれてきたんだろ？」

「ん、っん……、ちがっ……！」

反論しようとするものの、不意打ちのように胸の尖りにキスが降ってくる。

自分でも信じられないほどに甘ったるい嬌声が思わず漏れた。

「ぁ、ぁ！　ぁ……ンっ！」

とろりと濡れた布越しに僕の胸を食み、尖らせた舌先で捏ねるように押し潰す。

硬く芯を持ったそれをいじられるたび、生まれて初めて感じるむずがゆいような快感に腰が震えた。やがてじくじくと股ぐらのほうへ熱が集まってゆく。

「っ……や……！　やめろ……よぉっ……！」

「やめていいのか？　こんなに好さそうなのに」

「ぁっ……ぁん、っ……やぁっ」

布地越しに僕の敏感なところを弄ぶヴァルフィリスに抵抗の意を示そうとするのに、触れられるたびにびくびくと震える唇から溢れる声は、耳を疑うほどに甘ったるかった。

――どうしよう……気持ちいい……っ。気持ちよすぎて、抵抗できない……

不意に唇をキスで塞がれ、僕は喘ぐように吐息をこぼした。

濃厚なキスに溺れるうち、ワンピースの裾が大きく捲り上げられる。そしてあられもなく反り返り、はしたなく先走りを滴らせている屹立を大きな手で包み込まれた。

「あ！　……ひ、ぁ……っ」

濡れそぼった性器をゆっくりと扱かれながら、熱く蕩けたような舌先でいやらしく口内を舐られて、僕は「ふァ……ぁ」と声を上げながら腰を捩った。

ふと唇を離したヴァルフィリスが、鼻先が触れ合うほどの距離で僕をじっと見つめる。ヴァルフィリスの吐息もさっきよりずっと熱っぽさを帯びている気がした。

もうおしまいなんて嫌だ、もっともっとキスしてほしい……込み上げてくる願望のまま唇を開いて見上げる僕に向かって、ヴァルフィリスはうっそりと妖艶に微笑んだ。

「……悪くない味だな、お前」

「へ……？」

「そのまま口を開いていろ。……そう、そのまま」

言われるがまま、雛鳥のように口を開けてキスを待ち詫びていると、ふたたび望むものを与えてもらえた。

しっとりと濡れた弾力のある唇が僕のそれを覆い、吐息を深く吸い込まれる。

すると、くらりと脳が揺れるような感覚とともに、全身を浮遊感が包み込んだ。

――っ……な、なんだ……!?

だが、不可思議な感覚を上塗りするほどの快楽が、ふたたび僕の理性を打ち壊していく。

口内の柔らかなところを愛撫される心地よさのあまり、僕は舌を伸ばしてディープキスをせがみ、一定のリズムでゆるやかにペニスを扱かれるたび、自ら腰を揺らして貪欲に愛撫を求めた。

――ぁ、あ、イきそ……。どうしよう、いく……イクっ……！

「はぁ、ん、んんっ――……っ……！」

自慰とは比べ物にならないほどの快楽に踊らされ、僕はビクビクと身体を震わせながら吐精した。

誰かのぬくもりに包まれながらの、心地いい絶頂感。

甘く痺れるような余韻に揺蕩(たゆた)いながら、僕は意識を手放した。

第三章　看病、だと……⁉

身体がふんわりと柔らかなものに包み込まれている。

息苦しい日々を全て忘れてしまえるほど、いい夢を見ていた気分だ。

――なんだっけ、ものすごくエッチな夢を見ていたような気がする。ＢＬの読みすぎかなぁ……

徐々に頭が覚醒してゆくにつれ、まぶたの向こうに明るい光が差し込むのを肌で感じた。

おかしい。僕がひとり暮らしをしている部屋は日当たりが悪く、遮光カーテンをかけなくても二十四時間薄暗いはずだ。

「あ……あれ？」

ゆっくりと目を開けると、見知らぬ天井があった。

自室の無機質な白い天井ではなく、木目が規則正しく並んだ天井で……

――あぁ、そうだ……！　僕は『生贄の少年花嫁』の世界で目を覚まして……‼

眠ったことでまた前世と今世の記憶が混ざり合っていたらしい。

夢から現実へ覚醒した途端、微睡(まどろ)みの中を心地よく漂っていた身体が急に重くなったように感じられた。

「どこだ、ここ……」

身体を柔らかなベットから引き剥がすように起き上がり、部屋の中を見回した。

壁際には小ぶりな暖炉があり、窓からは陽光がすがすがしく差し込んでいる。

銀色の燭台が置かれたチェストや、部屋の中央に置かれた丸テーブルは柔らかな色をした無垢材で作られていて、小綺麗に整えられていた。

着ている服も見慣れないものだ。てろんとした白いシャツはサイズが合っておらずぶかぶかだが、肌触りは柔らかくてとても気持ちがいい。

素肌を擦る布地の感触に呼び覚まされた記憶で、不意に僕の胸は大きく跳ね上がった。

――ちょっ……ちょっと待った。あのエロい夢は夢じゃない。僕はヴァルフィリスと出くわして、それで……

混乱と羞恥とともに思い出されるのは、生まれて初めて体験した淫らな行為だ。

肌のそこここに滑らされた指の感触がありありと蘇り、頬がぼっと火を噴いた。

「あのあと気絶してたってことだよな。まさか……！」

嫌な予感がして、僕はパッとうなじに手を当てた。

だが、ごそごそとシャツの襟元のあたりを探ってみるものの、そこには傷ひとつなくさらりとした首筋があるだけだ。

「あれ……？　咬まれた傷がない。僕が気を失っている間、あいつは血を吸わなかったのか？」

てっきり意識を失ったあとに吸血されたものと思っていた。

だって、ヴァルフィリスは吸血鬼なのだから。

薄く笑った赤い唇からちらりと見えた鋭い牙の白さを思い出し、ぞわりと背筋が震えた。

「吸血されなかったのはよかったとして。……はっ、まさか！」

青ざめながら、今度はごそごそと自分の尻のあたりをまさぐってみる。

だが、ひどいことをされたような痕跡はなにもない。

ホッと安堵した拍子に気が抜けて、僕は枕の上に仰向けに倒れた。

「おかしいな。小説には陵辱三昧の日々が始まるって書いてあったはずなのに、なんで僕は襲われていないんだ？」

襲われるどころか、気持ちよくイかせてもらってそのまま寝落ちしてしまった。……それはそれでいたたまれない。

小説ではトアがナイフを片手に勇ましくヴァルフィリスに斬りかかる描写があったはずだ。きっとバトルのせいでお互いに血の気が多くなってしまい、興奮状態のまま激しい行為に及ぶことになったのだろう。

だが実際の僕はナイフを奪われてしまった挙句、戯れのようなキスやペッティングだけでヘロヘロにさせられてなにもできなかった。

「僕がちょろすぎたせいでがっかりして向こうも盛り上がらなかった、ってこと？　……うわ、最悪。……い、いや、それでいいっちゃいいのかもしれないけど……」

言葉にすると情けなさもひとしおだ。

情けないやら恥ずかしいやら安堵するやらで気持ちの整理がつかず、僕は両手で顔を覆って呻き声を上げた。

と、そこへ、ノックもなく突然ドアが開け放たれる。

仰天して声も出せずに硬直していると、視線の先に立つ少年の髪の毛の中で灰褐色の獣耳が元気よくぴょこんと揺れた。

「あれっ、起きてんじゃん！　具合どう？」

「えっ？　け、けも……耳……!?」

腕に木の桶を抱えた少年の頭には、ふわふわの毛に覆われた三角形の耳がくっついている。顔や手は人間と同じ皮膚に覆われているから、半獣人というやつだろう。

くりっとした青褐色の大きな目には輝きがあり、とても快活そうな印象を抱かせた。

年齢は一見したところ、十八歳の僕と同じくらいだろうか。

てきぱきとベッド脇に桶を置き、そこに満たされた湯に布を浸して僕に手渡す。

ほわりと湯気の立つそれをありがたく受け取って顔に押しつけつつ、しげしげとケモ耳少年を見つめた。

——すごい、リアル獣人だ。もふもふだぁ……！

「ん？　なに？」

「あ、いや、ありがとう。お世話をしてもらったみたいで……」

「別にいいよ、大したことしてないし。おまえ、丸二日眠りっぱなしだったんだぞ」

「ふ、二日？　そんなに!?」

「あ。飯食う？　腹減ってるよな、おまえ、ガッリガリだもんな」

めし、と聞いた途端、ぐうぅ〜〜と腹の虫が素直に鳴いた。

それを聞いたケモ耳少年がニカッと笑うと、鋭い犬歯が露わになった。

「っても、今日はスープだけにしとけって言われてる。あんまいっぱい食わしてやれないけど」

「ううん、嬉しい。ありがと」

素直に礼を言って微笑むと、少年は物珍しげなものを観察するようにじぃっと僕を見つめた。

きょろりとした大きな目は黒に近い青。耳とお揃いの色をした髪の毛はつんつんとあちこち無造作に跳ね上がっている。

背丈も同じくらいだろうか。僕が着ているものと似たシャツに身を包んでいるけれど、貧相な僕とは違い、しっかりとした体つきだ。

よく見ると、ズボンの腰のあたりからフサフサとした尻尾が揺れている。

――そうだ。彼は狼獣人の『アンル』。小説の中では詳しい描写がなかった脇役だけど、この屋敷でヴァルフィリスの召使いのようなことをしていたはずだ。

確か作中では、ヴァルフィリスに犯され尽くした『トア』を介抱する役回りだった。とはいえ、僕は犯されるどころか気持ちよくイかせてもらっただけだし、こうして着替えをさせてもらった上に清潔なベッドで寝かせてもらえるなんて、想像していた世界観とずいぶんイメージが違う。

――僕があの時バトルを挑めなかったから、ちょっとずつ内容が変わってるのかなぁ……

腕組みをしてうーんと唸っていると、ベッドの縁にアンルが腰を下ろした。前のめりで両手をつき、ふたたびじっとこちらを見つめている。

「ふーん、たいして美味そうなやつには見えないけどなぁ。ガリガリだし、顔色も悪いし」

「え？」

「それに、ヴァルを殺しに来たってわりにはマヌケづらだ」

言い返したいけれど言い返せるほどの元気もないので、僕は曖昧に「ははは」と笑った。

するとアンルはふっと前触れもなく部屋から出ていってしまった。かと思うと、今度は両手で木製ボウルのようなものを大事そうに抱えて戻ってきた。

深さのあるボウルの中には、湯気の立つクリームシチューのようなものがたっぷりと満たされていた。僕は目を輝かせ、すぐさまそれを受け取る。

「た、食べていいの？」

「もちろん。野菜のミルク煮だよ」

「うわ、いい匂い。いただきます……!!」

口にした瞬間、滋養のある甘みとぬくもりが口の中いっぱいに広がってゆく。

ころりとしたものはじゃがいものような食感と味がする。青菜のようなもの、にんじんにしては赤すぎる根菜らしきものが軟らかく煮込まれていて、涙が出るほどに美味かった。

目を閉じてゆっくりと咀嚼（そしゃく）し、呑み込む。

すると胃のあたりからじんわりと熱が生まれ、全身のすみずみにまで力が漲（みなぎ）ってゆくようだった。

こうして食事をして初めて、自分がひどい空腹を抱えていたのだと気がついた。

孤児院での食事はいつも粗末なものだった。乾いて硬くなったパンになけなしの野菜を茹でたスープが主な食事だ。スープといっても味はなく、栄養なんてほとんどなかった。

こんなに美味しいものがこの世にあるなら、孤児院の子どもたちにも食べさせてやりたかったな……と、切なくなる。

「あ、あのさ」

「ん？　なに」

「あの人……、も、こういう料理を食べるのかな？」

本当は『どうして僕の血を吸っていないのだろうか』と尋ねたかったのだが、なんとなく気まずくて話題を変えた。

「あの人って？　ヴァルのこと？」

「う、うん……」

「いや、あいつは食わないよ。食べようと思えば食べられるらしいんだけど、あいつにはそんな必要ないからな」

「必要がない……なるほど」

「ワインは好きみたいだぞ？　地下にいーっぱい溜め込んでやがるから」

「ワインかぁ」

やはり赤ワインが好きなのだろうか……などと考えていると、アンルはじっと僕の目を覗き込み、少し控えめな調子で「それ、うまいか？」と尋ねてきた。

迷わずこくこく頷き、「美味しい！　すごく元気でる」と笑うと、アンルは照れくさそうに鼻の頭を掻いて言った。

「へへ、嬉しいもんだね。おれが作ったものをさ、美味しいって食べてもらえるのって」

「本当に美味しいよ。村での暮らしは貧しかったから、こんなに贅沢なスープは初めてなんだ」

「そっか、じゃあ明日は腹いっぱいになるまでたくさん食べろな！」

アンルは、さっきよりもひときわ明るい笑顔でニカッと笑った。そして、ゆっくり噛みしめるようにスープを食べ進める僕を、飽きる様子もなく見守る。

胃が柔らかく温まってくると、ようやくひと心地がつく。僕はアンルに試しに質問をした。

「きみは、この屋敷にいつから住んでるの？」

「えーと、ここで冬越えをするのは何回目かな。……うーん……五回目くらい？」

「だいたい五年くらいってことか……。それまではどうしてたの？」

そうして身の上を聞かれることに慣れていないのか、アンルは青褐色の目を何度か瞬き、僕を探るようにじっと見つめた。だが、さして問題ないと思ったのか、あっさりとここへ来るまでのことを話してくれた。

この世界においても、半獣人はかなり珍しい存在であるらしい。

数世代前に人間と番ったものがいたため、こうして時折アンルのような半獣人型の個体が現れるのだという。

かつて狼族は、獣の形をしていても人語を話し、強く賢い種族だった。しかし世代が進むにつれて知能は下がり、ただの獣となりつつあるという。

そんな中、アンルは半獣の状態で生まれた。

鋭い爪と強い牙を持つ獣体の仲間たちの中で、人の肉体を持った幼いアンルがうまくやっていけるわけがなく、いつも仲間たちからいじめられていたらしい。野生の世界において弱者は強者の餌食となるのが自然の摂理だからだ。

「母さんが生きてる間は守ってもらえたんだけど、死んじゃって、おれは群れから追い出されちゃったんだ。しばらくはなんとかひとりでやってたんだけど、でっかい狼どもに見つかってさ。食われそうになってたところをヴァルに助けてもらった、ってわけ」

「へぇ、そうだったのか」

「強いんだぜー、あいつ。普段は普通の人間みたいな格好してるけど、手からこんーんな鋭い鉤爪生やしてさ、おれを食い殺そうとしてたやつらをばったばったと追い払ってさ！」

「か、鉤爪……」

「生き残るには強いやつのところにいたほうがいいだろ？　ヴァルはおれを殺す気なんてなさそうだったし、行くとこないなら好きにしていいっていうから、ここに住んでんの」

そう語るアンルの表情はあっけらかんとして明るい。

勝手な想像だけど、狼にも人間にも交われないアンルは、深い孤独や卑屈さみたいなものを抱えているんじゃないかと想像していた。

だけどアンルはけろっとして「大人になってからは、夜だけ狼の姿になれるんだ。毎晩お嫁さんになってくれそうな子を探しに行くんだけど、なかなかうまくいかなくてさー」とぼやく。

同年齢ほどに見えるアンルがもう番いを探していると聞いてびっくりしてしまった。とはいえ、狼の成長は人間に比べて段違いに早いはずだから、狼としての本能が番いを求めるのは理解できる。

――前世の僕は二十歳になっても、好きな人ひとり見つけられなかったけどなぁ……

男性社会で、ガチガチに凝り固まった固定概念が蔓延るあの町で生き延びるためには、本当の自分を押し殺さねばならなかった。

誰かを好きになることもできなくてずっと苦しい想いを抱えていたけれど、本当は誰かを好きになってみたかった。

なんの取り柄もない自分にとって、それはあまりにも高望みだと思う。

だが、叶うのならば、ただひとりの誰かに愛されたいと望んでいた。

前世の自分を思い出して虚しくなる。アンルがどこにも属せない孤独な狼獣人かもしれないと勘違いしかけたのは、僕自身のよるべのなさを勝手にあてはめようとしただけだ。

「逞しいね、アンルは」

何気なく手を伸ばし、アンルの頭をぽんぽんと撫でてみる。

するとアンルは耳をピッと立ててやや驚いた顔をしたあと、ぴょんと後退った。そして大きな目を見開いて僕をじっと見据える。

――あっ、まずい。これじゃ、前触れなくセクハラしてくるオッサンたちと全然変わらないじゃないか……！

僕はすぐさまがばりと頭を下げ、謝った。

「ごめん！　いきなり触られたら嫌だよね、ごめん！」

「いや……別に。ちょっとびっくりしただけだし」

「本当にごめん。耳とかしっぽとか、ふわふわで可愛いなぁと思って、つい……」

アンルはまたびっくりしたように目を丸くした。

気に障ったのかとヒヤリとしたが、そういう雰囲気ではなさそうだ。

アンルはよく日に焼けた頬をぽっと朱色に染め、満更でもなさそうな顔でふさふさのしっぽを照れくさそうに撫でている。

「可愛い？　おれ、可愛いの？」

「う、うん。毛並みが綺麗で、モフッとしてるから……」

「ふーん、へぇ、そうなんだ。ふーん……」

そんな褒め方をされて嬉しいのかどうかわからなかったが、ひゅんひゅんと軽快に揺れるしっぽの様子を見るに、不機嫌にはさせなかったようだ。

表情豊かなアンルを見ていると、柴犬のコロの姿を思い出す。前世の僕に癒やしを与えてくれていたコロの笑顔（？）やふさふさの毛並みを思い出し、いつしか自然と微笑んでいた。

「僕はトア。よろしく」

「あ、うん。おれ、アンル」

名乗ったあと、アンルはすっくと立ち上がり、空っぽになっていたボウルをひょいと僕の手から引き取った。

「ま、今日はゆっくり休めよな。熱、下がってないんだし」

「ああ……うん。ありがとう」

「あと、あいつを殺したいなら好きにすればいいよ。どーせトアの手には負えないだろうけど」

「えっ。な、なんでそれを知って……」

その問いには答えず、アンルは横顔でにっと笑い、そのまま部屋から出ていった。

ひとりになると、なんだか急に身体がずっしりと重く、だるさを感じる。

アンルが言うように、高熱が出ているようだ。

「はぁ……」

横たわり、気だるいため息をつきながら天井を見上げる。

ここはとても静かで、物音ひとつ聞こえてこない。普段、ヴァルフィリスやアンルはどこで過ごしているのだろう。この屋敷の中で生活しているのだろうか。

吸血鬼といえば、夜行性。

きっと昼間は、真っ暗な地下室で棺桶のベッドとかで寝ているに違いない……ぼんやりそんなことを考えていた僕の脳裡に、ふと不穏なものがよぎる。

――そういえば、これまで生贄としてここへ連れてこられてきた子どもたちはどうなったんだろう。

この静けさ。ここに大勢の人間が存在している気配はない。

十年に一度の頻度で、ここには僕のような『生贄』の子どもたちが送り込まれてきたはずなのに、この屋敷に住み続けている様子はない。それはつまり……

「まさか、あいつが子どもたちの血を吸い尽くして、殺した……？　とか？」

口にしてゾッとする。僕はぶるりと震え上がり、自らを抱きしめるようにして両腕をさすった。

そうだ、昨日も言っていたではないか。『捧げられた獲物は、ありがたく頂戴しておかないと失礼かな』と……

さらにゾッとして、毛布をかぶってベッドの中に丸まった。

この震えは恐怖によるものなのか、それとも発熱によるものなのかはっきりしないけれど、今はとにかく寝たほうがいい。

頭の中でぐるぐると思考を巡らせていたせいで、余計に熱が上がってしまったのかもしれない。熱をこもらせた頭は痛いし、関節も痛い。……それに、やっぱり寒い。

「うう……しんど……」

少し眠って、これからのことはあとで考えよう。

ひんやりとした手の感触を額に感じる。

こんなふうに優しく触れてくれる人は祖母だけだった。熱を出して眠る僕のそばで繕いものをしながら、何度もこうして額に手を置いていた。まるで、僕がちゃんと生きているかどうか確認するように。

逆の立場になった時、僕はいつも祖母に申し訳なさを感じていた。ここまで育ててくれたのに、町の人たちとうまくやっていけない自分が情けなかった。

ゲイであることも、申し訳なくて言えなかった。

恋人のひとりでも紹介できたら、祖母を安心させてあげられたかもしれない。けれど、それも最期まで叶わなかった。

――ごめん……ごめん……

記憶が感情を呼び覚まし、閉じたまぶたから涙が溢れる。

目の奥が熱くて、鼻の奥がツンと痛い。

嗚咽で呼吸を乱しながら、僕は何度も何度も、祖母に謝った。

「うう、うっ……ばあちゃん、ごめん……」

「だれがばあちゃんだ」

上から降ってくる声の低さにひゅっと息を呑む。

同時にぱちっと目を開くと、揺れて霞んだ視界の中に美しい緋色の瞳がふたつ。

「ばっ……!?　ばば、ヴァルフィリス……!?」

驚きとともに飛び出た声は掠れている。起き上がろうとしたけれど身体は重く、僕はぱくぱくと無様に口を開け閉めしかできなかった。

燭台と暖炉の灯りでほんのり橙色に染まった部屋の中に、襟元の詰まった白シャツと黒いベストを身につけたヴァルフィリスがいる……!

この状況は危険だ。危険すぎる。ヴァルフィリスはきっと、熱を出して弱った僕の血を奪いにやってきたに違いない。すぐにでも、ベッドから這い出してここから逃げなくては……!!

だが、発熱のせいでまったく身体に力が入らず、もぞりと腕で身体をわずかに浮かせるだけで精一杯だ。

するとヴァルフィリスは柳眉を微かにひそめ、起き上がりかける僕の肩をベッドに押し戻す。

「なにやってる。おとなしく寝てろ」

「い、いや、だって……!!　あんた、ここになにしに来たんだよ……っ」

「なにしに？　なにをしに来たと思う？」

「ひぃ……」

ニヤリと唇を半月状にしならせて、ヴァルフィリスが邪悪な笑みを浮かべた。

細められたまぶたから覗く真紅の瞳が、言いようもなく不吉に見える。

とうとうその時が来てしまったのだ。

きっとこれから、ヴァルフィリスは身動きの取れない僕を押さえつけて吸血行為に及び、そのまま――……!!

しかし、ヴァルフィリスは枕元の木製チェストの上に置かれた洗面器に浸されていた布をキュッと絞って僕の額の上へ置いた。

ひんやりと濡れた布が額から熱を吸い上げる。心地いい感触に思わず「ほぅ……」とため息が漏れた。

――冷たくて気持ちいい…………って、そうじゃなくて!!　うそだ。ヴァルフィリスが看病!?

そんなキャラじゃないだろ!?

「なな、なん、なんで……なにやってんだよ、あんた……っ」

「うるさい、黙れ」

混乱のあまりあわあわと口を開け閉めする僕を黙らせ、ヴァルフィリスは僕の耳の下あたりを軽く押した。まるで、扁桃腺に腫れがないかどうか確認する医師のような手つきだ。

身動きの取れない獲物が目の前にいるというのに、表情にも猛々しさは一切感じられず、至って平静な様子である。

いったいどういうことなのだろう。小説の内容とはかけ離れた事象が起きていることに、僕は戸惑うばかりだった。

――わざわざここへ看病だけをしに来た？　……いや、いやいや、そんなことあるわけないよな。やはり腹が減って、僕の血を吸うためにここまで来たに違いない。そう思うと急にバクバクバクと心臓が早鐘を打ち始め、込み上げてくる唾をゴクリと呑み下す。

ふと、ヴァルフィリスの紅い瞳がすいとこちらを向いた。ベッドの中でピンと全身が硬直する。

「お前、名前と歳は」

「え？　あ……ええと、名前はトア。歳は、十八」

「十八か。孤児院から寄越されたんじゃないのか？」

「孤児院で育って、そのまま子どもたちの世話係としてそこで働いてた」

ヴァルフィリスはしげしげと僕の顔を観察したあとベッドの端に腰を下ろし、さらに質問を続けてくる。

「孤児院ではいったいどんな暮らしをしていたんだ？」

「……どういう意味？」

「お前の身体はボロボロだ。栄養失調で、身体の成長が年齢にまるで追い付いていない」

「えっ？　……まぁ、確かにそうかも」

「こんな死にかけのガキを俺のもとに送り込むなんて、毎度毎度、いったいどういうつもりなんだ」

考え込むように自らの顎を撫でながら呟いた最後の台詞は、ひとりごとのようだった。

僕は毛布の中からヴァルフィリスを見上げ、とつとつと最初の質問に答えてゆく。

「……確かに、孤児院の暮らしはひどかったよ。食事は粗末だったし、寝起きする場所も清潔とは言えなかった」

「ほう」

「病気になる子もいたけど、満足な治療を受けることもできずに死んでいくんだ。……けど、大人たちはさ、夜は普通に酒飲んでたり、町に遊びに行ったりするんだ。それがずっと許せなくて」

「……」

語っているうち、改めてこの世界の残酷な有様に胸が痛んだ。

前世の僕にとってはフィクションだったけれど、今ここに横たわる『トア』の肉体は疲弊し、衰弱している。

今、僕が体験していることは、この世界の中で培われてきた現実そのものなのだ。

「……なるほどね。しかし、そんな環境で育った割にはお前は学がありそうだな」

「まぁ……うん。孤児院の隣にある教会の書庫に古い本がたくさんあって、そこで本を読ませてもらえてたから」

「お前に文字を教える大人がいたのか？」

「うん、司祭様が生きてたから。僕が小さい頃は、孤児院だってまだましな環境だったんだ。……けど、司祭様が死んでから、だんだんおかしくなっていって」

司祭様はかなり高齢だった。背中は曲がり歩くのもつらそうだったけれど、僕の目をちゃんと見て、学ぶことを教えてくれた。司祭様が亡くなってから、僕たちの環境は悪いほうへ激変した。

大人たちは王都から支給される金を自分の享楽のために使うようになり、守り育てるべき子どもたちを便利な労働力くらいにしか思っていなかった。

しかもなにか不都合があれば、こうして子どもをやすやすと『生贄』として差し出すのだ。……まあ僕は、自分から進んでここへ来たわけだけど。

そんな語りを聞き、ヴァルフィリスは「そうか」と一言呟き、ゆっくりと首を振る。そしてじっと探るような目つきで僕を見つめた。

これまで見たことのない色をした瞳のせいか、無表情なせいか、僕に注がれる眼差しの意味がよくわからなくて緊張してしまう。

――え、なに。なんなんだろう、この沈黙は。まさか、話は済んだしそろそろ血でも吸ってやろうかとか考えてる……⁉

「あ、あの‼」

「なんだ？」

「あ、あの……ええと」

毛布の縁を顔の下で掴んで、はくはくと口を開け閉めする僕を見下ろすヴァルフィリスは、怪訝そうな表情だ。

いたたまれなくなり、僕は昼間感じた疑問を思い切ってぶつけてみた。

「僕が気絶してる間、ど、どうして血を吸わなかったんだよっ⁉」

「は？」

「だ、だだって、あんたは吸血鬼なんだろ……⁉　目の前に気絶した少年がいたら、思わず吸いたくなっちゃうもんなんじゃ……⁉」

「……」

――あ、あれ、無反応？

沈黙に耐えきれず疑問をぶつけてみたものの、ヴァルフィリスは呆れたような顔で沈黙したまま、じっと僕を見つめている。

まさか妙な地雷を踏んでしまったのだろうか。知らず知らずのうちにヴァルフィリスの逆鱗に触れて、このまま襲われてしまうのか――……⁉

たらたらたらと、嫌な汗が全身から滲み出してくる。

すると、すっとヴァルフィリスが身を屈め、枕元に片手をついた。

ひとときたりとも僕から視線を外さないまま、指の長いしなやかな手をゆっくりと首筋に伸ばしてくる。

さり……と、爪の先で首筋の柔らかいところを思わせぶりに撫で上げられ、身が竦む。

「ひぃぃ……」と悲鳴を漏らしながら、僕はぎゅっと固く目を瞑った。

「面白い、ずいぶんと残念そうだな。干からびるまで血を吸われたかったのか？」

「そ、そういうわけじゃなくて……!! 純粋に、なんでだろうって……！」

「それに、どうして俺が吸血鬼だと？」

「そ、それは……ええと」

『前世で読んだ本に書いてました』と言えるわけもなく、僕は苦し紛れに「ま、町で噂になってて……」と口にした。

ヴァルフィリスは「なるほどね」と小さく呟くと唇の片端を吊り上げ、牙をちらつかせながら艶然と微笑んだ。

「いいよ、どうされるのがいい？」

「へっ？」

「……痛いのと、気持ちイイの、どっちがいい？　お前の望むようにしてやるよ」

「あ、あの、あああ」

「俺に吸血されたいんだろ？　……なぁ、トア」

「ひぁ…………っ」

内緒話を交わすように耳元で囁くヴァルフィリスの声は、低くて甘い。

ふっと吹きかかる吐息の色っぽさにあの日の興奮を思い出し、僕の顔は一瞬にしてトマトのように真っ赤になった。

耳から孕んでしまいそうなほどセクシーな声だ。

低く凄んでいるような囁き声なのに、どこか甘やかすような響きもあって腰にくる。

図らずもうっとりさせられ、ヴァルフィリスを見上げる目からへなへなと力が抜けてしまう。

誘われるまま、うなじを差し出してしまいかけたその時——……ヴァルフィリスが突然「ふはっ!!　あっはははっ……!!」と噴き出し、高笑いを始めた。

肩を震わせて大笑いしているヴァルフィリスを、僕は涙目になりながらこわごわと見上げる。……なにがそんなに可笑しいのだろうか……恐ろしすぎる。

「ははっ、あはははは……っ!!　この俺にそんなことを訊くやつ、初めてだよ」

「……へ」

「こんなに笑ったのはいつぶりだ？　ふふっ……はぁ……ははは っ、涙が出てくる」

そう言って白い指先で目元を拭うヴァルフィリスの姿は、あまりにも麗しい。

小説の中では笑顔の描写などほとんどなかったはずだが（凄んで微笑むような描写はあれど）、僕の目の前にいるヴァルフィリスは、ずいぶん表情豊かなようだ。

――若干……いや、かなり馬鹿にされてる感は否めないけど、この人も笑ったりするんだ……なんとも言えない気持ちの狭間でふるふる震えていると、頭にぽんとヴァルフィリスの手が乗った。

「ま。とりあえず、今のお前に必要なのは十分な栄養と休養だ。俺を殺すのはそのあとにしろ」

「こ、殺……」

清々しい笑顔で物騒なことを言われ、ひゅんと肝が冷えてゆく。

本気な物言いではなさそうだが、ヴァルフィリスは今も僕に命を狙われていると思っているのだろう。

凄んで見せるべきか、しおらしくしておくべきか迷っていると、頭の上に置かれていた手がゆっくりと撫で下ろされる。その手のひらに慈しむような柔らかさを感じてしまい、僕はまた戸惑った。

だが、今度はぺちんと額に衝撃。軽くデコピンをされてしまった。

「痛(い)った!!」と呻いて額を押さえていると、ベッドから立ち上がったヴァルフィリスがニヤリと悪い笑みを見せてくる。

「それにな、この俺に吸血してもらおうなんて百万年早いんだよ」

「へっ」

「まずはせいぜい肥え太れ。美味そうな身体になったら考えてやってもいい」

「こ、肥え太れだぁ……!?　人を家畜みたいに……っ」

「そんなに騒ぐと熱が上がるぞ。じゃあな」

目を細めて意地の悪い笑みを見せたあと、ヴァルフィリスは踵を返して部屋を出ていった。

……なんだか、想像していたよりもずっと、あの人はくせ者な予感がする。

† † †

ぬくぬくとしたベッドで適切な食事を与えられる満ち足りた生活が、その後一週間ほど続いた。

主に僕の世話を焼いてくれていたのはアンルだ。毎日スープやパンを届けてくれ、時折湯に浸した布で僕の身体を拭いてくれた。

生まれてこの方こんなにも丁寧な世話を受けたことがなかったため、僕はことあるごとに「ありがとう、ありがとう」と涙ぐみながらアンルを撫でさせてもらった。

すると「な、なんだよ子ども扱いすんなよっ！」とツンとした顔を見せるものの、アンルの小麦色の頬はほんのりと赤く染まっていて、ピンと上を向いた尻尾はふりふりと揺れている。

そういう反応を見るにつけ、アンルにも甘えん坊な一面があるのかなと想像し、僕はひそかにほっこりしていた。

夜になると熱が上がって呼吸が苦しくなったりもしたけれど、アンルのおかげで体調は目に見えて良くなった。

やがて、昼間はすっかり元気になって歩き回れるようになった頃。

僕は起き上がり、椅子に引っ掛けてあった服に着替えることにした。

現代でいうコットン素材のような、柔らかな生地でできたシャツだ。使い込まれて柔らかくなった生成りのシャツに袖を通し、分厚くごわっとした素材でできたズボンを穿く。なめした革で作られた焦茶色の靴の靴紐をきゅっと縛って、久しぶりに自分の足で立ち上がった。

「わぁ……いい天気」

少し曇った窓ガラスの向こうに広がるのは、真っ青な空。

突き抜けるように青く晴れ渡った空の色は、かつて見上げていた日本のそれよりもずっと濃く、眩しい気がした。

どうやらここは一階のどこかであるらしい。窓からは真っ白な雪に覆われた森の樹々と、屋敷を囲う鉄柵が見える。

初めてここへ来た日は〝牢獄〟を連想したけれど、鉄柵は鉄格子のように無骨ではなかった。蔓草が絡みついたような瀟洒(しょうしゃ)なデザインである。

「あ！　トア、起きてんじゃん！」

今日もノックなしにドアが開いて、アンルが勢いよく部屋に入ってきた。

こうして立った状態で比べてみると、やはりアンルと僕はほとんど同じ背丈だった。

「おはよう、アンル」

「おはよ！　トア、顔色良くなったな。毛艶もましになったんじゃない？」

「ははっ、毛艶って」

しゅばっと片手を上げて気持ちの良い挨拶をする笑顔は今日もすこぶる爽やかだ。アンルは挨拶というものを知らなかったのだが、教えてよかったと思う。

「いっぱい世話かけたね、ありがとう。今日から僕も家のことを手伝うよ」

「え、ほんと？　やったね」

「洗濯とか、料理とか、全部アンルひとりでやってるんだろ？　僕、そういうの得意だからさ」

「まーね。といっても、ヴァルは飯食わないし、なんかしょっちゅうどっか行ってるから、おれ、ひとりぐらしみたいなもんだけどな」

「へぇ……そうなんだ」

ヴァンパイアの食事は血液だ。とはいえ、僕の血を一滴たりとも吸っていないのだから、『しょっちゅうどっか行ってる』間にどこかで誰かの血を吸って食事をしているのだろう。

イグルフのさらに東には王都があり、その周辺の街はとても賑やかで栄えていると聞いた。

きっとヴァルフィリスは、夜な夜な街へ出てセクシーな女たちと酒を飲んだりしているのだ。

あれだけの美貌を持つ男だ、酔っていい雰囲気になった相手を惑わせてエッチなことをしたり、その流れで吸血したりしているに違いない。

豊満な胸を強調したドレスを身に纏った美女を腕に抱き、その白い首筋に牙を立てるヴァルフィリスの姿をやすやすと想像できる。それは、あまりにも完璧なヴァンパイア像だ。

――よそで美女の血を吸えるなら、僕の血を欲しがる必要もないってことか。

つまり彼は気絶していたり、病気で臥せっている僕の血をわざわざ吸うまでもないのだ。そうなると、ヴァルフィリスとのバトルからの陵辱ルートは回避できたのだろうか……？

「どうしたんだよ、ぼうっとして。とりあえず屋敷ん中、案内するよ」

「あっ、うん！　頼むよ」

アンルに導かれ、部屋を出る。

まず驚いたのは、左右に果てしなく延びているような長い廊下だった。

思わず「うわ〜〜広い！」と感嘆する。

「そう、広いんだよ。だから、ぜんぜん使ってない部屋とかあるんだよね」

「確かに。アンルとあの人じゃ持て余しそうだなぁ」

「一階には暖炉のあるでかい部屋があって、台所の隣にはでっかいテーブルとシャンデリアのぶら下がった部屋があって……」

アンルの拙い説明を聞きながら屋敷を見て回る。『暖炉のあるでかい部屋』というのは、僕が初日にヴァルフィリスと出会った場所だ。

僕が寝ていた部屋にあったものより数段豪華な石造りの暖炉があり、テーブルやソファの類いにも高級感がある。お客をもてなすための応接間といったところだろう。

そして『でっかいテーブルとシャンデリア』の部屋は天井が高く広々としたダイニングルーム。

カーテンを開けてみると、出窓からそのまま庭へ出られるような構造になっていた。今は雪に閉ざされているけれど、春になればきっと青々とした庭木や色とりどりの花々で彩られた美しい庭が現れるのだろう。

「すごいな、早く春にならないかなぁ」

「はる？　はるってなに？」

アンルは耳がいいのか、僕のひとりごとも漏れなく拾って質問してくる。

この世界に四季があるのかどうかわからないけれど、僕は「もっと外があたたかくなって、草花が芽吹くようになったら、春だよ」と伝えてみた。

「それならきっともうすぐだよ。おれ、それまでにはお嫁さんが欲しいなぁ。ぜんぜん見つかんないけどさ」

「あぁ……。毎晩探しに行ってるんだっけ」

「そろそろ雪も降らなくなるし、トアも元気になったし、もうちょっと遠くの森まで探しに行ってみよっかなー」

「そっか、僕がいるから遠出できなかったんだ。ごめんね」

「ううん、ぜんぜん。だって、夜はヴァルがトアの様子見てたしね。おれは寒いから遠出しなかっただけ」

「え」

アンルはそう言ってガラス窓を押し開き、真綿のような雪の上を走り回っている。

シャツ一枚ではやはり寒いが、アンルはまるで寒さなど感じていないかのように元気いっぱいだ。

屋敷の中からその姿を見守りつつ、僕はドキドキと高鳴る胸を押さえて頬を赤らめた。

――夜な夜な美女の血を吸いに行ってたんじゃないのか……？

フフンとせせら笑いながら『せいぜい肥え太れ』などと言っていたのに、まさか僕の看病をしていたとは。その事実があまりにも意外で、彼というキャラクターをどう理解すればいいのかわからなくなってしまう。

――ん？　ってことは僕が臥せっている間、ヴァルフィリスは食事をしていないってこと？　人間の血液がどのくらい腹持ちするのかはわからないが、ヴァルフィリスにも不自由を強いてしまったのだとしたら申し訳ないと思う。

――そういうことなら一応、看病のお礼は言わなきゃ……だよな。

熱で火照った額に冷たいタオルを乗せてくれた時の感覚をふと思い出す。

僕はそっと額に手を当てた。

相手は危険な吸血鬼だ。だけど、寝込んでいた僕を無下にするのではなく、丁寧にケアをしてくれた。

そういえば、アンルが運んでくれる食事の内容などは誰かから指示を受けているようだった。きっとヴァルフィリスが、僕の状態に合った食べ物についてアンルに助言していたのだろう。

僕は、人から優しくしてもらった経験がほとんどない。だからこそ、看病に深い恩を感じてしまう。与えられたものを返さないでいるのは、なんとなく居心地が悪い。

感謝を伝えるためには、ヴァルフィリスと会う必要があるが……そうなると、またバトルになるきっかけが生まれる。

ヴァルフィリスは元気になった僕の血を吸ってやろうと思うかもしれないし、性的に襲われる可能性だって、なきにしもあらずだ。

貞操の危機が完全に去ったとは言いがたい状況だが、やはりお礼はきちんと言いたい。

僕は腕組みをして空を仰いだ。

「あっ!! そうだ、にんにく……!!」

パッと閃いた妙案だった。

そう、吸血鬼の苦手なものといえば、にんにくだ。

現代人としての記憶を取り戻したがゆえの叡智……!!

「魔除けとしてにんにくを隠し持っておけば、僕には手が出せないはずだ！」

よし、その手で行こうと拳を握りしめていると、雪まみれになったアンルが駆け戻ってきた。

軽く息を切らしているアンルの頬は健康的に紅潮して、目はキラキラと輝いている。身体を動かすのが好きなタイプらしい。

「どした？ 庭、見に行かないの？ おれの畑、向こうにもっと広いのがあるんだぞ。今は雪かぶってるけど」

「へぇ、見せて見せて！」

ぱさぱさとアンルの髪にくっついた雪を払ってやる。

僕が菜園に興味を示したことが嬉しかったのか、アンルは耳をピッと立てて目を輝かせると、ぶるぶるっと全身を震わせて自分でも雪をふり落とした。

「あとね、にんにくって野菜があるなら分けてほしいんだけど」

「にん……にく？ なんの肉？」

きょとんとして首を傾げるアンルににんにくの見た目や臭いの説明をしながら、僕らは日当たりのいい庭を散策した。

第四章　吸ってほしいわけじゃない

夜になり、アンルが『お嫁さん探し』に出かけていってしまうと、急に屋敷の中が静かになる。

あちこち案内してもらったおかげで、この屋敷についてだいたいわかってきた。

どの部屋の設えも美しく、調度品のひとつひとつにも高級感がある。

……が、人に使われていないせいか、おおよその部屋の家具には分厚い埃が積もっていた。

埃を取って磨き上げたら、きっとどの部屋も美しく生まれ変わるに違いない。そう考えた僕は、とりあえず明日から掃除に勤しむことに決めたのだった。

そして今、僕は火のついたかまどの前に立っている。

アンルが日頃から使っているとあって、キッチンには生活感があった。そして広い。

赤茶色の煉瓦と白っぽい色の煉瓦を組み合わせて作られたかまどが壁側に据えてあり、キッチンの真ん中にはどっしりとした木製の作業台がある。

また、キッチンの端に並べられた木箱の中には収穫した野菜が無造作に放り込まれている。それらは全て、アンルが育てた野菜だと聞いた時は驚いた。

彼がこの屋敷にやってきたばかりの頃。庭をうろうろしていた時、にょっきりと生えた果物の木を見つけたという。

庭はべらぼうに広いが、その木の周辺の土が周りよりも柔らかいと気づいたアンルは、そこでなにか食べられる植物を育てようと思い立った。

半獣人として生まれたせいで仲間から虐げられていた時期のあったアンルは、食うに食えないひもじい幼少期を送っていたらしい。

あたたかい季節はまだよくても、冬になると食べるものはなにもない。堪えきれないほどの空腹を抱えながら、草の根を引っこ抜いて齧(かじ)っていた時期もあったんだ——と、アンルはのほほんとした口調で教えてくれた。

幼いアンルが枯れ草の根を齧(かじ)っている姿を想像すると、かわいそうすぎて涙が出そうになったけれど、当の本人にとってはさしてつらい過去ではなさそうだ。

獣ゆえの強さだろうか。アンルの明るく逞しいところを見るにつけ、僕もしっかりしなければと思わされる。

「ああ……いい匂い」

火にかけている鍋の中から、ほんのり甘い香りが立ち上っている。

ヴァルフィリスへの看病の礼として、ホットワインを作ってみることにしたのだ。

今夜はまたしんしんと雪が降っていてぐっと冷え込む。吸血鬼がどのくらい寒さに弱いのかはわからないけれど、あたたかいものを差し入れられて嫌な気分にはならないだろう——と悩んだ結果だ。

アンルの言葉通り、キッチンから数段階段を下りた半地下の部屋には木棚が整然と並んでいて、たくさんのワインが貯蔵されていた。

そこにあったのは、ホッツたちが飲み散らかしていたワインの瓶とは比べ物にならないような、美しい装飾が施されたものばかり。勝手に触っていいものなのか迷ったけれど、開封済みの瓶を見つけたので、それを使うことにした。

ホットワインは司祭様が生きていた頃に何度か作ったことがある。『イグルフの厳しい冬は老体にはひどくこたえる』と苦笑しながら、司祭様はホットワインの作り方を僕に教えた。

小さな鍋から香り立つ豊かな香りとともに、弱りゆく司祭様の姿を思い出し、ちょっとだけ切なくなった。

「……作ってみたものの、今夜は屋敷にいるのかな」

はちみつをひと匙加えてひと煮立ちさせた白ワインに、みかんのような色と形をした果実をスライスしたものをそっと浮かべる。

もともとこの庭に生えていた木をアンルが手入れしたら、つやつやしたこの果実が生ったらしい。果汁をたっぷり含んだ実はやや酸味の強いみかんに似た味がする。爽やかな酸味の中にほのかな甘みがあって、美味しい果実だ。

出来上がったホットワインをグラスに注ぎ、ふわふわと湧き上がる湯気を胸いっぱいに吸い込むと、甘さのある芳醇な香りが鼻腔いっぱいに広がった。これは絶対うまいやつだと確信し、僕は思わず笑みをこぼした。

ふとその時、玄関ホールのほうから物音が聞こえた。ドアを開閉する音だ。

じっと耳を澄ませていると、大理石の床を踏む小気味いい靴音が、ゆっくりと二階へと消えてゆく。

どうやら、どこかへ出かけていたヴァルフィリスが戻ってきたようだ。

「よ、よし、行くか。これを渡して、看病のお礼を言って、すぐに立ち去る。……お守りも持ってるし」

ズボンのポケットのふくらみに目を落としながら、僕は力強く頷いた。

アンルににんにくの特徴を説明したら、家庭菜園で今まさに育てているというので歓喜した。キッチンに去年の春に収穫したものが干してあるというので、ありがたく、それをいくつか頂戴することにして……

「よし、完璧」

木製のトレイに湯気の立つグラスを載せ、いそいそとキッチンを出てヴァルフィリスの部屋へ向かった。

だが、ヴァルフィリスの部屋らしきドアをノックしても返事はない。

屋敷の案内を受けた時、『二階の一番北側がヴァルの部屋だから、近づかないほうがいいよ』とアンルから聞いていたため、ここで合っているはずなのだが……

手元にあるホットワインに目を落とした。今は湯気が立っているけれど、しんと冷えた廊下でずっと待ちぼうけしていては、せっかくのワインが冷めてしまう。

——あ。棺桶で寝てるから音が聞こえないのかな？

棺桶かどうかはさておき、もう眠っている可能性はある。

わざわざ寝ているヴァルフィリスを起こして襲われるリスクを高める必要はない気はするが、早めに看病の礼は言っておきたい。僕は律儀なほうなのだ。

「……どうしようかな」

ホットワインは作り直せばいいけれど、ヴァルフィリスが屋敷にいるタイミングがいまいち掴めないこともあって、この機会を逃したくないという気持ちもあった。

——覗いてみるだけ。もし棺桶で寝てたら、今夜はもう引き下がることにしよう。

そう心に決め、僕はドアノブを掴んだ。

「……失礼します」

真っ暗だろうと予想していた部屋の中は、蝋燭(ろうそく)のほのかな灯りで橙色に染まっていた。もう少しだけドアを開け、そっと部屋の中を覗いてみる。

「う、わぁ……！」

目に飛び込んできたのは、壁一面を覆う大きな本棚だった。

こんなにもたくさんの書物を見たのは初めてだ。思わず感嘆の声が漏れ、吸い寄せられるように部屋の中へ滑り込む。

金色の燭台の置かれたチェストの上にトレイを置き、本棚へ近づいてゆく。古い紙とインクの匂いがないまぜになったかのような独特の香りが鼻腔いっぱいに広がって、懐かしい気持ちになった。

それに本も状態がいい。教会の書架で司祭様の手伝いをしていた時に手に取った本たちとは、比べ物にならないほど綺麗な本ばかりだ。

そしてふと、どっしりと重たげなカーテンのかかった窓の手前に、大きな机が据えてあることにも気づいた。

近寄ってみると、開かれた大判の本がいくつも重ねて置かれ、試験管のようなものも並んでいる。僕は目を瞬いた。

「なんだこれ、なにか実験でもしてるのかな。難しそうな本ばっか……」

「おい、誰が入っていいと言った」

「!!」

机の端に積み上げられた分厚い本の背表紙に指先を滑らせていたその時、背後からヴァルフィリスの声が聞こえてきた。びっくりしすぎて息が止まる。

バッと後ろを振り返ると、吐息がふりかかるほどの距離にヴァルフィリスが立っている。それにもまた仰天した。

しかもヴァルフィリスは風呂上がりのように髪が濡れ、どことなく気だるげな目をしていた。疲れているのか、肌は青白く、どことなく顔色が悪い。いつもはきっちりしている襟元ははだけ、黒いズボンに白いシャツを羽織っただけという格好だ。

否応なしに、開いたシャツの合わせ目から覗くしなやかな首元から、綺麗な稜線を描く鎖骨へと視線が吸い寄せられてしまう。

芸術作品のように丹精な陰影を描く胸筋と腹筋が美しい。長身な上に手脚の長いモデル体型だからか、着痩せして見えるタイプのようだ。

不意打ちのセクシーさにうっとりしてしまっていると、少しゆとりのある白い袖に覆われた腕が伸びてきて、壁ドンならぬ本棚ドンをされた。

僕は思わず息を呑み、恐る恐るヴァルフィリスを見上げる。

「聞いてるのか」

「あっ……あの、ごめん！　返事がなかったから……」

「返事がなければ回れ右をしろ。まったく……なにしに来た」

「勝手に入ったのは悪かったよ。ただどうしても、お礼を言いたくて」

「……お礼？」

眉を寄せ、怪訝そうな表情で僕を見つめるルビーの瞳の美しさに、気を抜けばまた捕らわれてしまいそうになる。

僕はサッと目を逸らしてチェストに置いたホットワインを指差した。かろうじて、まだ微かに湯気が立ち上っている。

「今夜は冷えるみたいだし。……あったまると思って、差し入れ」

「差し入れ？　……俺に？」

「アンルが、キッチンにあるものならなんでも使っていいって言っ……て」

不意にぐっと顎を掴まれ、無理やり上を向かされた。

突然の強引な仕草に目を見張る僕を、ヴァルフィリスは醒めた瞳で見下ろしている。

そこはかとなく酷薄にも見える眼差しに震え上がっている僕の怯えに気づいたのか、ヴァルフィリスはふと目から力を抜き、いつものように皮肉っぽく唇の片端を吊り上げた。

「……あの日の続きをしに来たのか？」

「はっ？　……ど、どういう意味？」

「身体が動くようになったから、改めて俺を殺しに来たんだろ？　ああ……あのワインに毒でも盛った？」

ヴァルフィリスは気だるげに薄ら笑みを浮かべ、そんなことを言ってのけた。

一瞬、なにを言われているのかわからなかったけれど、徐々に徐々に、ふつふつと怒りが込み上げてくる。なにを差し入れたら受け取ってくれるだろうかと、さんざん悩んで作ったホットワインだというのに、あんまりな物言いだ。

「毒なんか入れるわけないだろ！　失礼なこと言うな！」

「……へぇ？」

「僕はただ、あんたが看病してくれたから、その礼を言いに来ただけだよ！」

「本当に？　あの時みたいに俺を誘惑して、隙をついて殺そうとでも考えてるんじゃないのか？」

「なっ……!?」

ヴァルフィリスの疑い深い一面を目の当たりにして驚いた僕の頬を、す……と長い指の背が撫でてゆく。そのもどかしい感覚に僕はびくりと身体を硬くした。

恐怖のせいもあるかもしれない。だがそれ以上に、そうして肌に触れられるだけで、初めてここへ来た日に与えられた快楽を思い出してしまう。

ヴァルフィリスは僕の反応を窺うようにじっと瞳を見据えたまま、撫で下ろした頬から顎へと指先を滑らせた。くいと顎を掬われて顔を上げさせられたかと思うと、親指で僕の下唇を押し撫でる。

唇はこんなにも感覚が鋭敏だったのかと驚いてしまうくらい、ヴァルフィリスに触れられた場所が、確かな熱を持ち始めている。だが今は、その快楽に身を委ねてしまうわけにはいかない。

ごくりと息を呑み、ポケットに手を突っ込んだ。

「さ、さ、さわるなってば‼」

頬の熱さには気づかないふりをして、僕は手の中ににんにくを握りしめ、印籠を掲げるがごとくヴァルフィリスの鼻先に突き出してやった。

……が、ヴァルフィリスはまたしても呆れたような、訝しげな顔をしているだけ。

怯えて悲鳴を上げたり、怒り狂ったりすることもなく、わけがわからないといった表情でゆっくりと目を瞬いている。

「？　なんだこれ」

「えっ。いや……にんにく、平気なの？」

「はぁ……。つくづくわけのわからんやつだ。まさか、こんなもんで俺をどうにかできるとでも思ってたのか？」

「うぁっ」

ぐっと手首を掴まれた拍子に、ころりとにんにくが床に転がる。

……どうやら、ヴァルフィリスにはまったく効果がないらしい。がっかりしたのも束の間。ヴァルフィリスは僕の腕をそのまま掴み上げ、背後の本棚に押しつけた。

ダン！　と骨に響くような音と痛みに、僕は思わず顔を顰める。

「い……っ！　なにする……っ」

振り仰いだ視線の先に、ヴァルフィリスの赤くゆらめく瞳がある。

だが、その赤は以前よりも翳りを帯びていて、覇気がないように感じた。

目の下にはうっすらと影があるように見えるし、表情もどことなく胡乱げだ。

この顔色の悪さ、気だるげな様子――ヴァルフィリスは飢えているのかもしれない。

出かけていた様子だし、どこぞで美女の血を吸っているものと思っていたけれど、今回はそれがうまくいかなかったのか？　それとも、ちょっと元気になった僕を見て、吸血欲求がむくむくと湧き上がってきた……？

――……ひょ、ひょっとして、今から吸血されちゃう……!?

そう思い当たるや否や、ぼっと全身が熱く火照った。

もちろん怖い。痛いのは好きじゃないし、あの鋭い牙で肌を突き破られてしまうのかと想像すると、身体の中心がひゅんとなる。

――咬まれたら、どうなっちゃうんだろう。……ん？　小説の中ではどうなってたっけ？　陵辱の描写にばっかり目がいってたからかな、あんまり覚えがないような……

陵辱しながら吸血していたんだっけ？　それとも、血生臭い描写を避けるために詳しく書かれていなかったのか？

考えれば考えるほど恐ろしいけれど、どうしてか僕の胸は、少しずつ高鳴り始めている。

どこか気だるげで、残虐非道な鬼畜攻めに相応しい目つきをしたヴァルフィリスは、こんな時だがやはり美しい。

表情に翳りがあるぶん、いっそ神々しささえ感じてしまう。

こんなにも美しい人が、種族としても上位に位置しているであろう吸血鬼が、僕なんかの血液や身体を欲している。これから僕の血を、肉体を、貪るように求めるのか……？

あの腕に抱きしめられ、白い牙を肌の中へと受け入れる様を想像するうち、なんだか恍惚とした気分になってきた。

すると、僕を冷ややかに見下ろしていたヴァルフィリスがふと目を細めた。

その拍子に、常人よりも縦長の瞳孔が、すっと細く、鋭くなる。

「……ほら、また。お前はすぐそういう目をする」

「え？　そういう目って……？」

「あの時もそうだ。毒の剣を隠し持っていたくせに、ろくに抵抗もしないでされるがままだった。……本当に、お前はここへなにしに来たんだ」

「なにって……ァ、っ……」

掬い上げられるように唇を塞がれ、そのまま無遠慮に挿入された柔らかな舌で口内を掻き乱され、ゾクゾクと背筋が震える。

「ぁ、ア……っ、ん……」

「……好さそうな声だな。この間より素直じゃないか」

「ん、っ……そんなんじゃ、……っ」

慌てて抵抗しようとするとにわかにキスが深くなり、ヴァルフィリスの吐息もまた色香に濡れ、熱を孕んでゆく。

ちゅく、ちゅぅ……っと淫らな水音が耳に届くたび、僕の身体はますます昂った。敏感な上顎や頬の裏の粘膜を舐め上げられるとくすぐったさと快感がないまぜになり、腹の奥がじくじくともどかしくなってくる。

キスをされただけだというのに、性器が硬さを持ち始めているのが自分でもわかる。

恥ずかしくて、それをどうにかして隠そうと太ももをもぞつかせていると、ヴァルフィリスの脚が強引に僕の膝を割ってきた。

「ぁ、ぅあっ……！」

勃ち上がっていたそれを押しつぶされ、腰が砕けそうになった。咄嗟にヴァルフィリスに縋ろうとしたもう片方の腕まで本棚に押しつけられて、磔のような格好にさせられてしまう。

その格好のまま、あいもかわらず濃厚なキスをいくらでも与えられ、あろうことか芯を孕んだペニスまで太ももでぐいぐいと押しつぶされ……僕は、堪えきれず高い声を漏らした。

「ぁ、あっ……！　ハァッ……、やぁ……っ」

そこで一瞬、キスが途切れる。

離れてゆく柔らかな唇が恋しくて、僕はだらしなく口を開いたまま、物乞いをするようにヴァルフィリスを見上げた。

よほど憐れな表情を浮かべていたのだろう。ヴァルフィリスの眉間に深い皺が刻まれ、目つきがにわかにきつくなる。

「……お前は、本当に……」

「へ……？　ぁっ、ぅ……！」

容赦のない強さで顎を掴まれた。唾液に濡れて淫美に艶めくヴァルフィリスの唇が大きく開かれたかと思うと、ふたたび唇を覆われる。

さっきとは異なるキスの感触に、僕は震えた。

すぅ、と大きく吐息を吸われ、ふわりと身体が浮き上がるような、めまいにも似た感覚が全身を包み込む。

内臓を、いや、魂ごと吸い取られているのではと錯覚させられるようなキスだ。まるで、全てを奪い去られてしまうかのような……

——そういえば、ここへ来た日の夜も、この感覚を味わった気がする……

あの時は気が動転していたこともあってすぐに卒倒してしまったが、あの時と似た感覚だ。この足元から掬い上げられるような浮遊感には覚えがある。

だが不思議なことに、それは決して不快なものではなかった。

いつしかその感覚に慣れてくると、次に訪れるのは全身がふわふわと浮き上がるような恍惚感だ。

その上、僕を貪るようにキスをするヴァルフィリスからは、普段の皮肉めいた余裕のようなものが一切感じられない。

それが無性に可愛く思えて、不思議なほどに胸がいっぱいになってしまう。

「はぁっ……はぁ……ん」

ようやく解放された唇の端から、どちらのものともわからない唾液が一筋伝う。

仰いたまま陶然となってヴァルフィリスを見上げるものの、目に力がまったく入らない。それに、身体にも……

「ぁっ……」

手首の拘束をほどかれた瞬間、がくんと前のめりに倒れ込みかけた僕をヴァルフィリスが抱き止める。そしてそのまま横抱きにされ、ベッドにどさりと横たえられた。

いまだ呆然としているうち、ヴァルフィリスに覆いかぶさられた。トクトクと脈打つ首筋に、柔らかく濡れた舌が押し当てられ、舐め上げられる。

「ん、あっ……！」

全身が敏感になってしまっているのか、その感触だけで軽くイキそうになってしまった。

あのキスは吸血行為に及ぶ前に、相手を麻痺させて動けなくするためだったのかもしれない。

だとしたら大成功だ。僕は文字通りキスで骨抜きにされて、指一本動かすことさえできやしない。

きっと牙で皮膚を突き破られる痛みさえも、今の僕なら快楽と捉えるだろう。

だが、ヴァルフィリスが僕に与えたものは痛みではなかった。

前触れもなくズボンをずるりと引き下げられ、ひんやりとした部屋の空気に肌が震えた。

その上、あろうことか、僕の股ぐらにヴァルフィリスが顔を埋めたのだ。

「えっ……!? ァ、まって、なんでっ……」

「いいから、じっとしてろ」

「やっ……待っ、ァ、ぁん……っ!」

キスだけですっかり勃ち上がり、はしたなく蜜をこぼしていた僕の先端をヴァルフィリスの唇がくっぽりと呑み込んでゆく。

一番敏感なところを唇で、舌で愛撫され、僕は起き上がることもできずに身をくねらせた。

「あっ……、や……はぁ……っ」

抗わなければと思うのに、身体は快楽に正直だった。

気づけば僕は自ら大きく脚を開き、ヴァルフィリスの口淫に合わせて浅ましく腰を揺らしている。

「あ、はぁっ……。も、でる、でちゃうから……っ、やめ……っ」

こんな気持ちいいことがこの世にあるのだろうかと思わされるほどの快楽だった。

涙声になりながら「やめて」と何度も口にしたけれど、そこにはただただ甘ぇの響きが乗っているだけ。

ヴァルフィリスもそれがわかっているのか、一向に口淫をやめる気配はなく、さらに大胆な動きで僕を追い詰めてゆく。

根本を扱かれながら先端を舌で転がされ、鈴口から溢れる体液を蜜のように吸われ――僕はあっけなく果てさせられていた。

† † †

ふと我に返った。

どうやら、またキャパオーバーを起こして気が遠くなっていたらしい。

ふと視線を巡らせてみると、窓辺に佇むヴァルフィリスの背中が見えた。重たげなカーテンの隙間から夜空を眺めているようだ。

まだ夜は明けていない。ここへ来てから、さほど時間は経っていないらしい。

もぞりと起き上がってみると、乱れていた衣服がきちんともとに戻されている。その拍子に、毛布がはらりと手元に落ちた。胸の上まで、きちんと毛布をかけられていたようだ。

そして、また首筋になんの痕跡もないと気づくや、僕はひどく落胆した。自分でも驚いてしまうほどに。

——また、吸血されてない。僕の血、そんなに不味いのかな……

調子が悪そうだったにもかかわらず、僕は吸血してもらえなかった。

吸われなかったことに安堵すべきだと思うのに、なぜだか僕は落胆している。

この感情をどう解釈すればいいのかわからず、僕は少し混乱していた。

そう、安堵すべきなのだ。

ちょっといやらしいことはされたけれど、傷つくようなことは一切されていない。気持ちよくされただけで、襲われたわけでもない。

落ち込む必要がどこにあるんだ……と、自分を宥めようとしたけれど、僕の心は翳(かげ)ったままだ。

ヴァルフィリスに……いや、誰かに求めてもらえることを期待した。

たとえそれが吸血欲や性欲、支配欲といった欲求に突き動かされたものであったとしても、初めて誰かに求めてもらえる。

……そう思っていたのに、ヴァルフィリスは僕を求めはしなかった。ただ、戯れのような愛撫を与えただけ。

――あの小説の中のトアは、僕よりもずっと勇ましかった。……なにもできない僕とは違う。

泣き出したくなるのをぐっと堪えて、僕は物音を立てないようにベッドから降りようとした。

すると、微(かす)かな気配に気づいたのか、ヴァルフィリスが横顔でこちらを振り向く。

「……どうして、泣きそうな顔をしてるんだ」

「えっ……？」

思いがけない問いかけに戸惑い、身じろぎをやめた。

ヴァルフィリスははだけたシャツもそのままに、ゆったりした歩調でベッドへ戻ってくる。そして僕のそばに浅く腰掛け、じっと顔を覗き込んだ。

「今、なにを考えてる」

「べ、別に……。血を吸われなくて良かったって思ってただけだよ！」

今胸に抱えている感情を読み取られたくない。僕はぶっきらぼうに答えて顔を背けた。

するとすぐそばでヴァルフィリスのため息が聞こえてくる。子どもっぽい態度に呆れられてしまったのかと思うと、それもまた情けなくて落ち込んでしまいそうだった。

「良かったと思ってる顔には見えないが」

「そ、そんなことない」

「……つくづくわからんやつだ。礼が言いたいだの、差し入れだの……お前はいったいなにがしたいんだ？」

ふと、ため息交じりの静かな声でそう尋ねられ、ゆっくりと顔を上げる。……そして、僕は目を瞬いた。瞳の色が、さっきよりも明るく輝いている。

燭台の灯りが増えたのかとあたりを見回すも、そういうわけでもないらしい。

仄明るい中でも、ヴァルフィリスの瞳はハッとするほど鮮やかなルビー色に輝き、肌艶まで良くなっている気がする。肌がうっすら淡く発光しているのではと錯覚してしまうほどだ。

――血を吸ってないのに、なんかすごく元気になってる？　な、なんで？

だが同時に、ヴァルフィリスのその一言で、ようやくここへやってきた目的を思い出した。

ベッドに座り直し、僕はぺこりと頭を下げる。

「あの、ありがとう。僕が熱出した時……看病してくれて」

「……え？」

「嬉しかった。ああやって優しく世話してもらったのは初めてだったから。アンルにも、あんたに……ヴァルにも、ちゃんとお礼をしたかったんだ」

「……」

「言いたかったのは、それだけ」

僕の言葉をおとなしく聞いていたヴァルフィリスの目が、わずかに見開かれる。

面と向かって礼を言われることに驚いているのだろうか。それはとても無防備な表情だった。

なにか皮肉のひとつでも言われるかと思ったが、ヴァルフィリスは無言でじっと僕を見つめるばかりだ。

そっけない感謝になったけれど、きちんと言葉にすることができてホッとした。ここに長居する必要はもうなくなったのだから、早々にここから退散しよう――……

すると、腰を浮かせかけた僕を引き止めるように、ヴァルフィリスがこんなことを口にした。

「……礼なんて必要ない。お前が気を失ったのは俺のせいだし」

「え……？　ヴァルのせいって、なんで？」

「なんでって……」

会えばいつも軽口を叩いて僕を小馬鹿にしたようなことを言うくせに、ヴァルノィリスが珍しく口ごもっている。

なにか物言いたげな様子が気にかかり、その先が知りたくて気持ちが逸った。なにか、とてつもなく大事なことを言い出すのではないかと……

だが、期待するあまりどんどん前のめりになっていた僕の額で、ぱちんと衝撃が弾けた。

またしてもデコピンだ。

「いったぁ!!」

「ま、わざわざお前に教える必要はないか」

「はぁっ!?」

突然の痛みに額を押さえ涙目になっている僕に、いつもの皮肉っぽい笑みが向けられる。つい
さっき垣間見えた素顔らしい表情が嘘のように、悪魔めいた微笑だ。

もう一押しすればなにか掴めそうだったのに、するりと逃げられてしまった。もどかしさに焦れて僕はむくれた。

「そこまで言っといて教える必要がないとか、なんなんだよ。気になるだろ!」

「そうか?」

「そうだよ!」

「まぁ……お前がもっと肥え太って、美味そうな身体になったら教えてやるよ」

「またそれ!?」

いきり立つ僕を見て、ヴァルフィリスは「本当に威勢がいいな」と、肩を揺すって笑っている。

その笑顔の眩しさにまたうっとり見惚れかけたけれど、なんとか堪えた。

それに、こうしていろんな表情を見せられてしまうと、こちらも毒気が抜かれてしまうというものだ。いまだ拭えない疑惑があるというのに。一番気になっていることを、まだなにも確認できていないのに。

肌を触れ合わせて言葉を交わすうち、ヴァルフィリスを疑い、恐れる感情が薄れてしまいそうになる。

――ストレートに聞けば済むことだ。『生贄の子どもたちをどうしたんだ』って。

村に誰ひとりとして戻ってこない『生贄』の子どもたちは、いったいどこに行ってしまったのか。

ここへ来てからずっと、胸の奥に燻っている疑念のひとつだ。

もしその問いを投げかけ、ヴァルフィリスが彼らを手にかけたという答えが返ってきてしまったら……それが怖くて、尋ねられない。

ヴァルフィリスが『悪』だと確信を得てしまうこと……それが、なんだか無性に怖かった。

怖いなら逃げればいい。今なら、逃げようと思えばいくらでも逃げることができる。

体調はすでに回復しているし、もしアンルに道案内を頼めるなら、イグルフに帰ることだってできるはずだ。

だけど、もっとここにいてヴァルフィリスの本質を確かめたいという気持ちが僕の胸の奥に生まれ始めていた。

気がかりなことをそのまま放置して逃げ出すわけにはいかない。

僕は意を決して、ヴァルフィリスに向かってこう言い放った。

「ああわかったよ！　お望み通り、もっと肥え太ってやる。それまでずっとこの屋敷に居座ってやるからな」

「ふん、好きにしろ」

シニカルに鼻で笑うヴァルフィリスは憎たらしいが、胸の鼓動はトクトクと速いままだ。

その時、つと彼が指差したほうを見て……僕は小さく「あ」と言った。

窓の手前にあるヴァルフィリスの机の上に、空になったグラスが置かれている。

どうやらホットワインを飲んでくれたらしい。

苛立っていた気持ちが嘘のように、ふわりと溶けて消えてゆく。

「ホットワインは初めて飲んだが、悪くない味だった」

「あー……そう。ふうん……よかったね」

頬が緩んでしまうのを隠すべく、僕はあえてそっけない口調で返事をした。本当は胸の奥がむずがゆくなってしまうほど嬉しいけれど、喜んでいることをヴァルフィリスに悟られてしまうのはなんだか癪だったのだ。

「でも、冷めちゃってただろ。時間も経ってたし」

「構わない。冷めてるほうがいいんだ」

立ち上がったヴァルフィリスはグラスの縁に指を滑らせ、肩を竦める。

そして軽い口調で「俺は猫舌だからな」と言った。

ヴァルフィリスの屋敷にとどまるようになってから、半月ほどが過ぎた。

この数日は天気が良く、肌を刺すような寒さが少し和らいでいた。庭一面を覆い尽くす雪も、陽の当たる場所はうっすらと地面が見え隠れしている。

アンルの信頼を得ることには成功しつつあり、僕は菜園管理の手伝いを頼まれるようになった。

冬だからといって畑の管理を怠るわけにはいかないらしく、大根に似た野菜の収穫であるとか、春に野菜を植え付けるらしい畑の土作りなどなど、アンルの指導を受けながら泥だらけになって作業をする日々だ。

孤児院にいた頃も教会の裏で細々と菜園をやっていた。

だけど、イグルフの土地は痩せている上、野菜の作り方などを教えてくれる大人もいなかったから、収穫できるものはごくわずかだった。

狼獣人ゆえに鼻が利くのか、野生の勘が働くのか、アンルは誰に習ったわけでもないのに野菜作りにとても詳しい。

土の作り方や育て方を彼から学んだ今なら、孤児院の畑をもっと良いものにできるのになぁ……と思いながら、今日は森に面した玄関周りに積もった雪をかいている。

「はぁ……疲れた」

日中はあたたかったけれど、夕暮れ時ともなるとぐっと気温が下がる。肌感覚での気温は五度以下だ。

だけど、重い木製のスコップでえっちらおっちら雪をすくって隅へ積み上げていく作業を繰り返したおかげで、汗をかくほど身体は温まっている。

ただ、体力がないので骨が折れた。栄養状態は良くなってきたものの、僕の肉体にはまだ年齢相応の筋肉が備わってはいないようで、アンルのようにキビキビと動けないのだ。

——とはいえ、だいぶ元気にしてもらったよなぁ。

一階の窓に映った自分の姿にふと気づき、雪かきの手を止めた。

痩せていた頬には張りが生まれ、顔つきが変わってきた。大きな目がぎょろりとしていて生意気に見られがちだったけれど、ずいぶん穏やかな目つきになったと感じる。

根本から毛先まで乾いてばさっとしていた髪も柔らかく、艶が出てきた。こうして見てみると、前世で幾度となく眺めていた『トア』の美少年っぷりにかなり近づいたなと思う。

「最初はガリガリでびっくりしたしなぁ。肥え太れって言われる意味がようやくわかったかも」

首に巻いた布で額の汗を拭い、空を見上げる。

そろそろ夕暮れ時が近い空は、橙色から藍色へ淡いグラデーションに染まり始めていた。

今日も朝から抜けるような青空が天高くまで広がり、冴えた空気が清々しかった。夕暮れが近づき、一気に気温が下がったけれど、労働によって火照(ほて)った身体に胸いっぱい吸い込んだ清らかな風は心地いい。

自然と口元に笑みが浮かんだ。今日もよく眠れそうだ。

「トアー、お疲れ。雪かきどうなった？」

アンルが軽快に駆けてくる。

軽く手を上げて「だいたい終わったかな」と言うと、アンルは自分の腰に手を当てて僕の雪かきした場所をざっと見渡し「うん、まぁいっか！」と言って深く頷いた……どうやら成果は微妙らしい。

「そろそろ夕飯にしよ。今日は鴨を捕まえたから焼いてみた！」

「うわぁ、美味そう。すぐ行くよ」

夕飯と聞いて、ぐぅぅと腹の虫が鳴いた。

アンルは野菜作りだけでなく狩りも上手だ。時折〝お嫁さん探し〟のついでに鴨や鹿や猪を捕まえてくる。

ヴァルフィリスはこういった食事をとらないため張り合いがなかったようだが、今は僕という食客がいるため、アンルはずいぶん張り切って料理を作るようになった。

その料理がいつもすこぶる美味いので、ついついがっついてたくさん食べてしまう。僕が順調に肥え太っているゆえんだ。

汗を拭きながらスコップを壁に立てかけ、今日の作業はここで終了する。

「トア、すごい汗じゃん！　先にお湯でも浴びてきなよ、汗が冷えちゃうから」

「いいの？　やったね！」

「おれ、先に食べて出かけるかもしれないけど、トアのぶんはちゃんとおいとくからなー！」

「うん、わかった」

アンルはなんだか少し、そわそわしているようだ。

ひょっとすると、〝お嫁さん探し〟がうまくいきそうなのかもしれない。

食事の支度をしておくと言って、尻尾を元気に揺らしながら先に屋敷へ戻っていったアンルを微笑ましく見送り、僕はうーーんと大きく背伸びをした。

風は冷たいが雪かきで火照った頬には心地いい。『湯』と聞くだけで疲れがさっぱりと洗い流されてゆく。

この屋敷の部屋にはそれぞれバスルームがあり、金属製の手押しポンプを押せば少し熱いくらいの湯が豊富に出てくる。いったいどういう仕組みなのかと不思議だった。

アンルがせっせと焚いてくれたのかと思っていたが、なんとこの土地には温泉が出るらしい。

イグルフの平原からは十数キロ離れたこのあたりは、切り立った山がすぐそこまで迫っている。その先は深い山脈へと地形が続き、そこを越えると隣国だ。

現代を知る僕としては、温泉に浸かり放題という環境はまさに天国。バスタイムは至福の時である。

なにげなく、濃灰色の煉瓦造りの壁を見上げる。

尖った屋根の向こうに夕陽が沈みかけているらしく、いつしか僕は陰の中に佇んでいた。

見上げた先にあるのは、ヴァルフィリスの部屋のバルコニーだ。部屋にいるのかいないのかわからないが、背の高い窓を覆うカーテンはぴったりと閉じている。

——なんでかなぁ。ヴァルのこと、そんなに悪いやつだとは思えないんだよな……

〝残虐非道な冷酷攻め〟というイメージを抱いていたけれど、僕を介抱したり、時折皮肉めいた笑顔を見せたり。なんだかんだといって、僕を扱う手つきが優しかったり……ヴァルフィリスと関わって、意外に思うことがたくさんあった。

気を抜けば『本当は優しい人なのかも』……と思ってしまいそうになるが、そのたびに自分の甘さを戒める。

ヴァルフィリスは『悪魔』なのだ。看病や優しいキスの裏にはきっと、僕を絆して籠絡しようという魂胆があるに違いない。

アンルを使って僕を健やかに肥え太らせようとするのも、きっと血液の味を良くするため。吸血鬼であるヴァルフィリスが、わざわざ僕を生かす理由などそれ以外なにがあるというのか。

「それに……まだなにもわかってないし」

洋館の内部については、〝掃除〟を名目にあちこち調べて回ってみたが、ここへ送られてきたはずの生贄の子どもたちの姿は見つからなかった。

最後の生贄がここへ送られたのは確か十年前だ。

ここで暮らしていないということは、うまく逃げ出せたのか、それとも……

——ヴァルフィリスが殺した？

『悪魔のもとへ捧げられた生贄は二度と戻らない』……そういう事実があるからこそ、ヴァルフィリスはイグルフの民に『悪魔』と恐れられ、不吉の象徴とされてきた。

「やっぱりヴァルが子どもを？　うーん、そんなふうには見えないんだけど……」

そう独りごちて、僕はぶんぶんとかぶりを振った。

ちょっと優しくされたからといって、ヴァルフィリスが『善』だとは限らない。

イグルフの孤児たちは皆貧しく、優しさに飢えている。そういう子どもを油断させて食い尽くす可能性は、まだまだ拭いきれていないのだから。

気になることはもうひとつ。

広い広い屋敷の中、簡易ベッドが数台並び、古い薬棚や医療器具が仕舞われた部屋がある。使われなくなって久しいようで、家具や道具類はうっすらと埃をかぶっていた。

ここにはかつて、医師を生業としていた人が住んでいたのだろうと予想がついた。

この屋敷で昔暮らしていたであろう人々の痕跡を見つけ、ヒントを得た気分にはなったけれど、結局なにも解明されてはいないのが現状で、ただ疑問は深まるばかり。

「実は地下への隠し階段があるとか？　人体実験してるとか？　そこに子どもの骨がごろごろ転がってるとか……？　まだまだ調べることが山積みだな」

ぐぅ、と腹の虫が鳴き、僕は一旦考えるのをやめて森を眺めた。

瀟洒(しょうしゃ)なデザインのアイアンフェンスの向こう側には、今日も森がうずくまっている。アンルから「けっこう物騒だからひとりで出歩かないほうがいいよ」と言われている鬱蒼(うっそう)とした深い森だ。

豊かに生い茂る樹々のせいで地面にはあまり日が差さず、昼間でも薄暗い。夕暮れ時などはものすごく不気味だ。

「……ん？」

じっと目を凝らす。柵の向こう側、樹々の隙間でなにかが動いたように見えたのだ。

——誰だろう。出かけてたヴァルが帰ってきたとか？

森の樹々は濃い影を作り出しているものの、まだ太陽は山の端に見え隠れしていて世界を橙色に染めている。

吸血鬼といえば夜の住人だ。太陽光を浴びると灰になってしまうかもしれないのだから、こんな時間に出歩いているとは思えない。

じっと目を凝らしてみる。

遠くに見えた人影は、やはりヴァルフィリスではないようだ。

人影は屋敷を見て歩調を緩めることもなく、一定の速度で接近してくる。

道に迷った旅人が目標物を見つけて意気揚々と駆け寄ってきたのか、それとも目的があってここを訪れようとしているのか、判然としない。

——誰だ……？　まさか、また新しい生贄が送られてきた……？

そんな予想に反して、こちらへ向かって軽快に栗毛の馬を走らせてきたのは、質素な身なりの大柄な男だった。

ヴァルフィリスでもなく、新たなる生贄候補でもない大人の来訪に僕は戸惑い、緊張のあまり全身が硬くなる。隠れたほうがいいのか、それともどんな用件でここへやってきたのか確認すべきかどうか。迷ううちに男の視線が僕を捉えた。

遠目にもくっきりとして見えるまぶたがはっとしたように見開かれる。馬を降り、薄暗い木陰で固まった雪をざくざくと踏みしめながら、男が足早にこちらへ近づいてきた。

「びっくりだな……！　本当に子どもがいるのか！」

柵の向こう側から届いた声は、大柄で筋肉質な身体に似合いの落ち着いた低音だった。

焦茶色の短髪には若々しい艶があり、大きな瞳には精悍な爽やかさが溢れている。

年齢はおそらく、三十代前半あたりだろうか。質素なシャツを身につけていても、その下に鍛え上げられた頑強な肉体が透けて見えるような体格の良さで、なかなかの長身だ。ヴァルフィリスよりも大きいかもしれない。

現在の僕の身長がおそらく百六十センチと少しくらいだから、ヴァルフィリスの背丈はおそらく百八十センチ前後だと推測する。この男も同じくらいの背丈のようだが、筋骨隆々とした体つきをしているため、さらに大きく見えた。

がたいはいいが、いかにも人好きのする快活そうな男前なので、老若男女誰とでも親しくなれそうな雰囲気だ。

珍しい客人をしげしげと見上げていると、男はさらに柵のほうへと近づき、やや腰を屈めて僕を見つめた。

「怖がらせたか？　すまんな。俺の名はオリオド、怪しいものじゃない」

「オリオド……？」

――うっすら覚えがある……けど、どういう立ち位置のキャラだったっけ……？

挿絵でちらりと見たような気はするが、思い出せそうで思い出せない。

僕が小首を傾げていると、オリオドは馬の手綱を引いて柵のすぐそばまで歩み寄ってきた。

「俺はエルド要塞に所属する兵士だ。イグルフ近郊の街道周りを警護している」

「エルド要塞の兵士？　そんな人が、どうしてこんな辺鄙なところに……？」

「ちょっとした調査だ。話を聞かせてもらえるとありがたい」

「はぁ……」

オリオドいわく、エルド要塞は隣国との国境にある要塞で、イグルフ周辺の田舎地帯の治安維持も彼らの仕事だという。

ちなみに、王都からイグルフまでは早馬を飛ばしても一週間はかかるらしい。イグルフが文化の中心からどの程度離れた場所にあるのかがようやくわかって興味深く、僕は「へぇ」と呟いた。

「つい最近、イグルフの不穏な因習について噂を耳にしてな。まさかこの時代に『生贄』だなんて古臭い慣習が残っているなんてありえないと思っていたが……まさか、君はその『生贄』か？」

「えーと……？　うん、まぁ、そういうことになるのかなぁ」

自ら志願したとはいえ、イグルフから送り込まれた『生贄』であることには間違いないので、僕は空を仰ぎながら頷いた。

すると、オリオドは大きな目をひん剥いて「ほ、本当か……!?」と声を震わせた。

「なんという非人道的な行為!!　しかも、こんな幼い子を……!!」

「いや……僕はもう十八なんで、幼いってわけじゃ」

「十八⁉　……そ、そうなのか？　ずいぶん若く見えるが……」

またしても目を剥いて僕の全身をしげしげと観察してくるオリオドの視線に耐えかね、腕を撫でさすった。短身痩躯とはいえ、そんなに幼く見えるだろうか。

「君は、誰かにひどい扱いを受けているのか？　食事抜きで強制労働させられているとか……！」

「そんなことないよ。イグルフにいた時よりも良い食事にありつけているし、好きで働いているだけだけど」

「え？　そうなのか？　ど……どういうことだ」

オリオドは手綱を手にしたまま腕組みをして、頼もしい顎を撫でている。

「俺は『生贄』の捧げ先である『悪魔』について調べるべく、この森を抜けてきた。この数十年、『生贄』の子どもたちをここへ送り届けている御者を見つけてな、おおまかな場所を尋ねてきたんだ」

「御者？　ああ、あの人……」

「なんでも、ここへ送られた子どもたちは、誰ひとりとしてそのあとの行方がわからないらしいじゃないか。ということはつまり、ここにいる『悪魔』が幼子たちを手にかけているということだろう？」

「……う、うーん……」

ヴァルフィリスがそう悪いやつではないかもしれないという考えが芽生え始めてはいるものの、生贄の行方についてはいまだ尋ねられていないこともあり、僕は曖昧に言葉を濁した。

するとオリオドは眉間に皺を寄せて険しい表情になり、またしげしげと僕の全身を眺め回す。

「……『悪魔』というのはいったいいなんだ？　君はそれと出くわしていないのか？」

「出くわしては……いる、けど」

「ほう！　で、どんなやつなんだ⁉　幼子に興奮して無体を働く変態じじいか⁉　それとも……まさか、毛むくじゃらの巨大な獣人か……⁉」

「ど、どっちでもないよ！　なんだよ、幼子に興奮する変態じじいって！」

「そういう事件は多い。『悪魔』の正体が人間であるならな」

確かに、孤児院へ子どもを引き取りたいと申し出る人々の中には、往々にして薄汚れた下心を持つものが多い。新しい家族に出会えたとしても、その先に待つ人生が幸と出るか不幸と出るか、ある意味それは賭けなのだ。

里親希望者の素性についてきちんと詳しく調べるべきだと申し出たけれど、食い扶持が減ることをよしとする修道院の大人たちは、僕の声に耳を貸すことはついぞなかった。

ヴァルフィリスはそういう手合いではない……はずだ。とはいえ、まだ断言はできない。

僕をここの屋敷で好きにさせている理由も、本当にただ家畜のように肥え太らせてから血を吸い尽くしてやろうと考えている可能性だってなくはないのだから。

「と……とりあえず変態じじいじゃない。ちょっと怖いけどまあまあ紳士的な人物……というか」

「ん？　ということは、『悪魔』は人間か？」

「人間……？　ではない、けど」

「なっ⁉　やはり人間じゃなかったのか……‼　なんということだ‼」

いけない、失言をしたかもしれない。

オリオドはふるふると全身を震わせながら、きょろきょろとあたりを警戒し、あろうことか目の前の鉄柵を乗り越え始めた。

「ちょっ……‼　なにしてんだよ！」

「待ってろ、すぐに君を保護するからな‼」

「保護って、いいよそんなの！　しなくていい！」

オリオドは大柄なくせに身軽に鉄柵を乗り越えて、ひらりと僕の目の前に着地した。

そして、僕の両肩をガッと掴むとキリッとした凛々しい両目を心配そうに曇らせて、みたび全身を眺め回した。

「ああ……こんなに痩せてかわいそうに！　その人外、君になにかひどいことをしているんじゃないだろうな⁉」

「痩せてるかもだけど、これでもかなり肉がついたほうで……！」

そりゃ今もどちらかと言えば貧相な身体だが、これでもいくらかは健康的になったのだと説明したかったが、オリオドは僕が弁明する隙を与えない。

「なんてひどい……！　あの村に伝わっている因習などもうとっくに廃れたのだろうと思っていた

のに、まさか今もこんなことが行われているなんて……」

「ちょ、あの。だから僕はそういうんじゃ」

「もう大丈夫だぞ！　この俺が来たからにはもう心配はいらない！　今すぐにでもここから逃がしてやるからな！」

「いや、だから!!　僕はそんなかわいそうな感じじゃなくて！」

「かわいそうに！　その『悪魔』とやらにすっかり洗脳されたようだ……こうなったらすぐにでもここを出て……！」

――なんなんだこいつ、まったく人の話を聞かないな！

このままだと、軽々と荷物のように抱えられ、イグルフへ連れ戻されてしまいそうだ。

だが肩を掴むオリオドの分厚い手はあまりにも頑強で、身を捩ってもびくともしない。

「心配しなくてもいいぞ。俺が保護してきちんとした医者のところへ連れていくからな」

「保護なんて必要ないって！　人の話を聞けよ！」

埒のあかない押し問答を続けながらオリオドの手から逃れようともがいていると、突然、僕の視界を真っ黒ななにかが覆い隠した。

誰かに腰を抱きとられた瞬間ふわりと身体が浮き、ぐんと強い力で後方へ連れ去られて……

――えっ……な、なんだ!?

自分を包み込んでいるものが丈の長い黒いマントだと気づき、ばっと後ろを振り返る。

僕の腰を背後から抱え込み、オリオドから奪い去るように腕の中に閉じ込めているのは、ほかならぬヴァルフィリスだった。

「ヴァル……!?」

全身がすっぽり隠れる黒いマントに身を包み、目深にかぶったフードで顔を隠したヴァルフィリスが鋭い目線でオリオドをじっと見据えていた。

オリオドも突如音もなく現れたヴァルフィリスに呆気に取られている。だがその表情が、みるみる驚愕を表すものへと塗り替えられていった。

「あ、赤い瞳……人外か!? 貴様が『悪魔』だな……!!」

素早く間合いを取り、ヴァルフィリスを睨めつけるオリオドの瞳に明らかな攻撃性が揺らめく。

まさかバトルが始まってしまうのか!? ……と緊迫するも束の間、ヴァルフィリスは僕の腰を抱く腕から少し力を抜き、聞こえよがしなため息をついた。

「やれやれ、騒がしい。なんだこいつは。お前が引き入れたのか？ トア」

唐突に名前を呼ばれ、こんな時だというのに心臓がきゅんと跳ね上がる。

背後を振り仰ぐと、フードの陰になったヴァルフィリスと目が合った。

「どうなんだ」

「ち、ちがう。……この人、イグルフの因習について調査しに来たらしくて」

「調査？ なんだそれ」

ヴァルフィリスが訝しげにオリオドを見据える。

すると、オリオドはびしっとヴァルフィリスを指差し、正々堂々たる口調でこう言った。

「貴様がイグルフの悪魔だな⁉　孤児たちを生贄として捧げさせ、その血肉を喰らうという！」

「血肉を喰らうだぁ？　はっ、馬鹿馬鹿しい」

「馬鹿馬鹿しいとはなんだ‼　実際、貴様のところへ送られた孤児たちは皆、誰ひとり村へ戻らないというではないか‼」

「戻ってこないから俺が喰ってるって？　ふん、短絡的にもほどがある。もっと想像力ってもんを働かせてみたらどうだ」

「なんだとう⁉」

とんとんと自らのこめかみを叩きながら飄々と嫌味めいたことを言うヴァルフィリスを相手に、オリオドが真っ赤になって怒っている。

そのやりとりを聞き、僕ははっとした。

――想像力。確かに僕も、子どもたちが戻らないからヴァルフィリスがどうにかした……って思ってる。

だが、それは違うのだろうか？　もしそうなら……ヴァルフィリスが手をかけていないとしたら。

――『悪いやつじゃないのかも』っていう僕の直感は、間違いじゃない……？

そうであってほしい気持ちがむくむくと胸の奥から湧き上がり、トクトクと早鐘を打ち始める。

早くその真相を突き止めてしまいたいと気が逸るが、オリオドとの問答はまだ続いている。

「じゃあ、その少年はなんだ‼　イグルフから送られてきた孤児なのだろう⁉」

「お前には関係ない。答える義理もないな」

「ぐっ……」

細い唇にうっすらと笑みを浮かべながら質問をかわすヴァルフィリスだ。オリオドはその態度に鼻の穴を膨らませ、さらに苛立ちを募らせるように見えた。

そろそろふたりの間に入って場をとりなさなくては……と思ったその時、スラリと金属が擦れ合う音が微かに聞こえた。

「ちょっ……!! あんた、なにする気だよ!!」

刃渡り一メートルほどの細身の剣が、ぴたりとヴァルフィリスの鼻先に向いている。

ゾッとした僕はヴァルフィリスの腕から飛び出し、ふたりの間に立ちはだかった。

「なにやってんだよ、馬鹿!! そんなものしまえ！ まずは僕の話を聞けよ!!」

「バ………まぁいい。さぁ、君はそこをどいていろ。まずそこの悪魔ときちんと話をしなくてはいけない」

「どう見ても話をしようって態度じゃないだろ!!」

「いいぞ、俺は構わない」

「はい!?」

今度は背後から、ヴァルフィリスの気軽な返事が聞こえてくる。

背後を振り仰ぐと、ヴァルフィリスはばさりとマントの裾を翻し、顔を陰らせていたフードを潔く外した。

日光に当たっても平気なのかとギョッとしたものの、いつしか空はすっかり藍へと色を変えている。

ホッと胸を撫で下ろす僕の腕を掴み、ヴァルフィリスはぐいと後ろへ引き下がらせた。

まるで僕を背に庇うように。

そして、一歩オリオドのほうへ進み出る。

「ちょっ！　ヴァル……!?　なにやってんだよ!!」

「こうでもしないと、あの男はここから出ていかないからな」

「そうかもだけど、危ないって！」

「危ない？　ふん、そういうことはあの男に言ってやれ。怖いならお前は屋敷の中へ戻ってろ」

「そういうことじゃなくて！」

まっすぐに刃を向ける相手とすんなりわかり合えるわけがない――そう説得しようとした瞬間、オリオドが動いた。

銀色の光がヴァルフィリスの胸元へ一直線に走ったように見え、僕は思わず目を瞑った。

だが、聞こえてきたのはヴァルフィリスの悲鳴などではなく、オリオドの「くっ……この、人外め!!」という憎々しげな声だった。

「あ……っ」

顔を上げると、素手でオリオドの剣を受け止めるヴァルフィリスの姿が目に飛び込んできた。

ヴァルフィリスの胸元を狙って突き出された刃の切っ先が、白い手の中に握り込まれているのだ。

僕は目を丸くした。

「す、素手で剣を……!?」

「く、そぉぉ……っ!!」

すると、オリオドは素早く剣を引き、今度は真上からヴァルフィリスに斬りかかった。

肩口から袈裟斬りにしようと考えたのだろう。

が、ヴァルフィリスは身軽にひらりと身をかわして剣先を避けると、まるでダンスのステップを踏むかのようにオリオドから距離を取った。

そして、ズボンのポケットに手を突っ込んで小首を傾げ、オリオドを挑発するように薄笑いを浮かべた。

「立派なものを持っているくせに、大したことないんだな」

「なんだとぉ……!?　こ、この悪魔……っ!!」

「来いよ、俺から話が聞きたいんだろ？　お前が勝ったらなんでも話してやる」

そう言って、ヴァルフィリスは手のひらを上に向け、指先でちょいちょいと手招きをしてみせた。

ヴァルフィリスの表情や仕草にむかっ腹を立てたらしいオリオドの顔が、みるみる憤怒の表情に染まってゆく。

一方的なオリオドの攻撃が始まった。

だが、ヴァルフィリスは切っ先が鼻先を掠める距離で、難なく攻撃から身をかわしている。

まるで舞を舞うかのごとく身軽に、時にひらりと後ろ宙返りをしては音もなく地面に降り立つ。

明らかに常人離れした動きだ。いつしか冷静さを欠いてしまったらしいオリオドの攻撃は僕の目から見ても粗くなっている。剣を突き、振り下ろすたびに風を切る音だけが虚しく響いた。

「くそっ……ちょこまかと!!　ええい、お前も攻めてきたらどうだ!!」

やがていくら攻めても無駄だと悟ったのか、オリオドは息を切らせながら手を止め、ヴァルフィリスをギロリと睨めつけた。

「そうして逃げているばかりじゃ、この俺は追い返せないぞ!!　本気で来い!!」

「……へぇ？　本気を見せれば、お前はここから出ていくんだな？」

ヴァルフィリスは好戦的な笑みを浮かべ、妖しく目を細めた。

身に纏っていたマントの裾を翻し、白いシャツに包まれた両腕を露わにする。貴族然とした品のいい衣服に身を包んだヴァルフィリスは、いつもと変わらぬ涼しげな佇まいだ。しかし……

「……えっ」

骨が軋むような微かな音とともに、ヴァルフィリスはすっと腕を持ち上げた。

するとその白い手から……ほっそりと知的な指先からするすると爪が伸び始め、五センチはあろうかという鋭い鉤爪が姿を現したのだ。

同時に、ヴァルフィリスの瞳がぎらりと赤く光を宿した。

まるで瞳自体が発光しているかのように鮮やかな鮮血の色へと染まってゆくさまを目の当たりにして、僕は目を見張った。

血に濡れたような双眸が、薄暗闇の中に浮かび上がる。

オリオドを見据え、唇の端を吊り上げて笑みを浮かべるヴァルフィリスの横顔はあまりにも邪悪に見えた。

オリオドもまた全身に緊迫感を漲(みなぎ)らせ、身を低くして剣を構えている。恐れているのかと思ったけれど、オリオドの顔に浮かぶのは好戦的な笑みだ。

大きな目を爛々(らんらん)と輝かせ「いいねぇ……そうこなくては」と唇を小さく舐めた。

「後悔するなよ」

ヴァルフィリスの低い呟きがわずかに空気を揺らしたかと思うと、その姿がゆらりと消えた。

跳躍とともに振り下ろされたヴァルフィリスの鉤爪をオリオドの剣が受け止める。

闇の中で火花が散り、金属が擦れ合うような音が鋭く響いた。

「軽い軽い!!　こんなもんか、悪魔の力ってのは!?」

鋭い喝とともにオリオドはヴァルフィリスの鉤爪を弾く。

押し戻されたヴァルフィリスはそのままひらりと後ろ宙返りをしてオリオドから距離を取り、ふたたび目にもとどまらぬ速さで斬りかかった。

ふたりの視界にはお互いしか映っていない。

戦いがますますヒートアップしてゆくのが傍目にもわかって僕は焦った。

このままやり合ったら、間違いなくどちらかがひどい怪我を負う。

果たして怪我で済むのだろうか。ヴァルフィリスのあの鉤爪で切り裂かれたら、いくら頑丈そうでも、オリオドはどうなる……？

――ヴァルフィリスに人を傷つけてほしくない……!!

「や……やめろ‼　ヴァル、やめてよ‼」

思わず口をついて出た僕の叫びに、ヴァルフィリスの瞳が揺れたように見えた。

振り下ろされる刃を避け、素早い身のこなしで後ろへ飛び退ったヴァルフィリスに向かって、オリオドは「うおおおお‼！」と雄叫びを上げながら猛然と突きを繰り出した。

あわや串刺しか――……⁉　と目を覆いかけたが、ヴァルフィリスはその攻撃を受け止めることはなく、スッと身をかわした。そして、オリオドの胸元をげしっと長い脚で蹴り飛ばす。

「うごっ‼」

そのまま後ろへ吹っ飛んだオリオドの体躯は門扉を押し開き、ここへ乗ってきた栗毛の馬の足元へごろごろと転がった。ぶるるる、と馬が迷惑そうにいななく声が暗い森の中に響いた。

すぐさま飛び起きたオリオドのほうへ、ヴァルフィリスがゆっくりと歩み寄る。とどめでも刺すつもりなのだろうかとヒヤヒヤしたが、ヴァルフィリスは半開きになっていた門扉をぴったりと閉じ、ガシャンと冷ややかな音を立てて錠を下ろした。

「ここはお前のようなやつが来るところじゃない。もう二度と近づくな」

「ちょっと待て‼　まだ決着はついてないぞ‼　おい‼」

鉄柵の向こうでまだなにやら大騒ぎをしているオリオドにすげなく背を向け、ヴァルフィリスは屋敷へと歩を進めた。拾い上げたマントでふたたび全身を隠し、足早に。

「あの、ヴァル……！」

思わず呼び止めると、ヴァルフィリスは少しばかり歩調を緩めた。

が、こちらを一瞥することはなく、そのまま扉の中へと姿を消してしまう。

その背中を追って、僕もまた屋敷の中へと駆け込んだ。

† † †

「待って、待ってってば!!　ヴァル！」

天井の高い玄関ホールに、僕の声がこだまする。

運よく、ヴァルフィリスはまだ二階へと消えてはいなかった。

ホールの中ほどに佇むのは、すらりとした黒い影。

もう一度「待ってよ」と声をかけると、ヴァルフィリスは横顔で僕を見た。

「なんだよ」

「っ……ええと」

呼び止めたものの、そこから先に言葉が続かず口ごもってしまう。

するとヴァルフィリスはため息をつき、くしゃりと前髪を掻き上げた。

「……せっかく助けが来たのに、追い払って悪かったな」

「え？」

「あの様子だ。あいつはまたここへ来るだろう。その時はあいつとイグルフへ……」

「まっ……待ってってば!!　ふたりして、勝手に話を進めるなよ！」

ヴァルフィリスもオリオドも、こちらの意思に関係なく話を進めようとする。

たまりかねた僕の声が、天井の高い玄関ホールに反響した。

「僕は、あんたのことをもっとちゃんと知りたい！　だからもう少し、ここにいるつもりだ！」

「……」

一息にそう言うと、ヴァルフィリスが身体ごとゆっくりとこちらを振り返った。

夜闇の中でぎらつく光を宿していた瞳には、静けさが戻っている。

「ヴァルのことが知りたい。だからひとつだけ、教えてほしい」

「……なにを？」

「これまでにここへ連れてこられた生贄の子どもたちは……どうなったの？」

これまでの逡巡が嘘のように、僕の口から飛び出した質問は直球だった。

オリオドの問いに対して『馬鹿馬鹿しい』と答えていたヴァルフィリスの言葉に縋るような想いで、僕はさらに食い下がる。

「僕も正直、ヴァルが子どもたちをどうにかしたんだと思ってた。でもここで過ごすうち、ヴァルがそんなことをするようには思えなくなってきて、もどかしいんだ」

「……」

「教えてほしい。ここへ来た生贄の子どもたちを、どこへやったのか」

イグルフの人々に『悪魔』と呼ばれるようなことを本当にしているのか。

もしヴァルフィリスが『悪』なら『悪』だと、はっきりと教えてほしい。

そうでないと、意味もわからないまま与えられる優しさに少しずつ絆されつつある自分を止められなくなってしまう。その前に、突き放すなら突き放してほしかった。

僕の声音にはぐらかしようのない真剣さを感じ取ったのか、ヴァルフィリスはゆっくりと僕に数歩近づいた。

ヴァルフィリスがゆっくりと瞬きするたび、今もなお表情の読めない深紅の瞳が燭台の灯りを映して揺れる。

ドクン、ドクンと、心臓の音がやけに大きく響いて聞こえる。

答えを求めて息を呑み、沈黙している僕の耳に……やがて、気だるげなため息が聞こえてきた。

「お前がそれを知ってどうする」

「……えっ」

「どのみち、お前もあのガキどもと同じ道を辿るんだ。その時自ずとわかることだろ」

冷ややかに突き放すような、醒めた口調だった。

それはまるで、最悪な想像を肯定するかのような冷徹さを含むように聞こえ、心臓が凍りついてしまいそうだった。

ヴァルフィリスは『悪』ではないかもしれない――淡い期待を抱いていただけに、冷血な視線が僕の胸を深く抉る。同時に、ぞわぞわと足元から這い上がってくる恐ろしさに足が竦んだ。

――ヴァルフィリスが、子どもたちを殺した。やっぱり、噂通りだったのか……

ショックのあまり言葉が出ない。

震える唇を引き結ぶと、ヴァルフィリスを見上げる目の奥がじくじくと熱くなってきた。

気を抜けば、膝が萎えてその場に崩れ落ちてしまいそうだ。

だが両脚に力を込め、静かに燃え上がる怒りに任せて、僕はヴァルフィリスを睨め上げた。

「そっか、やっぱり。……あんたはしょせん、『悪魔』だったんだな」

「……なにを今更」

「生贄の子どもたちをどこへやったんだ!? 血を吸い尽くして全員殺したのかよ!?」

「……」

「どうなんだよ！ 答えろよ‼」

ずっと腹の奥に燻らせていた疑惑が爆発し、僕は尖った声でヴァルフィリスを責め立てた。

だが、僕を見下ろす赫い瞳はどこまでも凪いだまま、ひとひらの動揺さえ窺えない。

その静けさが余計に悲しく、固く拳を握りしめた。

「なにか特別な事情があるんだって……、本当は、優しいんじゃないかって思おうとした自分が、馬鹿みたいだ……‼」

そう言い終わるか終わらないかのうちに、ヴァルフィリスは一瞬にして僕との距離を詰めた。

ぎょっとして後退りかけた僕の顎を荒っぽい手つきで掴み、酷薄な目つきで僕の目を覗き込む。

冴えざえとした静謐な表情とは裏腹に、深紅のまぶたのその奥でゆらりと昏い光が揺れた。

「おめでたいやつだ。……特別な事情？ 本当は優しい？ この俺が？」

「っ……だって、僕を看病したり、僕の世話を焼いたりしていたから……！」

「たったそれだけで俺を信じたのか？　……哀れなものだな」

ヴァルフィリスは半月状に目を細め、僕を心から憐れむように薄笑みを浮かべた。

きつく掴まれた顎が痛い。

骨から微かに軋む音さえ聞こえてくる。

容赦のない力とともに嘲笑を注がれて、竦み上がるような恐怖に全身を支配されそうになる。

だが、黙ってはいられない。僕はヴァルフィリスの手首を両手で掴んだ。

「哀れだと……⁉　身勝手に人の命を奪っておいて、よくもそんなことが言えたな‼」

「その台詞、そっくりそのままお前に返すよ」

ヴァルフィリスの手首を捕まえていた手を逆に掴み上げられたかと思うと、ぐいと有無を言わさぬ強い力で引き寄せられた。

吐息が触れるほどの距離で男にしては赤い唇が笑みの形にしなり、そこから鋭い牙が白く光った。

「勝手に理想像を作り上げておいて、勝手に失望したのはお前だろう。身勝手なのはどっちだ？」

「っ……痛」

ゾッとする間もなくすぐそばにある談話室に引き込まれ、僕は寝椅子の上に乱暴に押し倒された。

最初の夜と同じように。

だが、あの時よりもずっと、今はヴァルフィリスが心底恐ろしくてたまらない。

そして同時に、ひどく憎い。

ヴァルフィリスは子どもたちの命を奪った『悪魔』だ。そして、ゆくゆくは僕も――……

いや、そんな猶予はないかもしれない。

今から僕は吸血され、本当に殺されてしまうのかもしれない。命の危機を察した途端全身から血の気が引き、今更のように大暴れをしようとするけれど、ヴァルフィリスの手はびくともしない。

「離せ!! 離せよっ……!! この悪魔、僕に触るなっ……!!」

「ははっ……こんな時でも、お前は本当に威勢がいいな」

ヴァルフィリスは片手で僕の布ベルトを引き抜き、両手首を一括りに縛り上げた。

自由を奪われてさらに恐怖が増し、とうとう強がる余裕が消え失せてしまう。

怯えた目でヴァルフィリスを見上げた時……ふと、僕は違和感を抱いた。

これから僕を殺すつもりで冷笑を浮かべているはずのヴァルフィリスの瞳の奥に、言い知れぬ深い悲しみのようなものが揺らめくように見えたのだ。

怪訝に思った僕は身じろぎをやめ、探るように紅い瞳をじっと見つめる。

……だが、ヴァルフィリスはそれを厭(いと)うように目を伏せるとしゅるりと自らのタイを解き、僕の目を覆い隠してしまった。

「なっ……なにすんだよ!! 外せよっ……!!」

「俺のなにを勝手に想像していたのかは知らないが。……そうだよ、俺は紛れもなく『悪魔』だ」

耳のすぐそばで低くそう囁かれ、僕はぴたりと身動きをやめた。

これからいよいよあの鋭い牙で首筋を噛まれ、そこから溢れ出した鮮血を思うさま啜られてしまうのだろう。

流れ出した血は止まることなく全て吸い尽くされ、そのまま命を奪われてしまう……？

シャツが引き裂かれる音、ボタンが床に飛び散る音が鼓膜に届き、僕はいよいよ身を硬くしてその時を覚悟した。

「……ッ、んっ……」

だが、怯えて震える僕の身に降りかかってきたのは、痛みではなかった。

唇をキスで封じられ、ヴァルフィリスの舌が強引に挿入ってくる。

口を閉じることを禁ずるように顎を掴まれ、柔らかな口内を掻き乱された。

「んっ……んぅっ……んんっ……」

頬の裏や上顎の裏をねっとりと舐めくすぐられ、舌先で歯列を辿られ、唇ごと覆われて息を吐く暇も与えられない。

喘ぐように呼吸をするたび、大きく上下する僕の胸にも、ヴァルフィリスの手が触れた。

――まさか吸血じゃなくて、陵辱が始まるのか……!?

陵辱の果てに吸血され、殺されてしまうに違いない。

……だが、この状況こそが、『生贄の少年花嫁』の主題ではないか。

僕（トア）の挙動がおかしかったせいで状況が変化したのかもしれないけれど、きっとこのまま、もともとの展開に戻るに違いない。

いっときは、『どうして血を吸ってもらえないのか』と少し思い悩んだこともあった。

その時の落胆が嘘のように、今はただヴァルフィリスが恐ろしい。

だが、このまま襲われて終わりたくはない。

小説の主人公である『トア』のように戦って、抵抗して、これまでに殺された子どもたちのために一矢を報いたい。

僕は身を捩りながら顔を背け、ヴァルフィリスのキスから遮二無二逃れた。

すると、視界を封じるタイの向こうで、ヴァルフィリスが低く笑う声が聞こえてくる。

「……へぇ、抵抗するのか？　いつもされるがままのくせに」

「う……うるさい！　今度僕にキスしたら、その舌を噛み切ってやるからな!!」

「ふふっ……くくく」

威勢よく大声で言い放つと、ヴァルフィリスのさも可笑しげな含み笑いが聞こえてきた。

すると歯を食いしばって精一杯身を硬くする僕の脇腹に、すり……と淡く指が這う感触が走る。

「っ……ん」

「いいね、お前は本当に面白い」

「うるさい、うるさ……っ、アッ……」

ちゅぷ……と不意打ちのように胸の尖りに滑ったものが触れ、僕はびくん！　と肌を震わせた。

ここへ来てからすっかり鋭敏な性感帯にされてしまった乳首をねっとりと舐められている。

「やめっ……なにしてんだ、このっ……!!」

身を捩って抵抗するも、もう片方の花芯もまた指で捏ねられ、爪の先で引っ掻かれ、そのたびにじくじくと股ぐらにむずがゆいような快楽が集まってゆく。

こんな時だというのに快楽を拾うふしだらな肉体が憎らしく、僕は必死で声を殺した。

「は、ぁっ……ん、やめろっ……！　やめっ……アッ」

抵抗するも、舐められ、弄られるたびに腰が跳ねて揺れてしまう。

するとヴァルフィリスは僕の脇腹を淡く撫で下ろしながら、鳩尾からへそへ向かって舌を滑らせていった。

恐ろしくて憎い相手なのに、触れられた場所から生まれるのは紛れもない快楽だ。屈辱のあまり涙が出そうだった。

「んっ……んぅ……はなせよぉ……っ」

「……本気で言ってるのか？　ココをこんなにしておいて」

「あっ……!!」

布越しに握りしめられているのは僕の昂った性器だ。濡れた感触がすでにあるという事実に羞恥心を煽られ、ぐっと下唇を噛みしめる。

だが、ヴァルフィリスは愛撫の手を止めない。

濡れた布ごとぐにぐにとペニスを揉みしだき、喉の奥で低く笑っている。

「ん、はァ……ッ、ぁ、んっ……ん」

「いい声だな。……気持ちよさそうじゃないか」

「ばかやろうっ……!!　きもちよく、なんか……っ」

「そんなに意地を張ることはないだろ」

そのまま下履きを全て抜き取られてしまい、濡れそぼったそれがひんやりとした外気に触れる。視界は覆われているけれど、今まさにヴァルフィリスの眼前に、僕の昂ってしまった恥ずかしい肉体が晒されているのだ。

屈辱と羞恥。だが、与えられるのは痛みどころか耐えがたいほどの快楽で、僕の理性は混乱した。

「ぁ、んっ……ん、……やめろよっ」

濡れた鈴口をぐにぐにと弄られたかと思えば、体液を塗り広げるように全体をゆっくりと扱かれて、僕の口からは甘い声が溢れてしまう。

上下にくちくちと扱かれるたびに濡れた音が耳に届いて、恥ずかしさのあまり泣きたくなった。

「やめて……アッ……ん、はぁ……っ」

「こんなに硬くして、こんなに溢れさせておいて……まだ意地を張るのか？」

「言うなっ……！　そんな、こと……っ」

「ふふ、いじらしいな。……じゃあ、こうしよう」

ヴァルフィリスの上半身が覆いかぶさってくる気配を感じた次の瞬間、ふたたび敏感な胸に甘い刺激が降り注ぐ。しかも、下もちゅくちゅくと荒々しく扱き続けられていて……

「ぁん、っ……やめ……っ！　っ……はぁ、……ア、んっ」

「……出してもいいんだぞ。ほら、どんどん硬くなる」

「や、やっ……ださないっ……きもちよく、なんか……っ」

「強情だな、自分から腰を振っておいて。いやらしい」

僕を嘲るような口ぶりで責め続けるヴァルフィリスの声音にも、徐々に熱がこもり始めているのがわかる。

時折僕の耳に届く吐息は色っぽく、口ほどに余裕はないように思えた。

——だめだ、もう……出ちゃいそ……っ。イかされたくないのに、こんなやつに……っ！

意地になる気持ちはあるけれど、僕の肉体はとっくに快楽に負けている。

ヴァルフィリスの愛撫に合わせて腰を上下に揺らしながら、僕はとうとううわごとのように嬌声を漏らした。

「ぁぁ、はぁっ……も、やめて……イきそ、イっちゃう……」

「もう？　もっと堪え性があると思っていたのに」

「だって、こんな……きもちいいこと、されたら……僕っ……」

破裂しそうに昂った射精感に負けて、僕はとうとう涙声でそう叫んだ。

すると、熱く濡れたもので下唇を啄まれ、興奮の滲む吐息とともにヴァルフィリスが囁いた。

「……口を開けろ」

「ん、んん……っ」

「噛みたければ噛めばいい。……できるものならな」

「ん、あっ……ぅ」

唇が深く重なり、熱く蕩けた舌と舌が絡まり合う。

抵抗を示すために威勢のいいことを言い放ったくせに、僕の唇は呆気なく敗北していた。

「ん、っぁ……ぁふ……っ」

「……はぁ……トア」

キスの隙間で、感極まったような声音で小さく名前を囁かれた瞬間、腹の奥でなにかが弾けた。

「ぁ、ぁ……っんん――っ……！」

ヴァルフィリスの手のひらの中で、びゅくびゅくと白濁を迸らせる。

汗で濡れた肌を震わせながら吐精する僕を抱きしめるヴァルフィリスは、吐息ごと呑み込むかのように深いキスをやめなかった。

――あ、ああ……なにこれ、身体、ふわふわして……きもちいいの、とまんない……

酩酊にも似た浮遊感とともに、これ以上ないほどの快楽に全身が蕩け、両目からは涙が溢れた。

身を捩るうちに目隠しがほどけ、眩しさに目を細める。

すぐそばにあるのは、ひりつくような深い赤を湛えた美しい双眸。

その両の目に自分と同じ欲望を感じ取った気がして、僕の頬にふたたび一筋の涙が伝う。

「ん……はぁ……はぁ……っ、ヴァル……」

「……もう、やめてほしいか？」

逃げ道を与えるかのようなヴァルフィリスの問いに、僕は迷わず首を振っていた。

「や……やめたくない」

「いいんだな、本当に」

凄むように細められた赤い瞳を陶然と見上げながら、僕は何度も頷いた。

第六章　奪われていたもの

「トアー、入るよ！」

ドアがノックされる音が部屋に響いたかと思うと、勢いよく扉が開いてアンルが顔を出す。

ベッドの中で毛布にくるまり、ひたすら考え事をしていた僕は仰天し、文字通りその場で飛び上がった。

つかつかとベッドに歩み寄ってきたアンルにべりっと毛布をひっぺがされ、バツの悪さを抱えながら彼を見上げた。

「もう、いい加減起きてきなよ！　もう身体は元気なんだろ⁉」

「う……うー……それはそうなんだけど」

「トアが手伝うっていうから、わざわざ畑を広くしたんだぞー！　このままじゃ新しい野菜の植え付けに間に合わないじゃん！」

「ああ……そうだった。ごめんごめん、起きるから」

「ったくもう」

耳をピンと立てて怒り顔のアンルに問答無用に窓を開け放たれてしまった。びゅうっと冷たい冬の風が入り込んできて震え上がったけれど、四、五日閉じこもっていたせいで澱んでいた部屋の空気が一掃されていく。

火が燃え尽き、灰だけが堆く積もった暖炉を掃除しながら、アンルは「薪割りもしなきゃだし、おれは忙しいんだからなー！」とプリプリ怒っている。

「ごめん。すぐ起きるよ」

「そうしてよ。お湯でも浴びてスッキリしてきたら？　なんかこの部屋どんよりして空気が重いし、掃除しといてあげるから」

「うん、ありがとう」

アンルの言葉に甘えてシャワーを浴びることにした。

久々にベッドから立ち上がると一瞬くらりとめまいに襲われる。だが、幾分気分はましだし、体力も回復しているようだ。僕は着替えを手に、一枚のドアで仕切られた浴室に入った。

この部屋の浴室は畳一畳ぶんくらいのスペースで、壁に備え付けられた金属のパイプから温泉が出る仕組みだ。現代のシャワーのように細かな水滴が降ってくるわけではなく、なかなかの水量の湯がドバッと降り注ぐ感じである。

微調整はあまりできないため、勢いよく湯を浴びると滝行をしている気分にもなる。とはいえ、コックをひねれば熱いお湯を浴びられるのは、ものすごくありがたい。

頭から湯を浴びながら顔を擦っていると、「ああ……生き返る」と野太い声が出た。

ヴァルフィリスと衝突したあの日から数日が経つが、僕は心労や怠惰のせいで寝込んでいたわけではない。……ただ、あのあとの記憶は曖昧で、ヴァルフィリスになにをどこまでされたのか、はっきりと思い出せないのだ。

——だけど、わかる。咬まれたり、吸血されたり、無理やり突っ込まれはしなかったってことだけは……

ヴァルフィリスに抵抗していたはずなのに、結局いつものようにトロトロにされてしまった。あの時の自分の情けなさを思い出すと、恥ずかしさのあまり顔から火が出そうになる。

噛みついてやる！　と息巻いていたくせに愛撫を享受して。自ら腰を振っては快楽を求め、舌を伸ばしてヴァルフィリスにキスをねだった。

一度達してしまったあとも、僕は冷静さを取り戻すことができなかった。

果てのないような絶頂感に意識を飛ばしかけながらも、身体は貪欲にヴァルフィリスからの愛撫を求めた。うっすらとしか記憶にないのが幸いだが、僕はその時、はしたない言葉でヴァルフィリスに先を求めたはずだ。

何度も何度もディープキスをしながら、熟れて蕩けきった後孔を指で掻き乱され、腹の奥で爆ぜるような快楽の波に押し流されるまま、恥ずかしい言葉を何度も叫んだような気が——……

「ああああーーー‼　なにやってんだ‼　なにやってんだ僕は……っ‼」

思わず壁にゴンゴン頭をぶつけたくなったが、アンルに頭がおかしくなってしまったと思われると困るので、かろうじて堪えた。

湯を浴びながらわしわしと雑に髪を洗い、水音に掻き消されることを願いながら「僕の馬鹿！なにやってんだマジで‼　馬鹿なのか⁉」と自分を責める。

記憶が曖昧なのは幸いだが、濃厚でいやらしい行為に溺れたせいなのかなんなのか、気づいた時には高熱を出していて、起き上がることさえできなかった。

始めは、記憶にはないがそのまま本番に及んでしまい、激しいセックスが長時間に及んだせいでこうなってしまったのかと恐れ慄いた。……が、後孔の浅い部分に多少の違和感があるくらいで、腹の奥までヴァルフィリスを受け入れた感覚はない。

じゃあ、血液を大量に吸われたせいで起き上がれないのかとも思ったが……どこにも、吸血の痕跡はなかった。

僕をヘロヘロになるまで追い詰めておいて、結局また血を吸っていない。

にもかかわらず、僕は体力の全てを失ってしまったようにぐったりと疲労し、とろとろと眠ったり、微睡の中でぼんやりと起きたり、また眠ったりを繰り返した。

ひょっとして、ヴァルフィリスは僕の精液を糧にしているのかもしれない――……ふとそう思いつき、いつか読んだ体液摂取系のヴァンパイアものエロ漫画を思い出してはまた熱が上がり、ふたたび眠ったりもした。

そして、眠ると悪夢を見ることもあった。

ヴァルフィリスが小さな子どもの肩を掴んで首筋にかぶりつき、喉を鳴らしながら血を呑み下す。か細く頼りない子どもの身体は、あっという間に萎んでかさかさに乾き、とうとう砂のように消えていってしまう。そんな悪夢だ。

嬉々として吸血するヴァルフィリスの表情は不思議と見えず、暗い影が落ちていた。

その深い闇の中、二つの目だけが真っ赤に爛々と発光して、とても不気味で……。その夢を見るたび、僕はうなされながら飛び起きた。

シャワーという名の滝行をしながら、ゆっくりと頭を振る。

――早くここを出たほうがいい。ヴァルフィリスが戻る前に……

なんとなくだが、今はこの屋敷の中にヴァルフィリスの気配を感じない。確信はないけれど、そんな気がする。

一応アンルに確認してみようと考えながら麻のタオルで頭を拭いつつ浴室を出ると、アンルはちょうど、部屋のテーブルに料理を並べているところだった。

気遣わしげなような、訝しげなようなアンルの眼差しに、僕は小首を傾げた。

「ん？　どうしたの？」

「……トア、大丈夫？　なんかずっと叫んでたみたいだけど……」

「えっ。うそ、聞こえてた？」

「丸聞こえ。……ヴァルといったいなにがあったんだよ」

「うう……」

なんでもないよ、と笑って見せようとしたけれど、強張った頬の筋肉は、僕の思うように動いてくれない。ひく、と顔を引きつらせた僕を見て、アンルはあからさまに訝しげな顔をした。

「あいつとけんかでもした？」

「……けんか、ってわけじゃ」

「ヴァルはまた出かけてっちゃったけど、なんか元気なかったし。けんかしたのかなって思ったんだけど」

「元気がなかった……？」

ふと、ヴァルフィリスの悲しげな目を思い出し、ちくりと胸が痛んだ。鋭い棘が心臓に突き刺さったかのように。

――あの表情はなんだったんだ？　どうしてあんなに悲しそうな顔をしてたんだろう。

だが、同時にヴァルフィリスの冷めた視線や冷たい嘲笑を思い出すと、恐れと悲しみ、そして怒りが僕の胸を締めつける。

僕はのろのろと視線を上げ、アンルに尋ねた。

「アンルは、ヴァルが怖くないの？」

「怖い？」

アンルは『生贄』ではないから殺される心配はないだろうし、半獣人ということもあって、人外のヴァルフィリスに近い存在だ。だけど、ヴァルフィリスのおこないを知りつつ、この屋敷にとどまっているのかどうかが、どうしても気にかかる。

だがアンルは小首を傾げつつ、あっけらかんとした口調でこう言った。

「おれは怖くないけど？　トアは怖いの？」

「……怖いよ」

「え、そうなの？　しょっちゅうイチャイチャしてたし、仲良くなったと思ってたのに」

「い、イチャイチャなんてしてない!!　あれは……そういうんじゃなくて」

　きょとんとした顔で僕を見つめるアンルから目を逸らし、ぐっと体側で拳を握りしめた。

「そりゃ、最初は普通に怖かったよ？　でもあいつ、けっこう紳士的っていうか……僕を看病しちゃうような優しいところもあるし、悪いやつじゃないのかもって思おうとしてたんだけど……」

　言葉にするうち気が重くなってきて、だんだん声が低くなってゆく。

　先を促すように言葉を挟まずにいるらしいアンルの視線を頬に感じながら僕はさらに続けた。

「でも……これまでここに連れてこられた『生贄』の子どもたちのこと、聞いてみたんだ。……そしたら」

「そしたら？」

「お前もそのうち同じ道を辿るんだから知らなくていい、って言われたんだ。自分は紛れもなく『悪魔』だって……」

　そうだ。つまり、ゆくゆく僕もヴァルフィリスに殺されてしまうのだ。

　ここで過ごすうちに体調も良くなり、骨っぽかった身体は健康的な丸みを帯び始めている。僕が『美味そう』になるのを待って吸血することが、やはりヴァルフィリスの目的に違いない。

　この間も吸血されなかったのは、僕にまだまだ栄養が足りていないからだ。

　美味い血を吸うために僕を飼っているだけ。いやらしい行為の数々は、僕を精神的にここに縛りつけるためか、もしくは、ヴァルフィリスの戯れにすぎないのだろう。

　──やっぱり、ヴァルが戻る前にここから出よう。……明日、夜が明けたらすぐにでも。

僕が逃げ出す可能性を察したヴァルフィリスが、今夜のうちに戻って襲いかかってくるかもしれないが、夜の森はさすがに危険だ。

一回血を吸われたら死んでしまうのか、そもそも吸血鬼に咬まれたらどうなるのか、わからないことだらけだ。こんな危険なところで、これまでのようにのほほんと過ごせるわけがない。

——アンルに森の外まで送ってもらえたら、なんとかなるかもしれないけど……。

むっつりと黙り込み、ふたたび考え事に沈んでいると、目の前にどんと椅子が置かれた。

テーブルの皿の上にはこんがりといい色に焼けたパンと野菜スープが置かれ、その周囲にはみずみずしい果物がたっぷりと並んでいる。

こんなにも思い悩んでいるというのに、食欲をそそる香りに鼻腔をくすぐられ、僕はごくりと生唾を呑み下した。

「美味しそう……」

「まぁ、とりあえず食べよ！　腹が減ってるから悪いことばっか考えちゃうんだぞ！」

「う、うん……いただきます」

木製テーブルの上にはふたりぶんの食事が並んでいる。

僕が臥せっている間、アンルはひとりで食事をとっていたのだろうか。

美味いものを食べているとだんだん気は紛れてくるものの、ヴァルフィリスとのやりとりを綺麗さっぱり忘れられるはずもなく、やはりため息が止まらない。

元気のない僕を見かねたらしいアンルが、手にしたフォークを小さく振りながら頬杖をついた。

「ま、おれに言えることがあるとすれば……そーだなぁ」

振り回していたフォークでぶすりと果物を刺し、大きな口でぱくりと頬張る。

僕はさほど期待せず、スープを少しずつ口に運びながらアンルの言葉を待った。

「トアが来るちょっと前……ええと、前の冬が終わってあたたかくなったころかな。人間がふたり、ここに来たんだ。男と女がひとりずつ」

「えっ？　そ、それ……誰？」

上の空でスープを口に運んでいた手が、ぴたりと止まる。

「おれは知らないやつだったけど。女のほうがさ、昔ヴァルフィリスに助けてもらったんですって、言ってて」

「た……助けてもらった？」

「そう。子どもの頃、『生贄』としてここに連れてこられたんだって、言ってた」

「え……!?」

アンルいわく、女はイグルフ出身で、十年ほど前に『生贄』としてこの屋敷に連れてこられたとのこと。

当時十二歳だった彼女はヴァルフィリスの姿を見て恐怖し、腰が抜けて口もきけなかった。

このまま殺されてしまうのだと絶望して泣き続ける彼女に、ヴァルフィリスはあたたかい食事と寝床を与えた。

そして彼女は数日のうちに、王都近郊にある海辺の街へ連れていかれた。

そこは、これまでに見たことがないほどたくさんの人が行き交う港町だった。いったいどこへ売られてしまうのかとビクビクしていたが、ヴァルフィリスが彼女を預けた先はイグルフとは比べ物にならないいほど環境のいい孤児院だった。

彼女はそこで安全な暮らしを得、さらには教育を受けることができた。

そして今、こうして伴侶と出会い、子どもを身籠ることさえできたのだとアンルに語った。

「その時はヴァルはまたどっか行ってて、ここにいなくてさ。女は手紙を渡しておいてくれってお礼にたのんで、帰ってったんだよね」

「へ……。それって。じゃあ、ヴァルは……」

——……殺していない？　これまでの子どもたちも、そうやって助けてたのか……!?

凍えて小さく縮こまっていた心が、雪解けのようにほどけてゆく。

ヴァルフィリスは『悪』ではない。

ここへ連れてこられた子どもたちに手を差し伸べ、彼らを生かすための道を作っていたのだ。

——僕は、なんてひどいことを……！

この間とは違った意味で血の気が引く。

僕はふらりと立ち上がり、部屋の中をうろうろ歩きながら口元を押さえた。

「ど……どうしよう。僕、ヴァルに謝らないと」

「そっか、やっぱりけんかしてたんだ」

「ひどいこと言っちゃったんだ……どうしよう。ヴァルはいつ帰ってくる？」

「まあ、いつもの調子なら数日のうちに戻るんじゃないかなぁ。わかんないけど」

「数日……」

後悔に苛まれ、小刻みに震える手を握りしめる。

——そうか、だからあの時、ヴァルはあんなに悲しそうな顔を……

ずっと気にかかっていた事柄の真相がわかり、ますます罪悪感に苛まれた。今すぐ顔を見て謝りたかったけれど、ヴァルフィリスは不在だ。

「まぁ、ヴァルが自分のことを話さなすぎなのも良くないよね。もどかしすぎて頭を掻きむしりたくなる。かっこつけてんのかなんなのか、知らないけど」

腕組みをして頷きながらアンルがニカッと笑う。そして僕を慰めるようにぽんぽんと肩を叩いた。

「ま、そのうち帰ってくるだろうからさ。トアは元気になっときなよ。おれが美味いもんいっぱい作ってやるから」

「うん……ありがとう、アンル」

アンルの気遣いが心に染みる。

木製のスプーンをしっかりと握りしめ、僕は野菜スープをもりもりと食べ進めた。

† † †

それからまた数日が過ぎたが、ヴァルフィリスは帰ってこなかった。

彼の身になにか起きてしまったのだろうか。それとも、僕が放った不躾な言葉のせいで、ここに戻ってきたくなくなってしまったのか……

――『勝手に理想像を作り上げておいて、勝手に失望しているのはお前だろう。……身勝手なのはどっちだ？』

今思うと、まったくもってヴァルフィリスの言う通りだ。

これまでも、彼はそういった偏見の目に晒され続けていたのかもしれない。

ヴァルフィリスが災いを起こしていると信じ込むイグルフの老人たちに『生贄』を送りつけられ、毎度毎度呆れ返っていたことだろう。

そもそも、村に降りかかる災いというものはほとんどが人災のようなもの。

領主を始め、貴族たちは庶民から取り立てるばかりで、自分たちの享楽にかまけてばかりいる。

やがて庶民は庶民同士で争い始め、弱者は強者に奪われる。

その中でも、もっとも立場が弱いのは孤児たちだ。奪われ、足蹴にされるばかりの子どもたちのひどい現状を目にしてきたからこそ、僕は怒りを募らせていた。

だが、本当に怒りを向けるべき相手は『悪魔』ではなかった。

彼は真の『悪』から目を逸らせるために、都合よく利用されていただけに違いない。

ヴァルフィリスが不在の間、僕は夜中じゅうずっとそんなことを考えていた。

――また雪が降ってる……

暗い外を眺めながら、窓を叩く湿った雪を数えていた時だった。

玄関ホールのほうから微かな物音が聞こえ、僕はハッとした。そして勢いよく部屋を飛び出し、玄関ホールに駆けつける。

そこには誰もいなかったけれど、舞い込んだ冷気とともに吹き込んだ雪で大理石の床はうっすらと濡れていた。僕はさっと二階のほうを振り仰ぎ、大急ぎで螺旋階段を駆け上がった。

「ヴァル‼　ヴァル‼　開けて、開けてよ‼」

ドンドン‼　とドアを勢いよくノックするも、返事はない。

『返事がないなら回れ右をしろ』と言われたことは覚えているけれど、ここで黙って引き返すなどできやしない。

意を決してドアノブを掴み「入るよ！」と宣言しつつドアを押し開く。

部屋の中は真っ暗だ。もう眠ってしまったのだろうかと一瞬ためらったけれど、無礼を承知でマッチを擦り、ドア脇のチェストに置かれた真鍮の燭台に火を灯した。

小さな灯りが、ゆっくりと、暗闇の中に沈む輪郭を露わにしてゆく。

すると、部屋の中央に置かれたベッドの上でもぞりと黒い影が蠢くのが見えた。

「ヴァル……？」

――あ、あれ……？　なんだか様子がおかしいぞ……

はぁ、はぁ……と荒く苦しげな息遣いが聞こえてくる。

どこか具合が悪いのだろうか。ようやく薄暗がりに目が慣れてきて、ゆっくりとベッドに近づいてみる。

するると、暗い闇の中で二つの深紅の眼がぎらりと光った。

これから捕食する獲物を射殺すかのごとく鋭い視線に、僕の身体はビクッと跳ねる。

「ヴァル……？」

「……お前、逃げなかったのか……？」

心底意外そうな口調で告げ、ヴァルフィリスが目を見張っている。

僕は大きく頷いた。

「逃げようとした……けど、逃げなかった」

「はぁ……馬鹿なやつだ。俺が憎いなら、とっとと逃げればいいものを」

苦しげなため息とともにヴァルフィリスはそう言って、ふたたびどさりとベッドに横たわった。

ごくりと唾を呑み、ゆっくりとベッドに近づく。

すると案の定、ぎろりと睨みつけられた。

「……あと、誰が入っていいと言った」

「ご、ごめん。でも、どうしても謝りたかったから」

「謝る……？」

「あ、あの……だ、大丈夫なの？　なんだかすごく具合が悪そ……」

様子を見ようと一歩近づいた瞬間、荒々しく強い力で胸ぐらを掴まれ、そのままベッドに押しつけられる。

気づいた時には、ヴァルフィリスに馬乗りになられていた。

はぁ、はぁ、と胸を大きく上下させるヴァルフィリスの双眸が赤く光を帯びている。まるで、濁った血がぐるぐると瞳の奥で蠢いているような禍々しさを孕みながら。

だが、牙を剥いて目をギラつかせ、今にも襲いかかってきそうなヴァルフィリスの姿を目の当たりにしても、僕は不思議と恐怖を感じなかった。

僕を押さえつける手はぶるぶると震え、あまりにも苦しげだ。

苦しいのなら楽になってほしい。

僕の血でヴァルフィリスが楽になるのならばそうしてほしい。

僕はそっと、ヴァルフィリスの頬に手を伸ばした。

びく！　と弾かれたように一瞬身を引くヴァルフィリスから目を逸らせず、僕は静かな声でそっと囁いた。

「ヴァル……。血が欲しいなら、いくらでもあげる」

「っ……は……？」

「この間は、本当にごめん。ヴァルは子どもたちを助けていたのに、殺しただなんて……ひどいことを言って」

「お前……どうしてそれを」

「アンルに聞いたんだ。……ここに、昔助けた人が訪ねてきたって話を」

「……」

灼眼がわずかに見開かれ、その瞳が揺れる。

自分自身の直感をもっと信じられたらよかったと、改めて後悔が込み上げてくる。『悪魔』として作り上げられたイメージや悪い噂に疑念を抱くばかりではなく、目の前にいる彼そのものを信じていれば、ああしてひどい言葉を投げつけることはなかったのだから。

自らシャツのボタンを外して胸元から腹まで全てはだけ、顔を横に倒してヴァルフィリスに首筋を晒した。

「飲んでよ、僕の血。お詫びにもならないかもしれないけど、ヴァルになら、いいよ」

喰らいつかれた首筋から溢れる鮮血を、ヴァルフィリスに捧げたい。それで償いになるのなら本望だと思った。

だが、小さな舌打ちとともに顎を掴まれ、強引に上を向かされる。

ヴァルフィリスは喰らいつくように荒々しいしぐさで僕の唇を覆い、強引に舌を捩じ込んできた。

「んっ、ぅ……ヴァルっ……！」

戯れのようでいて、僕をあやすかのようないつものキスとは、まるで異なる激しさだった。

戸惑い吐息を乱す僕の呼吸ごと全て呑み込もうとするかのような、貪欲な口付けだ。

「んっぐ……ン、っ……ぁ、んっ……」

四肢はベッドに縫い付けられ、身動きを封じられながら猛々しいキスを受け止める。そのうち、頭が痺れてぼうっとしてきた。

だけど……いつまで経っても、ヴァルフィリスが僕に咬みつく様子はなく、覚悟していた痛みは襲ってはこない。

――……また、してもらえないのかな……

触れてもらえた喜びはいつの間にか泡のように消え、落胆が全身を重く沈める。

今の自分は、ヴァルフィリスが真に求め、糧にしたいと思える人間ではないのかもしれない。……そう思うと悲しくて、熱しかけていた全身からすぅ……と体温が下がってゆく。

するとヴァルフィリスはつと唇を離し、顔をわずかに離して僕を見つめた。

「……あれ？」

まただ。また、吸血してもいないのに、ヴァルフィリスの瞳に理性的な輝きが戻っている。澱んでいた瞳は深紅にきらめき、苦しげだった表情も幾分ましになっているような……

目を瞬きつつヴァルフィリスの変化を観察していると、小さなため息が聞こえてきた。

「……すまない」

「えっ!? な、なにが？」

「がっかりしてるって顔だ。……気に障ることをしたようだ」

「は……？ 違う！」

確かに落胆はしたけれど、それはヴァルフィリスが吸血してくれないことに対してだ。

身体を起こし、僕から離れようとするヴァルフィリスのシャツを咄嗟に両手で握りしめ、思い切り引き止める。

ヴァルフィリスは「うわっ」と前につんのめり、ふたたび僕の上に覆いかぶさる格好になった。

「そうじゃない！ 僕はただ、どうして血を吸ってもらえないんだろうって……！ 悲しく……

なっただけで」

「悲しい？　どうして？」

「ど、どうしてって……」

心底『意味がわからない』といった顔をするヴァルフィリスに、どう理由を説明したものか。うまく気持ちを言語化できなくて、僕はただただヴァルフィリスを見つめるしかない。

すると、ヴァルフィリスはなにかを察したように瞬きをして身を起こす。

おずおずと起き上がり、僕はシャツの前を掻き合わせた。

「ひょっとしてお前、まだ気づいてないのか」

「えっ？　な……なにに？」

「俺にさんざん奪われたものに、だ」

「奪われたもの？　え……その……純潔とか、そういう系？」

そう言ってはみたものの……ヴァルフィリスからじとりと注がれる視線は冷たい。

どうやらまったく見当違いな答えだったようだ。

いたたまれなくなった僕が「も、もったいぶらずに教えてよ！」と喚くと、ヴァルフィリスはひとつ息を吐き、指先で僕の唇に軽く触れた。

「俺が奪っていたのは、お前の生気だよ」

「生気……？　って、なに？」

「簡単に言うと、お前の命」

「い、命⁉　それってつまり、僕の寿命、減ってるってこと⁉」

血よりよっぽどやばいものを吸われていた――……⁉　全身から血の気が引いて真っ青になっている僕を見てか、ヴァルフィリスはふっとニヒルに笑った。

そして、ゆるやかに首を振り「違う」と言う。

「俺にそこまでの力はないよ。俺に生気を吸い取られたぶん、お前が疲弊するってだけだ」

「へ？　疲れるだけ？」

「最初にここへ来た日にお前が寝込んだ理由もそれ。ただでさえ身体が弱ってたのに、俺が生気を吸い尽くしたからああなったんだよ」

「そ、そうだったの……⁉」

「それについては、悪かった。だからあの時も、礼を言われる筋合いなんてなかったんだ」

――あれ、また謝った？　冷酷無慈悲な攻めのくせに……？

いつになくしおらしいヴァルフィリスの態度に、目が点になってしまう。

ということは、この間言い争ったあとの行為でも、僕は生気を吸い尽くされていたのか。最初の頃より回復は早かったものの、そのせいで寝込んでしまったのだろう。

「えっ……じゃあ、さっきものすごく調子悪そうだったのは、ものすごくお腹が空いてた、とか？」

今は平然としているが、暗がりでうずくまっていたヴァルフィリスはひどく苦しげで、まるで手負いの獣のようだった。

ヴァルフィリスは目を伏せて数秒黙っていたが「……そうだよ」と小さな声で呟いた。

「どこへ行ってたのか知らないけど……そこで〝食事〟はしなかったの？」

「してない。というか、できなかったんだ」

「ちょうどいい相手が見つからなかったとか？」

「違う。……お前の味を知ってから、ほかのやつらの匂いを好ましく思えなくなったせいだ」

「へ」

すっと向けられた赤い視線に、またひときわ大きく胸が跳ね上がる。

僕は照れ隠しに明後日の方向を見ながら早口にこう尋ねた。

「い、いや、いやいやそんなことある？　僕なんてガリガリで痩せっぽちで、『せいぜい肥え太れ』とかなんとか嫌味言っちゃうくらい不味そうだったんだろ？」

「まぁ、肥え太ってくれてたほうが安心して食事はできるが」

「街へ行けば、もっと美味しそうな人だってたくさんいるだろうに……」

するとヴァルフィリスがやおら身を乗り出し、じっと僕の顔を覗き込んでくる。

驚いて、思わず後ろにのけぞった。

「経験則だが、生気の味の良し悪しは相手の性的な興奮の度合いに比例する」

「性的な、興奮度……？」

「そうだ。さらに言えば、相手が興奮していればいるほど、生気の量は豊富になる。……つまり、気持ちよく興奮している相手からは、美味い生気をたらふくいただけるってことだ」

「そ、そういうシステム……？」

思い当たるところはある。

初めてヴァルフィリスと出くわしたあの日。僕はこれから出会う『悪魔』が吸血鬼だと知っていたし、ヴァルフィリスが絶世の美形攻めであることも知っていた。

陵辱されたらどうしようという怯えを忘れさせられてしまうほど、ヴァルフィリスから与えられたキスはあまりにも優しく、心地が良くて、あっさりと絆された……

――確かに興奮してたな、僕……。怖かったけど、こんなすごい美形にキスされて、思ったより気持ちが良くて……

「ここへ送り込まれてきたガキどもは皆、俺を見て恐れ慄く。この髪の色も、瞳も、なにもかもが普通の人間とは違うからな、無理もないことだ」

「……なるほど」

「だがお前は、俺を恐れるどころかうっとりとこっちを見つめて、ポカーンとしたマヌケづらをしてただろ。ひょっとして頭がイカれているのかと思ったが、そういうわけでもなさそうだし」

「ん？　僕の頭が？　イカれてる……？」

「それに、嫌だやめてと言うくせにあんな声を出して……俺も、我慢ができなくなったんだ」

ところどころ悪口が聞こえた気はするが、最後の一言に、僕の心臓は大きく跳ねた。

だが次の一言で、ふわふわと浮き立ちかけていた心にぴしゃりと冷や水を浴びせられた。

「だが、それも俺を殺すための方策かもしれない。人間は、俺たちのような人外を疎(うと)むからな」

「ち、違う！　少なくとも僕は……！」

「……わかってる」

ムキになって否定しようとする僕を、ヴァルフィリスは静かな声で制した。

「お前からは殺意の気配を感じない。だいたい、俺を籠絡できるほどの色気もないし」

「色気がない……って、そりゃそうかもしれないけど！　なんなんだよ、さっきからちょこちょこ失礼なこと言って……！」

「ふ、ふふっ……本当に威勢がいいな。前も言ったが、お前みたいに活きのいい『生贄』は初めてだよ」

――あぁ……また、笑った。

眩しげに細められた目元はいつになく優しくて、僕の胸は徐々に強く、大きく高鳴り始める。

ヴァルフィリスの真実を知れた喜びと安堵で強張りがほどけ、ようやく身体のすみずみにまで力が漲ってゆくようだった。

無防備に微笑むヴァルフィリスの顔をもっと、いつまでだって見つめていたい。

だけど気恥ずかしくて直視できず、僕は頬を赤らめて俯いた。

「ヴァルは血をまったく吸わなくて平気なの？　その牙で噛みついたりとかも……？」

「しない。……あんな穢らわしい行為、俺はやらない」

決然とした、そしてひどく忌まわしげな口調で、ヴァルフィリスはそう言い捨てた。

思わずハッとさせられるほどに険しい口調に驚いてしまう。

恐る恐るヴァルフィリスの横顔へ視線をやってみると、伏せた瞳の奥に、ゆらりと揺らめく怒気さえ見える。僕は気圧され、息を呑んだ。

「じゃあ……ヴァルは、人の血を見てもなにも感じないってこと？　たとえば、もし誰かが怪我をして血を流していたとしても」

「純血種のやつらだったら、目の色を変えてむしゃぶりつくだろうな。だけど俺は……人間の血の匂いが嫌いだ。吐き気がするほどに」

「そんなに？　じゃ、じゃあ、ヴァルは吸血鬼じゃないってことじゃないか！　生気を奪うったって、それで相手を殺すわけでもないんだし」

「当然だ、人殺しはしたくない」

「悪さなんてひとつもしてないのに、なんでイグルフでは『悪魔』なんて呼ばれてるんだろう」

ヴァルフィリスはここへ連れてこられた子どもたちを遠くへ逃しているし、体調を崩した僕の看病までしていたのだ。どう考えても、『悪魔』の所業とは思えない善行ばかり。

しかしヴァルフィリスはどことなく物憂げに首を振り、低い声でこう言った。

「俺は混血なんだ。父親は純血の吸血鬼で、母親が人間だった」

「こ、混血……？」

「純血種のやつらは一度の食事で人間をひとり殺す。冷酷で残忍だよ。まさに『悪魔』だ」

「……っ」

「そして俺は、そんな吸血鬼一族の、唯一の生き残り」

硬く冷たい声音に、背筋がひやりと冷たくなる。

どこか遠くを見つめながら、ヴァルフィリスは純血種の吸血鬼についてこう語った。

純血種の吸血鬼は、けぶるような金髪と黒に近い赤褐色の瞳を持ち、皆揃って優れた容姿をしている。黙っていれば天使のように美しい。

だが、性格は残忍非道。人間を家畜のように捉え、命を奪うことに一切のためらいもない。

気に入った人間の血は吸い尽くすものの、味や匂い、または態度が気に入らなければ吸血せずになぶり殺しにするというのだ。

「それで死ねたら御の字だ。もし生き残った場合、その人間は狂人となってしまう」

「狂人……!?」

「純血種の唾液は媚薬を含んだ毒だ。噛まれたところから汚染され、やがて精神が破壊される。もし生き延びて人里に戻れたとしても、待っているのは人間からの粛清だ」

「……そんな」

「しかも、その毒は血液や体液を介して感染する。……やつらが滅んだ今もその毒に侵され、苦しんでいる人間が大勢いるんだよ。まるで呪いだ」

話を聞きながら、僕は無意識に腕をさすっていたらしい。恐ろしさのあまり手が震え、全身の毛穴という毛穴が粟立っている。

その様子に気づいたのか、ヴァルフィリスは少し気遣わしげな表情を浮かべた。

「お前はイグルフで生まれ育ったんだろう。大人たちから聞いていないのか？」

「はっきりとは……。ただ、危険な『悪魔』としか」

「……まぁ、そうかもしれないな。百年ほど前に、純血種は王都から派遣された軍勢によって皆殺しにされた。だから、昔ほど恐れられているわけではないのかもしれない」

「あっ……！　それ、聞いたことある」

聖騎士団らによる『血の粛清』――王の命により、人命を危険に晒す吸血鬼たちは一斉討伐を受け、全滅した。

その記録なら、書物で読んだことがある。てっきりおとぎ話だと思っていたけれど、さほど遠くない過去の出来事だったとは……

「ん……？　ちょっと待った。百年前ってことは……ヴァルはいったい何歳なんだ？」

また新たな疑問が湧いてくる。パッと見たところ、ヴァルフィリスは二十代後半なのだが……

僕の問いに、ヴァルフィリスは視線を天井に泳がせた。

「確か、百二十……いや、百三十年……は生きてるか」

「ひ……!?　ひゃくさんじゅう……!?」

「ちなみに、純血種の寿命は三百年あまりだと聞く。俺は混血だから、何年生きるのかはよくわからないけど」

「へ、へぇ……」

この美しさで百三十年も生きているとは……改めて、ヴァルフィリスが普通の人間とは異なる理（ことわり）の中で生きる異形なのだと思い知る。

しげしげと白い美肌を観察してみるも、毛穴ひとつ見当たらないきめ細かさだ。

僕の生気とやらもヴァルフィリスの糧となり、この美しさに貢献しているのだろうか。もしそうならすごいことだが……

――ああ。だからこの間、オリオドから僕を奪い去るような仕草を見せたのか……

ふと、夕方に起きたオリオドとのあれこれを思い出す。

ヴァルフィリスの背に庇われた時、それがどういう感情からくる行動なのかわからなくて戸惑いもしたけれど、僕は少なからず嬉しかった。

だがあの行動は、貴重な栄養補給源をここから奪い去られると困るから……に違いない。

そう思うと、喜びで高揚していた全身から力が抜ける。嬉しいことには変わりないのに、正体のわからない寂しさが心をうっすらと翳らせた。

――BL小説の中に転生したとはいえ、やっぱり、恋をしたってどうせ実らないんだな。

……って、恋……？

そうか、恋なのかと、心の中で独りごちた。

もはや手遅れなほどに、僕はヴァルフィリスに心を奪われてしまっている。だからこそ、ただの栄養源としか思われていない事実が、こんなにも悲しいのだ。

あのストーリーのままであれば、ヴァルフィリスは幾度となく僕を犯しているはずなのに、目の前にいる彼はとても優しく紳士的だ。

僕がここにとどまり続けたとしても、ヴァルフィリスはきっと、欲望のままに僕を襲いなどしないだろう。

初体験がレイプなんて嫌だと思っていたのだから、襲われなくてよかった、いい関係性が築けて大成功と考えるべきところなのだろう。

けれど、今はヴァルフィリスに抱いてもらえないことがもどかしく、寂しくてたまらない。

——……いや、これでいいんだ。栄養源って意味はあるにせよ、ヴァルは僕を必要としてくれてるんだから。

いっときは、なぜ吸血してもらえないのだろうと思い悩んでいたのだ。

だけどヴァルフィリスは、ほかの人間で食事をとることを控えるほどに僕の味を好んでいる。

これ以上を求めるのは、贅沢というものだ。

——〝糧〟として求められている。それでいいじゃないか……。

「トア?」

「あっ……」

不意に名前を呼ばれるだけで、性懲りもなく胸が高鳴る。急に無言になった僕を怪訝そうに見つめるヴァルフィリスの視線に応えるように、ゆっくりと顔を上げた。

すると、べちんとまたデコピンをされ、「ぐふ!」と呻いて額を押さえた。

「うぅぅ、痛いなぁもう!」

「また浮かない顔をしてる。どうかしたのか?」

「どうかしたのかって……デコピンしながら訊くことじゃないだろっ」

「でこぴん?」

額を押さえて涙目になりつつも、感情を言い当てられたことにハッとする。自分はそんなに顔に出やすいタイプだったろうか。これからは気をつけなくては……

「別に浮かない顔してるわけじゃない。ヴァルに生気吸われてちょっと眠いだけ」

「そういえば今日は気を失ってないな。体調、戻ってきたのか？」

「おかげさまで。……あぁ、おでこ痛い。穴でも開いたらどうすんだ」

「悪かったよ」

——あっ……

しおらしく謝りながら、ヴァルフィリスが僕の額を親指で撫でている。少し首を傾げ、気遣わしげな仕草で僕の額を撫でるヴァルフィリスの指の感触に、かぁぁぁと全身の熱が上がっていく。

「？　熱でもあるのか？」

「な、なな、ないよ‼　そんなの！」

「なにをカリカリしているのかは知らないけど、怒る元気はまだあるようだな」

「はぁ⁉」

額を撫でていた指先が、するりと頬へ滑り下りてゆく。淡く触れられるだけで胸が高鳴り、ぞくりと肌が震えてしまう。意図せず濡れたような吐息が溢れた。

「あれでもさっきは頑張って遠慮したんだ。お前さえよければ、もう少し〝食事〟させてほしい」

「へ……」

「嫌か？」

顎を掬い上げられ、頬に柔らかな唇が押し当てられる。軽いリップ音とともに頬に降り注ぐ軽やかなキス。優しく触れられるたび、僕の心は揺らいだ。

なんのつもりで、こんなに優しいキスをするのだろう。

どうして、わざわざ伺いを立てるような言葉を囁くのだろう。その気になればいくらでも僕から奪っていけるくせに。

――こんなふうに触られたら、大切にされてるみたいに感じちゃうだろ……

触れられた肌が、蕩けてしまいそうなほど心地いい。

力の入らない目でうっとりとヴァルフィリスを見上げ、「……いいよ」と答えた。

ヴァルフィリスは濡れた唇で艶やかに微笑み、僕の唇に触れるだけのキスをした。

掻き合わせていただけのシャツをそっとほどかれ、肩からするりと滑り落とされる。

首筋から肩口へとキスが降りてゆき、尖った肩先にまで口付けられた。

くすぐったいような、ささやかな快感が少しずつ僕の身体を熱くしてゆく。

唇を引き結んで溢れ出しそうになる喘ぎを堪えていると、ヴァルフィリスの両手で上腕をゆっくりと包み込まれた。

この身体が冷えているのか、それともヴァルフィリスの手のひらが温かいのか。慈しむような手つきで撫でさすられる心地よさに、ため息が漏れた。

「……んっ……」

「まだ痩せてはいるが、健康的な身体になってきたな」

「お……おかげさまで！　でも、もっと肥え太ってるほうが好みなんだろ⁉」

「そうでもないさ。綺麗な身体だ」

「えっ……」

突然の褒め言葉に驚いてヴァルフィリスを仰ぎ見ると、すぐさまキスが降ってくる。いつになくゆったりとした、柔らかな口付けだ。全身から力が抜けてしまうほど心地が良い。思わずくらりとふらつく身体を支えられ、そのままベッドに横たえられた。

恋心を自覚したせいだろうか、素直にヴァルフィリスの愛撫を受け止められる。

顎や喉、鎖骨にまで柔らかく唇を押し当ててくるヴァルフィリスの愛撫は、肌が溶けてなくなってしまいそうなほどに気持ちいい。

「ぁ、ぁ……ん……っ！」

つんと尖った胸の先端をとろりと濡れた舌で撫ぜられ、腰が勝手にぴくんと跳ねる。するとヴァルフィリスはもう片方の乳首を指先で弄びながら、色香の溢れる低音で「……ここが好いみたいだな」と囁いた。

「んっ、ん……すき……すき」

そこを舐めくすぐられるたびに腰が揺れてしまうのが恥ずかしいけれど、堪えることがどうしてもできない。だが、ヴァルフィリスは僕の浅ましさを笑いもせず、いくらでも愛撫を与えてくれた。

そうするうちに膝を割られ、ヴァルフィリスの太ももが僕の股座に押しつけられた。すでに硬く反り返っていた性器を膝で擦り上げられて、僕は「ぁ、あ！」と甘えたような悲鳴を上げる。

舌で捏ねられながらペニスを膝で擦られるたび、びく！　びく！　と身体が震え、意図せず腰が上下に揺れてしまう。

理性がじりじりと焼き切られるのを感じながら僕は身をくねらせ、せめて溢れ出す高い声を殺そうと拳を口に押し当てた。

「んっ……、もう、いっちゃいそ……出ちゃう……」

「もう？　前から思っていたが、ずいぶん感じやすいんだな、お前」

「だって、ヴァルにされるの、気持ちいい、から……っ」

「……へぇ」

嘆息交じりにそう訴えると、ヴァルフィリスがふとしたように顔を上げる。

目をとろんと潤ませ、呼吸を乱しながら見上げると、ふたたび甘くて深い口付けを与えてもらえた。

その上、さっきからじんじんと疼(うず)いて仕方のなかったペニスまで直に触れられて、僕は夢中になって腰を振り、貪欲に快楽を求めた。徐々にヴァルフィリスの吐息にも熱がこもり始めるのを感じてしまうと、僕の肉体はさらに蕩(とろ)けた。

「んっ……ふぅ……ん、ぁん」

「どういうつもりか知らないが、ずいぶん可愛いことを言うんだな」

「だって、だって……きもちいい。こんなの初めて、だし……」

「本当に？　村の男たちに仕込まれているんだと思っていたが？」

「そんなの、されてない……っ、……ヴァルとしか、してない、っ、んん」

ちゅくちゅくとペニスを愛撫されながら、下唇をかぷりと喰まれる。

もっと荒っぽく追い詰めてほしいのに、ヴァルフィリスの手つきはいつにも増して優しく、丁寧だ。焦れた僕は腕を持ち上げ、ヴァルフィリスのシャツを固く握りしめた。

達してしまいそうだったけれど、ぎりぎりでいかせてもらえない。

涙目になりながらヴァルフィリスを見つめ、もどかしげに腰を揺すった。

「ヴァル……もう、いきたい……」

「まだだめだ。もう少し、〝食事〟がしたい」

「へ……？」

「もっと俺を満たしてくれ、トア」

妖艶な微笑みとともに、濃厚なキスが降り注ぐ。

〝食事〟というにはあまりに淫らで、あまりに甘い口付けが、僕の全てを蕩けさせてゆく。

第七章　不穏な予感

それからまた、ひと月ほどが過ぎた。

深く暗い森の中にある屋敷の周りはいつも静寂に包まれているが、ここのところ夕暮れ時になると北の庭から勇ましい掛け声が聞こえてくる。

井戸の周りで畑仕事の後片付けをする僕とアンルの耳にまでくっきりと聞こえてくる声は、オリオドのものだ。

あの日、ヴァルフィリスと手合わせをしてからというもの、武闘派魂に火がついてしまったらしく、週に一、二度という頻度でここを訪れるのである。

「うおおおお!! これでどうだ!?」とか「ぐはぁっ！」とか「このっ!! もっと本気で俺を殴れ!!」などの威勢の良い声が、森の中にわんわんとこだましている。

始めはイグルフの因習についての調査だと言っていたくせに、今は仕事そっちのけでヴァルフィリスに戦いを挑んでいる。

といっても、ヴァルフィリスを倒すためという険しい雰囲気ではないため、こうして僕ものんびり野良仕事をしているというわけだ。

「もー、うるさいなぁ。ヴァルのやつ、いつまでも遊んでないでとっととぶっ倒せばいいのに」

「はは……そうだね」

ぶつぶつ文句を言うのはアンルだ。高頻度でやってくるオリオドの存在が迷惑で仕方ないといった顔をしている。僕は苦笑して鍬を肩にひょいと担いだ。

「ま、そのうちヴァルが追い払うだろ」

「そうだろうけど。あーうるさい」

アンルはオリオドが少し苦手だ。

「み、耳と、しっぽ……⁉ なんてことだ、こんなに可愛らしい生き物がこの世に存在するのか……⁉」と驚かれ、雑にわしゃわしゃと頭を撫で回されたのが気に食わなかったらしい。そういうわけで、アンルはオリオドが来るといつも仏頂面になる。

毎度毎度ヴァルフィリスにボロ負けして屋敷から追い出されているのに、オリオドはめげない。来るたびに目を輝かせ、「俺は今まで、あんな戦い方をするやつに出会ったことがない……‼ 見たか？ あの軽い身のこなし。あの素早さ、そしてあの脚力……‼ ああ、血が騒いでどうしようもない！」と興奮しながら屋敷を訪ねてくるものだから、実は僕も引いている。

そして今日もオリオドの相手をしていたはずのヴァルフィリスが、珍しくキッチンに現れた。

畑の片付けを終え、アンルとともに夕飯の支度をしていたところへ珍しく顔を出したヴァルフィリスに、僕らは揃って目を丸くした。

「ヴァルがキッチンに来るなんて、珍しいこともあるもんだなぁ」

「水をくれないか。……ああ疲れた、あいつはしつこすぎる」

「あいつ、体力ありあまってるみたいだし、ついでに食っちゃえば？　そしたらちょっとはおとなしくなるんじゃないのー？」

「嫌だね、匂いからしてくどそうだ。そばにいるだけで胸焼けがする」

からかうようにそんなことを言うアンルを相手に、ヴァルフィリスはふんと鼻を鳴らして毒づく。どうやらアンルはもともと、ヴァルフィリスの食事方法について知っていたらしい。……知っているなら、もっと早く教えてほしかった。

よく冷えた水をグラスに満たして手渡すと、ヴァルフィリスは「助かる」と言って一気に水を呑み干した。

「ずっとオリオドの相手してたの？」

「そうだよ。……あいつ、最近普通に腕を上げてきてて、なかなか勝負がつかないんだ」

「へぇーやるじゃん、オリオド。ヴァルの馬鹿力に耐えられるなんて」

なんの気なしにオリオドを褒めると、ヴァルフィリスの眉がぴくりと動く。

そして「ふん、俺は気を遣って手加減してやってるんだ。だから余計疲れるんだよ」と言った。

「はいはい、お疲れさん」

「ったく……あいつ、いつまでここに通ってくるつもりだ？」

「ヴァルに勝つまでかもね」

軽口を叩く僕を軽く睨むヴァルフィリスのこめかみには、珍しく汗が浮かんでいる。普段はきっちりと喉元まで留められたボタンを外し、息も少し乱れているようだ。

汗を拭う仕草をうっとりと鑑賞していると、アンルがさらっとこんなことを言った。

「トア、顔がデロデロしてる」

「えっ!? で、デロデロ……？」

「仲良くなれたのはいいことだけど、堂々とおれの前でいちゃつかないでくれるー？」

「い、いちゃついてなんかないだろ！」

もうひと月もすれば、この土地にも春が訪れる。

……が、アンルはいまだ〝お嫁さん〟を見つけられていないらしく、最近ちょっぴり苛立ち気味なのだ。

聞けば、ちょっと良い雰囲気だった雌の狼を別の狼に掻っ攫われてしまったらしい。相手は成熟した雄の狼で、アンルは太刀打ちできなかったと……。

「おれもヴァルに鍛えてもらおうかなぁ……やっぱ強いほうがモテるよね」

スープ鍋を掻き回しながら、アンルはため息交じりにそう言った。

作業用のテーブルで焼き上がったばかりのパンを切り分けながら僕は頷く。

「そりゃ、強いに越したことはないんじゃない？　家族ができたら守っていかなきゃだし」

「そうだよな！　というわけで、ヴァル、おれにも修行……って、いない!!」

気づけばヴァルフィリスの姿が消えている。こういう時にもあの素早さは役に立つのかと感心するが、アンルは「あいつ逃げやがったなー！」とプリプリと怒り始めてしまった。

とそこへ、今度はオリオドが姿を現す。ヴァルフィリスに投げ飛ばされでもしたのか、腰をさすりながらヨロヨロとキッチンに顔を出し、くんくん、と鼻をひくつかせている。

「ああ……いい匂いだなぁ。おっ、君たちはこれから夕食か」

「そうだよ！　ってか、勝手に屋敷の中うろうろすんなよ。帰れ！」

アンルは毛を逆立ててオリオドを邪険にするが、可愛いのであまり凄みはない。オリオドも同じ感想らしく、にっこり爽やかな笑顔を浮かべて「まあ、そう嫌わないでくれよ」と言った。

「それに、ヴァルフィリスのやつが、今夜は大雪が降るから泊まっていけと言ってくれてな」

「え？　ヴァルがそう言ったの？」

びっくりしてそう尋ねると、オリオドは「ああ、そうなんだ。いつもは庭の外に俺を蹴り飛ばして追い出すくせにな！　わはは」と豪快に笑った。

確かに、今日は朝からずっと空が低い。

空気もじとりと重く湿っていて、春が近づいているとは思えないほどに底冷えする一日だった。

ふと窓を見やると、暗闇でもわかるくらいに大きな粒の牡丹雪が降り始めている。たっぷりと湿気を抱え込んでいそうな雪だ。せっかく雪かきをしたのに、またあたり一面真っ白になるだろう。

「確かに今夜は外に出ないほうがいいかもしれない。馬も中に繋いどきなよ」

「ああ、そうさせてもらうよ」

屋根のある場所で休めたほうが馬にとっても居心地がいいだろうということで、古い馬小屋を修繕したのだ。ちなみに、主に作業したのはオリオドである。

今、馬小屋には二頭の馬が休んでいる。一頭はオリオドの愛馬、ラシャ。もう一頭はオリオドが僕に乗馬を教えるために連れてきたおとなしい老馬、ライネルである。

ヴァルフィリスの屋敷とイグルフの村を隔てるこの森を、僕は深く巨大な森だと思っていた。ここへ送り込まれたあの晩、ひどく長い間馬車に揺られていた気がしたからだ。

だが実のところ、馬を使って走れば二、三時間ほどで森を抜けられるらしい。

御者は僕から距離感を奪うために、森の中を蛇行しながらここまで馬車を走らせていたのだ。遠い場所へ連れてこられてしまったと思わせ、子どもたちから逃げる意志を奪うためだろう。

「それで、あんたの調査ってのはどうなってるの？」

ちゃっかり晩餐の席に交ざっているオリオドにパンを手渡し、斜向かいの椅子に腰を下ろした。

ヴァルフィリスは吸血鬼とはいえ混血で、かつて人々に恐れられていたやつらとは違うのだということは、僕からすでにオリオドに伝えてあるのだが……

「それとなくイグルフの町をうろついて、因習について話を聞いてはいるんだがな」

「町か……」

イグルフ一帯は八割が農村地域で、中心部分に時計塔を囲むように小さな町が広がっている。

衣服や靴を売る職人が店を構え、通り沿いには食べ物を売る露店が軒を連ねていた。そのほかには食堂や酒場、そして娼館が一、二軒ずつあっただろうか。

「酒場のひとつに若者がたむろしていたから、旅人を装って話を振ってみたんだよ。そしたらトア、君を知ってるっていう若者がいたぞ」

「えっ？　僕を？」

驚く僕の目の前にアンルがスープ皿を三つ（一応オリオドのぶんも用意するらしい）置く。てきぱきと料理を盛り付け、「そりゃ、トアにも友達のひとりやふたり、いたんじゃないの？」と言った。

「いや……酒場に出入りするような人とは付き合いがなかったはずだけどなぁ」

「そうなのか？　相手はずいぶん君を心配しているように見えたが」

「ええっ？　ちなみに……それは誰？」

「ジャミル、といったかな。若者の中心でふんぞり返っていて、ずいぶんえらそうに見えたぞ」

「……ジャミル」

覚えのある名前だ。僕は脳裡で『トア』としての記憶を振り返った。

ジャミルは確か、教会の図書館に出入りしていた若者のうちのひとりだったはず。

ある日、司教様の手伝いをしながら図書館で本を読む僕に絡んできた少年たちがいた。彼らは『薄汚い孤児』『施しが欲しいなら靴を舐めろ』といった言葉を投げつけながら、寄ってたかって僕を小突いた。

前世を思い出して多少おとなしくはなったが、それ以前の『トア』はやられっぱなしが性に合わず、血の気の多いたちだった。なので少年たちに向かって『親がいるってだけでえらそうにするな！』と言い返し、反撃に出ようとした。

あわや取っ組み合いの大げんかになりかけたところで、ジャミルが止めに入ってきた。

ウェーブした黒髪を肩のあたりまで伸ばし、上がり眉に垂れ目という甘い顔立ちをした、二十代後半と思しき若い男だ。

一見すると軽薄そうな雰囲気に見える男が現れて警戒したが、ジャミルは顔見知りだったらしい少年たちをやんわりと宥め、年長者らしい態度で僕に謝罪をした。

大事にはならずに済んだため一応礼を言ったものの、ジャミルの刺すような視線が少し気になったのを覚えている。

その日以降、ジャミルはひとりで僕のところへときどきやってくるようになった。

自分も本を読むのが好きだからと言い、僕のそばで本を読んで過ごす。また、図書館や孤児院で立ち働いている時、時折妙に熱い視線を投げかけてくることもあった。けれど別になにか悪さをされたことはない。

少し薄気味悪さを感じたけれど、貴族の出自だというし、イグルフには珍しくまともな大人なのだろうと思っていたが……

——まさかあの人が、小説のラストに出てくる田舎貴族なのか……!?

しばらく忘れていたけれど、ここはバッドエンド小説の世界なのだ。

そしてジャミルは、ヴァルフィリスを殺して僕を村へ連れ戻すという役割の、あの田舎貴族の男に違いない。

「そ、その……ジャミルって人、なんて言ってたの……？」

「『トアは大事な幼馴染みだから、なんとしても助け出したい』と言っていたな。周りの若者たちも、彼の勇気を讃えている様子だったが……トア、どうした。顔が真っ青だぞ」

「お、幼馴染み……？　違う、そんなんじゃない。歳もずっと上だし、話したのも数回程度で……」

「そうなのか？」

——どうして？　なんであの人が、ヴァルフィリスを殺しに来るんだ……!?

さぁ……と血の気が引く音がする。

足元から這い上がってくる震えをぐっと堪えて、拳を固く握りしめた。

たいして言葉を交わしたことはなかったけれど、僕が哀れにも『悪魔』に捕らわれたと思い込んで、善意で救いに来るつもりなのだろうか。

それとも、イグルフに根強く残るあの因習を断ち切ろうと血気盛んな若者たちが団結して『悪魔』を倒してやろうと盛り上がっている？

——どうしよう、あの小説の通りに物事が動くとしたら、ヴァルはあいつに殺されてしまう。

どっちにせよ、ここで平穏な暮らしを送っている僕にとっては不必要な正義だ。避けなくてはならない事態である。

だが、どういう方法を取れば回避できるのかがわからない。

——どうすればヴァルを守れる……？　僕は、なにをすれば……

「ト……トア？　どうしたんだよ」

気遣わしげなアンルの声で、僕はハッと我に返った。

よほど怖い顔をしていたのだろう、アンルの耳も尻尾もぺたんと萎れ、大きな瞳はとても不安げだ。

僕は慌てて、取り繕うように微笑んだ。

「なんでもないよ。さ、食べよ食べよ！」

「う、うん……」

なにやら静かなので、ちら……とオリオドのほうを盗み見る。

するとオリオドは、腕組みをしてスープを睨みつけ、難しい顔をしていた。

――オリオドは兵士だけど、ヴァルのために動いてくれるんだろうか……

ひとりでは抱えきれない不安が重くのしかかり、誰かに頼りたくなってしまう。

だが僕は開きかけていた口をつぐんだ。

オリオドだって、実際ここへなにをしに来ているのかわからない。

表向き、〝ヴァルフィリスと手合わせするのが楽しいからここへ通っている〟という顔をしているけれど、なにか腹に隠し持った魂胆があるのかもしれない。

不安が疑惑を呼び、誰も信じられなくなりそうだ。

僕はぱくぱくと大急ぎで食事を終え、「ごちそうさま！」と合掌する。

ひとりになって、静かに考えを整理したい。

そうすれば、なにか打開策が見つかるかもしれない。

珍しく早食いを決め込んで、オリオドに「きちんと後片付けを手伝うように！」と言い置いて、足早に自室へと戻ることにした。

† † †

コンコン、とドアがノックされる音に気づくまで、ずいぶん時間がかかってしまった。

慌ててドアを開けると、うっすら不機嫌そうな顔のヴァルフィリスが立っている。僕はいつも返事を待たずに部屋に入ってしまうが、ヴァルフィリスは律儀に僕の許可を待っていたらしい。

「そろそろ勝手に入ってやろうかと思ってたところだ」

「あ……ごめん、考え事してて。ど、どうぞ」

「失礼する」

僕が使っている部屋は、ヴァルフィリスの本だらけの広い部屋に比べたらずいぶんとこぢんまりしている。そのため、華やかかつ存在感の強いヴァルフィリスがそこにいるだけで、こぢんまりさがより強調されている気がした。

「もっと広い部屋も空いてるだろ。そっちに移ってもいいのに」

「いや……これくらいのほうが落ち着くんだよ」

「そうか？」

前世は六畳一間のアパートに住んでいたせいか、部屋は狭いほうが落ち着くのである。

小さなテーブルと椅子はあれど、客人をもてなすには少し頼りないので、僕はヴァルフィリスにベッドを勧めた。

勧めておいて赤面する。わざわざヴァルフィリスがここへ来るということは、目的はただひとつだろう。つまりこれから、この小さなベッドの上で……

「あ……あの、ひょっとして〝食事〟？」

「違う。なんで顔を赤らめてるんだ」

すでにちょっとだけ興奮しかけていた僕に向けられる視線が生ぬるい。

ヴァルフィリスを見るとすぐにそういうことを考えてしまう自分が恥ずかしく、僕はさらに顔を真っ赤にしながら「赤らめてないし」と言って、ヴァルフィリスの隣にどすんと座った。

「じゃあなんの用だよ。こんな夜更けに」

「ずいぶん機嫌が悪いな。元気がないと聞いていたんだが」

「えっ？　誰から？」

「オリオド」

これから出かけるところだったが、寝場所を探してうろうろしていたらしいオリオドと廊下ででくわし、僕の様子がおかしいと聞いたのだという。

僕は呆気に取られ、深夜にもかかわらずきっちりと衣服を身につけたヴァルフィリスを見つめた。

「そ……それでわざわざ部屋に来てくれたの？」

「いや……まぁ」

「僕はなんともないよ。行くとこがあるなら、出かけても大丈夫だけど……」

とはいえ、今夜は大雪だ。

ヴァルフィリスが身軽なのはよくわかったけれど、こんな夜中に、しかもこの吹き荒ぶ雪の中、どこへ出かけようというのだろうか。

窓の外を見やる目つきで、僕の言わんとしたことが伝わったらしい。

ヴァルフィリスは小さく首を振った。

「いいんだ。大した用事じゃない」

「ほんとに？　……あのさ、ヴァルってここにいない時、どこに行ってるの？」

「え？」

「あっ、いや。言いたくなければ別にいいよ。前からちょっと気になってただけ」

どこまでヴァルフィリスの内側に踏み込んでいっていいものか。

あれから何度か〝食事〟の相手を務めているものの、僕にはまだ迷いがある。

回数を重ねるごとに、ヴァルフィリスの〝糧〟となれる喜びに身体は蕩(とろ)け、〝食事〟以外の軽いキスをされるだけであっさり発情してしまう身体になった。

ヴァルフィリスにとってもすこぶる都合のいい存在だろうなと自分でも思う。ほんの少しの愛撫でやすやすと興奮し、たっぷりと生気を溢れさせるのだから。

ヴァルフィリスは〝食事〟のたびに僕の身体中にキスを降らせる。

唇だけではなく、額やまぶた、頬や耳たぶ。首筋から胸元へと滑り下り、小さな尖りを舌先で転がされるだけで、あっという間に僕のささやかな雄芯は屹立し、蜜をこぼす。

濡れたそれを扱かれながら胸を吸われ、達するぎりぎりまで追い詰められては焦らされて、鳩尾からへそまで淫らに舌を這わされて……何度も、ヴァルフィリスの口の中で吐精した。

体液も栄養になりうるのかと聞いたことがあったが、そういうわけではないらしい。

恥ずかしくて聞けないが、じゃあどうしてわざわざ口淫なんてしたがるのだろうと、いつも不思議でならなかった。

僕はたやすく発情するのだから、そうまでして愛撫に時間をかけなくてもいいはずだ。

だが、ここのところ〝食事〟の時間は長くなりつつある。

飽きる様子もなく僕を味わうヴァルフィリスの愛撫に酔い狂わされる夜が、幸せでたまらなかった。

〝食事〟と割り切っているつもりでも、欲はいくらでも湧いてくる。

自分ばかりがよがり狂わされるのではなく、ヴァルフィリスにも気持ち良くなってほしい。

乱暴でもいい。陵辱でもなんでもいいから、疼（うず）きの止まらない火照（ほて）った身体を、めちゃくちゃにしてほしいと胸が騒いだ。

ひょっとして性欲がないのだろうかとふと思ったけれど、キスをせがんで膝に乗った時、ヴァルフィリスのそれはしっかりとした硬さを持っていた。

嬉しくてたまらず、誘うようにヴァルフィリスの股座の上で腰を揺すってみたけれど、抱いてはもらえなかった。

幸せなのに寂しくて、もどかしい日々が続いている。

抱いてもらえないのならば、ヴァルフィリスの内面についてもっと知りたい。その必要はないとまた言われてしまうかもしれないけれど、僕は彼の全てを知りたかった。

ヴァルフィリスの生い立ち、彼がどうしてこの屋敷で暮らすようになったのか。彼が生きてきた百数十年のことを、全て教えてほしいとさえ思っている。

しばらく黙り込んでいると、ヴァルフィリスがゆっくりと隣で長い脚を組んだ。ベッドに後ろ手をつき、外を眺めている。

「……この先に山があるだろ。カレーナ山脈というんだが」

「へ？　ああ……昔は活火山だったってやつ？」

「そうだ。カレーナの山峰に、シルヴェラという国がある。……そこが、俺の故郷でね」

「故郷……!?」

ヴァルフィリスの故郷、生まれた場所……！　その話題に関心が湧かないわけがない。

僕はベッドの上に座り直し、身を乗り出した。

「シルヴェラは、王都の聖騎士団による『血の粛清』が行われた戦場で、純血の吸血鬼たちの血が大量に染み込んだ忌み地だ。今、シルヴェラの大地には、見渡す限りの荊棘が生い茂っている」

「いばら……。棘の生えた、蔓草みたいな？」

「そう。お前の腕くらいはある太い棘が生えるんだ。聖騎士団への恨みがそのまま地獄の底から蘇ったかのような……ひどく荒んだ眺めだよ」

「地獄……」

巨大な荊棘が覆い尽くす大地。それが、ヴァルフィリスの故郷。

いったいそこで、どれほど凄惨な出来事が繰り広げられたのだろう。

ヴァルフィリスの遠い視線の先に、黄金色の鎧に身を包んだ聖騎士の軍勢と、鉤爪を振りかざす吸血鬼たちの凄まじい戦いを見た気がした。

ふと自らの腕を見下ろしてみる。細いとはいえ、人間の腕だ。そこそこの太さはある。想像してみてゾッとした。

このサイズの棘が生える荊棘なんて見たことがない。しかも、まともに登ろうとすれば相当な装備が必要であろうあの高い山の上まで、ヴァルフィリスはマント一枚で出かけているというのか。

「ただ、その荊棘とともに咲く薔薇には価値がある。俺はそれを夜な夜な採取しに行ってるのさ」

「その薔薇には、どんな価値があるの？」

「花弁から抽出した成分は、純血種の毒に侵された人間を救う薬になる。普通の人間はやすやすと立ち入れない場所に生えているから、俺が採ってきてやってるんだ」

「えっ⁉　そ、そうだったの……⁉　ってことはヴァル、僕以外の人間ともずっと付き合いがあるってこと⁉」

「まぁな。俺を拾い、ここで育ててくれた老医師の仲間やその子どもたちが、研究を続けているからな」

――ヴァルを救った老医師……？　そうか、だからこの屋敷には医療器具や診察室みたいなものがあったのか……！

いつか屋敷中を捜索していた時に見つけた部屋、あれは、かつての屋敷の主が仕事場として使っていたのだ。以前、僕を看病したヴァルフィリスの手つきが妙に手慣れていたのもそのためだったのか。

気になっていた事柄が、どんどん明らかになってゆく。僕はさらに身を乗り出した。

「幼いヴァルを助けた……ってのはどういうこと？　ヴァルの身になにがあったの？」

「……落ち着けよ、トア」

ぶに、と鼻をつままれて、ヴァルフィリスがのけぞるほど前のめりになっていたと気づかされる。

慌てて身を引き、鼻をつまむヴァルフィリスの手を「痛いって！」と言って振り解いた。

「俺の話はもういいだろ。お前、オリオドから町の話を聞いたらしいな」

「町の話……。うん、ヴァルも聞いたの？」

「ああ。『悪魔狩り』をしようと若いのが盛り上がっている、気をつけろと言っていたが」

「それだけ？」

「？　ほかにもなにかあるのか？」

――オリオドのやつ、全部話したわけじゃないんだ……

僕はちょっとホッとした。

どういう魂胆があるのか知らないが、ジャミルは僕を助け出すという建前でもって、『悪魔狩り』をしようとしている。ヴァルフィリスの命を脅かしているのは、僕の存在にほかならない。

そう、つまりここに僕がいなければ、ヴァルフィリスの安全は確保されるということ――……

「トア」

ぐいと肩を掴まれて、顔を上げた。

小さな暖炉で燃える炎に照らされたヴァルフィリスの顔はいつになく険しく、僕は首を傾げた。

「な、なに……？」

「お前、今なにを考えてた」

「えっ？　いや……別に、なにも」

「本当か？」

肩を掴むヴァルフィリスの手に力がこもり、痛みが走る。思わず顔を顰めて「痛いってば！」と文句を言うと、ヴァルフィリスはちょっと申し訳なさそうな顔をして手を離した。

「若いやつらが暇つぶしに『悪魔』退治をしようと騒ぐことは、以前からときどきあった。だが、本気で攻めてくるやつはこれまで誰もいなかったよ。どうせ今回もそんな感じだろ」

「……そうかもしれないけど。でも、今回のは……」

——このまま小説の内容通りに話が進むなら、ジャミルは若者を引き連れて絶対ここへ攻めてくる。……それで、ヴァルを殺してしまうんだ。

そんな未来は絶対に嫌だ。ヴァルフィリスを奪われてしまうなんて絶対に許せない。

膝の上で拳が震える。だがふと、その拳がヴァルフィリスの手のひらの中に包み込まれた。

「不安そうな顔だ。どうしたんだ」

「……っ」

掬い上げるように顔を覗き込まれて、僕は言葉に詰まった。

ふたつの赤眼には、はっきりと気遣わしげな色が浮かんでいる。

ヴァルフィリスが僕を案じているのが自然とわかり、嬉しかった。

つい、気が緩んで力が抜ける。項垂れた僕の背にヴァルフィリスの手が回り、そっと肩口に抱き寄せられた。

——温かい。……なんで、ヴァルはこんなに優しいんだろう……

すぐそこに迫る不安に押しつぶされそうになった心に寄り添うような、優しい体温だ。しばらくそのまま、僕はヴァルフィリスの肩に顔を埋めていた。

——この人は『悪魔』なんかじゃない。町の人に説明すれば『悪魔狩り』を止められるかもしれない……

町へ戻って、ヴァルフィリスが危険な存在ではないと伝えるのだ。

そうすればきっと、彼の命を守ることができる。

胸の奥に生まれた静かな決意。

僕は、温かい腕の中で閉じていた目を開いた。

そして、そっとヴァルフィリスの胸を押し、少しだけ身体を離す。

見上げた先には美しい深紅の瞳。今まではこの瞳のあまりの美しさに魅せられつつも、どこか得体の知れない恐ろしさをも感じていた。

だが、疑惑は晴れた。ヴァルフィリスは心の清い、優しい混血の吸血鬼。……いや、鬼と呼ぶにはあまりに優しい人だから。

——僕がヴァルを守るんだ。

僕はふっと微笑むと、小さくかぶりを振ってこう言った。

「不安とかじゃなくて、……ちょっと、最近生気を吸われすぎて疲れちゃったみたいで」

「えっ、そうなのか？」

精一杯の演技で、疲れたようなため息をついて見せる。……だけど、これも嘘だ。

疲れなんて感じない。ヴァルフィリスに求められることが幸せでたまらない。

自分ではわからないけれど、おそらく僕の全身からは、求められるたび有り余るほどの生気が溢れかえっているのだろう。

演技がうまくいったのか、ヴァルフィリスは心底申し訳なさそうな顔をして、気遣うように僕の背中を撫でた。

「……気をつけているつもりだったが、そうか。悪かった」

「いや、全然いいんだけどね！　だからその……今夜はしっかり寝たいなと思って」

「わかった。俺は今夜中にまたシルヴェラに発つから、ゆっくり身体を休めてくれ」

「え？　今夜？　けっこう雪が降ってるけど……」

窓の外では大粒の牡丹雪が降りしきっている。オリオドには泊まっていけと言っていたのに、ヴァルフィリスはこんな大雪の中、山登りをするというのか。凍えたり遭難したりしないのだろうか……と、心配になってしまう。

「……あ、あの……今夜雪山登山するなら、〝食事〟しておく？」

「いや、大丈夫だ。お前のおかげで、いつになく満腹だよ」

「そ、そうなんだ。へぇ……」

なんとなく気恥ずかしくなって黙り込むと、ヴァルフィリスは軽い口調で「それに、雪はじきにやむ」と言った。

「わかるの？」

「ああ、一気に降ってすぐにやむ。だけど、明日の朝にはかなり積もってるだろうな」

「へぇ」

窓の外を見つめるヴァルフィリスの横顔を、僕はこっそりと見つめ続けた。

今夜シルヴェラに発つのならば、四、五日の間、ヴァルフィリスはこの屋敷から不在となる。アンルにさえ気づかれなければ、この屋敷を出ることができる。

——イグルフへ戻ろう。それで、町の人たちの誤解を解くんだ。

うまくいくかどうかわからないし、心の底には強い不安が拭いきれないほどこびりついている。

だが、ヴァルフィリスを守るためなら、どんなことでもできる気がした。

——とはいえ、一度イグルフへ戻ったら、ここへはもう戻れないかもしれないな……

ここで過ごす時間は、前世やこの世界を生きていたどの瞬間よりも幸せだった。

ヴァルフィリスがいて、アンルがいる、穏やかな時間だ。

ここに僕を脅かすものは、なにもない。

前世で僕を縛りつけていた偏見も、固定概念もここにはなく、僕は解き放たれたのだ。

だが、イグルフにはヴァルフィリスを『悪』と捉える偏見が残っている。

それならば、僕がその呪縛を解きたい。ヴァルフィリスが本当はどういう存在かを伝えたい。

もし説得がうまくいかなかったとしても、『生贄』がピンピンして生きて帰ってきたとなれば、村での『悪魔』のイメージを覆せるかもしれない。

僕の行動ひとつでヴァルフィリスを救うことができる――……楽観的かもしれないけれど、それは今、僕が思いつく最良の行動だ。

このまま放置すればヴァルフィリスも僕も死んでしまう。だけど行動を起こしさえすれば、ふたりはそれぞれの場所で生き続けることができる。

――……そうだよ。生きていたら、いつかまた、ここへ戻れる日が来るかもしれない。

真っ暗闇の中に生まれた淡い希望を胸の奥で大切に包み込むように、密かに拳を握りしめた。

「じゃあ僕は寝るけど、雪山は危なそうだから気をつけてね。滑落とか、遭難とか……」

「ふん、俺の身体能力をなめてもらっては困るな。人間の足で三日はかかる道のりでも、俺はほんの二、三時間足らずで移動できる」

「ええ、そんなに足が速いの⁉」

「まぁな」

素直に驚いて目を丸くすると、ヴァルフィリスはようやく笑顔を見せてくれた。艶やかな花弁が開き、あたり一面が明るくなるような笑顔だった。

心を寄せる相手が笑ってくれるだけで、こんなにも胸が熱くなる。

つられて微笑むうち、目の奥が熱くなるのを感じて僕はつと俯いた。

「……眠いのか？」

「ああ……うん、そろそろ寝るかな」

「じゃあ……お前が寝つくまで、ここにいてもいいいか」

「えっ？」

思いがけない申し出にびっくりして顔を上げると、ヴァルフィリスはやはりどこか気遣わしげな目をしていた。僕の生気を吸いすぎたことが申し訳ないのだろうが、それは嘘なので心苦しい。

だけど……ひょっとしたら、これが最後の夜になるかもしれない。

――そっか、ヴァルのそばで過ごすことのできる時間は、もうほんのわずかなんだ……

僕はこくりと頷き、ゆっくりとベッドに横たわる。

ベッドから出てゆこうとするヴァルフィリスを引き留めて、そのまま一緒に毛布にくるまった。

ヴァルフィリスの体温と匂いに包まれていると、さっき固めたはずの決意が鈍りそうになる。

居心地が良くて、幸せで……このままなにを恐れることもなく、いつまでもこうしていられたらどんなに幸せだろう。

「あったかい……」

「……お前こそ」

シャツを握りしめながらひとりごとのように呟くと、すぐにヴァルフィリスの声が返ってくる。

それが妙に幸せで、嬉しくて、閉じたまぶたの下から涙が溢れた。

第八章　決意

翌朝。

ヴァルフィリスが言う通り、庭にはたっぷりと雪が降り積もっていた。

あちこちに寝癖をつけて起きてきたアンルは、庭と畑を見るなり「うわ～、こりゃ雪かき大変だ！」と頭を抱えていた。

しかも、雪かきを手伝わせようと目論んでいたオリオドが「急ぎの仕事が入ってな！　すまん！」と言ってとっとと屋敷を出ていってしまった。

「一泊ぶん働かせようと思ってたのに」と、アンルはそれにもぷんすこ怒っていた。

すぐにでもイグルフへ向かいたかったが、アンルひとりに雪かきを押しつけるわけにもいかない。

僕も早朝からせっせと雪かきに励んでいた。

気づけば太陽が頭上高くまで昇っている。

庭から森の向こうを、僕はじっと見据えた。

まっさらな白い雪に覆われているせいか、普段鬱蒼（うっそう）と薄暗い森の中でさえ、今日は妙に明るく見える。目を凝らしても森の先まで見渡せはしないけれど、いつもよりは格段に森の中が明瞭に見える気がした。

ずっと不気味に感じていた森の風景も、今日はいつもと違って見える。

ただ単に雪の白さで薄気味悪さが薄らいでいるせいか……それとも、胸に宿った決意のせいか。

――道は明るいし、馬もいる。オリオドから方角も聞いた。……大丈夫、僕でも森を抜けられる。

なんとしてでも、ヴァルフィリスが『悪』ではないと皆に伝え、誤解をほどかなくてはならない。

大切なヴァルフィリスの命を守るためにも。

ぎゅ……と雪かき用のシャベルを握りしめ、僕は人知れず唇を噛みしめた。

危険だとわかっていることを、あえて行動に移そうとしている自分はとんでもない馬鹿だ。

だけどジャミルが口先だけで悪魔討伐を謳って若者たちを煽っているとはどうしても思えない。

ここは『生贄の少年花嫁』の世界なのだ。バッドエンドへと向かう物語の世界だ。

ここで僕がなにもしなければ、ジャミルはストーリー通りに大勢でここへ攻め込み、ヴァルフィリスを殺してしまう。それだけは絶対に避けねばならない。

――僕の言葉で、どのくらい皆を説得できるかはわからない。でも、ここで行動を起こさないと、未来はなにひとつ変わらないんだ。

皆からは頭がおかしくなったと思われるかもしれない。自分の言葉など信じてもらえないかもしれない……そういう不安は拭えない。

それでも、ジャミルにきちんと話をすれば、きっと状況は変わるはず。

相手は僕よりも大人なのだ。冷静に、自分の目で見たことをひとつひとつ丁寧に話せたなら、きっと理解を示してくれるはず。

数回程度言葉を交わしただけだけれど、彼は話の通じない相手ではなさそうだし、当の『生贄』である僕が直接彼と話せば、悪魔退治の計画を中止へと導けるかもしれない。

だがふと、明らかに困難な道をゆくのではなく、ヴァルフィリスやアンルとともにこの屋敷を捨てて遠くへ逃げるほうがいいのではないか――……そういった考えも浮かぶ。

この屋敷に僕も『悪魔』もいないと知れば、ジャミルはそれ以上の行動を起こすだろうか。誰もいない屋敷を前にすれば盛り上がっていた正義感は萎え、悪態をつきつつここを立ち去る。

そしてふたたび、退屈で平穏な日々に戻ってゆくだろう。

……だけど、なにも後ろめたいことのないヴァルフィリスやアンルが、どうしてこの屋敷を捨てなくてはならないのか。

ここは、幼いヴァルフィリスを保護して育てた老医師が住んでいた家だ。

荊棘（いばら）に閉ざされた故郷から逃れたあと、この屋敷でどのように育ったのかはわからないけれど、これまでのヴァルフィリスの優しさや人を救おうとする彼の行動を思えば、きっと、その老医師との関係性はとても良好なものだったに違いない。

――ここはきっと、ヴァルにとって大切な場所だ。……絶対に、僕が守らないと。

ふう……と長い息を吐き、視線を上げる。

まっすぐに見据えた方角にはイグルフの町がある。さりげなくオリオドに尋ね、教えてもらった町への近道も、頭の中に叩き込んである。

――行こう。気持ちが揺らがないうちに。

指が白くなるほどに、僕はシャベルの柄をきつく握りしめた。

だがその時、軽快に近づいてくる足音に気づいて我に返った。

アンルが吐息を白くけぶらせながら、尻尾を揺らして駆けてくる。

「トアー、昼ごはんだぞ～！　雪かき終わっ……ぜんぜんおわってない！」

「ご……ごめん！　ちょっとぼうっとしちゃって」

「まあこっち側は昼からでもいいけど……どうしたんだよ、トア。最近、なんかおかしいよ？」

さくさくと雪を踏んで近づいてきたアンルの瞳には、いつぞやと同じく、不安そうな光が揺らめいている。ここのところ、僕が思案に耽りがちだったものだから、アンルもなんだか元気がない。

自分がうつうつとしているせいで、いつも溌剌としているアンルの明るさまで陰らせてしまった。

せめてもの罪滅ぼしに、僕はぽんぽんと優しくアンルの頭を撫でた。

「僕は大丈夫。もうちょっと雪かきしてから戻るから、先に食べててよ」

「そう？　手伝おうか？」

「ううん、大丈夫、大丈夫！　あとで行くから」

「……わかったよ」

僕の満面の笑みを見てか、アンルの顔にも笑みが戻った。たったったと駆けてゆくアンルの背中を見送ったあと、僕は笑顔を引っ込めた。

そして、手にしていたシャベルを壁に立てかけ、馬小屋へと足早に歩を進めた。

† † †

今は見る影もないけれど、かつては栄えていたこともある町だった。

濃い橙色に暮れなずむ煉瓦造りの時計塔をフードの下から見上げながら、冷え切った手に息を吹きかける。

オリオドからおおよその方角は教わっていたものの、途中でやはり道に迷ってしまった。森を抜けるのにずいぶん時間がかかってしまったけれど、日が暮れる前に到着できてよかった。

慣れない馬で長い道のりを移動したわりに、僕は疲れを感じていなかった。ぴんと張り詰めるような緊張感が、全身に力を漲(みなぎ)らせている。

――僕は、ヴァルを守るためにここにいる。僕さえしっかりしていれば、なにを言われても大丈夫。冷静に、冷静に……

自分にそう言い聞かせながら、酒場のある町の中心部へ歩き出した。

時刻は夕飯時だ。夕餉(ゆうげ)を求める人々のさざめきの中、僕は一定の歩調で歩き続けた。すると、そんな僕の姿を目にした数人の村人が、怪訝そうな表情を浮かべて足を止める。そして、ひそひそとなにか囁き合う。

顔見知りばかりが住む小さな町だ。フードをかぶった僕の姿はいやおうなしに目立つ。手ぶらだし、旅人という風体でもない。これ以上目立って怪しまれても困るので、僕はフードを外すことにした。

「……あれ、あの子。孤児院の」

「そうだよ。『悪魔』んとこに送られた子だろ？」

「なんでこんなところをうろついてるんだい？　気味が悪いよ……」

フードを取った途端、間近で井戸端会議をしていた女性たちの声が尖った。ちら、とそちらに目をやると、僕の視線を察したらしい女性たちはパッと目を逸らし、そそくさとその場をあとにする。

反対側を向いても同じだ。人々は僕の姿を見て驚き、見てはいけないものを目にしてしまったかのような顔をして背を向ける。

――『生贄』が戻ってくるなんてこれまでなかったもんな。……まぁ、この雰囲気じゃ戻ってきたくもなくなるか。

きっと『生贄』の子どもたちがイグルフに帰りたいと言えば、ヴァルフィリスはそうしていたかもしれない。だが、こんな場所に誰が戻ってきたいものか。身寄りのない孤児たちは、誰からも軽んじられる存在だ。僕自身がそうであった頃も、町の大人たちから孤児たちへ注がれる視線は、薄汚れた野良犬を見るかのようだった。

もし、ヴァルフィリスにイグルフへ戻るかどうかの選択肢を提示されたとしても、僕は断っただろう。それはきっと、ほかの子どもたちも同じだったのかもしれない。

刺さるような視線を全身に受け止めつつ、僕はまっすぐ顔を上げて町を歩いた。

幼い頃は大人たちの目線が恐ろしかったけれど、大きな目標を胸に抱いている今は、彼らの視線などどういうこともない。

探しているものはただひとつ。

そして僕は、とうとう例の酒場の前までやってきた。

「……ここか」

煤けた灰色の煉瓦で造られた、二階建ての立派な建物。

かつてこの町が栄えていた頃、この店には腕のいい料理人がいて、町の人からも旅人からも愛されていたと聞いた。

だが今となっては、若者が屯（たむろ）して安酒を呷るだけの場所と成り果てている。

かつて社交場だった二階の部屋は表向きは旅人のための宿のような顔をしているが、旅人などめったにここを訪れない。酔っ払った若者たちが部屋をどのように使っているかなど、想像したくもないことだ。

オリオドの話によれば、ジャミルはここにいるはずだ。

今は没落しているが、ジャミルの一族はかつてこの土地を治めていた。若者たちが彼の言うことをきくのも、そういった過去の威光があるからだろう。

彼自身が治世を行ってはいないはずだが、もし、ジャミルを説得できたなら話は早い。彼の口から若者たちを宥めてもらえば、それで穏便にことが運ぶはず。

一度深呼吸をしてぐっと腹に力を込め、ふたたびフードをかぶって木製の重たいドアを押し開く。

すると、途端に騒々しい若者たちの笑い声や怒鳴り声が耳に押し寄せてくる。あまりの騒がしさや安い酒と煙草の臭いが入り混じった澱んだ空気に、僕は思わず顔を顰めた。

――ジャミルはどこにいるんだろう。けっこう人が多いな……

外観から想像していたよりも店の中は広く、僕はフードの下で視線をきょろきょろと彷徨わせた。

店の一番奥にはカウンター席があり、フロアには丸テーブルが十台ほど。また、左の壁際には
カーテンで仕切られたソファ席のようなものもある。

すでに出来上がっている客が多く、丸テーブルの隙間を縫って歩く僕を気にかけるものはいない。

男臭く荒っぽい風体の男たちや店で働く恰幅のいい女たちが大口を開けて笑い合うさまを横目に見ながら、カウンターまでやってきた。

丸太のような腕をした髭面の男がどうやらこの店の主らしい。

僕が近づくと、眼光鋭い無愛想な顔でジロリとこちらを見下ろした。

巨躯な上に目つきの悪い男だ。正直かなり怯んではいるけれど、勇気を振り絞って店主の男に声をかけた。

「ジャミルがこの店にいると聞いたんだけど、どこにいるかわかる？」

「……ジャミル？　あいつになんの用だい？」

「会って話をしなきゃならないんだ。急いでるんだよ」

「……あんたのような子どもが、あの男になんの話があるってんだ？」

「いや、僕はもう十八で、子どもではないよ」

店主は訝しげな顔をしつつ身を屈めると、じろりと僕の顔を覗き込んできた。

ジャミルに目通りするためにはこの男の許可がいるのだろうか？　思ってもみなかった関門が目の前に立ちはだかり、僕は内心焦り始めた。

だがその時、カウンター席に座っていた酔っ払いのひとりが、断りもなく僕のフードをばっと外した。突然視界が開けたことに驚く間もなく僕の亜麻色の髪が露わになり、すぐそばにいた男たちが「あれ、こいつ」とこちらに注目し始める。

「こいつ……あれだろ。孤児院の」

「そうだそうだ。自分から『悪魔』んとこに行きたいって言った、あの」

「なんでこんなところにいるんだ……？」

すぐそばで生まれた動揺が、さざなみのように店の中へ広まってゆく。騒々しかった店が徐々に静まり、今度はざわざわと不審げな声がそこここから聞こえてくる。

——どうしよう。誰も僕のことなんか知らないと思って高を括ってたけど、『生贄』になると有名人になっちゃうのか？

ジャミルに会う前に騒ぎにはなりたくなかったのだが、中には椅子から立ち上がってまで僕の顔を見に来ようとするものまで現れた。

そのうち誰かにぐいと肩を引かれ、僕はぐらりと後ろへふらついた。そのまま手首を掴んできた相手の顔を降り仰ぎ……ハッとして目を見張る。

——いた！　ジャミルだ!!

「トア……！　トアじゃないか!!　心配していたんだよ！」

くっきりとウェーブした黒髪をうなじのあたりで一括りにしたジャミルが、僕を見て目を丸くしている。

「君が孤児の代わりに『悪魔』のもとへ送られたと聞いて、すぐにでも助けに行こうと思ってたんだ。子どもを食い物にする危険な人外を、この先も放っておくわけにはいかないからな！」

「……！　それ、そのことなんだけど……!!」

「いろいろと準備も整っている。今日にでも『悪魔』のもとへ攻め入って殺してやろうと思っていたんだが……まさか、自力で逃げてきたのかい？」

捜していた人物がまさに目の前に現れて一瞬安堵したものの、ジャミルは生き生きとした笑顔で恐ろしいことを口にする。

ゾッとしている暇はない、僕にとってはここからが本番だ。

掴まれていた手を勢いよく振り解き、ジャミルをまっすぐに見上げた。

「そのことで、あんたに話があるんだ」

「話？　なんだい、藪から棒に」

「『悪魔』は……彼は、危険な存在なんかじゃない。だから彼を退治する必要なんてないんだ！」

声高にそう言い放った僕の声が、酒場の中に響き渡った。

あれだけ騒がしかった酒場が水を打ったようにしんと静まり返り、皆の視線が一斉に僕に突き刺さる。

自分に注目が向いたと感じ取り、周囲の人々の顔を順番に見回してさらに声を張った。

「彼は僕のことを殺そうとはしなかった。それに、食べるものも寝るところも与えてくれたんだ！　これまでに彼のもとへ送られた『生贄』たちは殺されたんじゃない！　もっと環境のいい孤児院に預けられてみんな生きてる！　ちゃんと大人になってるんだよ‼」

ざわ、ざわ……と抑えた声が広がってゆく。

ふと耳に入ってきたのは「本当か？」「こいつはなにを言ってるんだ？」「生きてるわけないだろ」という疑心暗鬼の言葉ばかりだった。

伝えておかねばならないことが、まったく彼らに届いていない。

焦った僕は今度はジャミルの両腕を縋るように掴み、訴えた。

「ねぇ、あんたから皆に言ってくれよ！　ほら、僕は無傷で帰ってきたろ？　しかも、昔より元気になったんだ。ヴァルに……彼はまったく邪悪な存在じゃない。攻め入るとか、殺すとか、そんなことする必要ないんだって！」

「……」

袖をぐっと握りしめながら訴えるも、ジャミルの表情はどこまでも訝しげなままだ。ジャミルにもまったく僕の言葉が響いていないことがひしひしと伝わり、余計に焦った。

「ジャミル！　あんたがリーダーなんだろ！　頼むよ！」

「トア、落ち着けよ。君がなにを言っているのかわからないよ」

「なんでだよ！　僕は無事だった。だから彼を殺す必要はない、そう言ってるだけじゃないか！」

声にも表情にも余裕がなくなっているのが自分でもわかる。

自分さえしっかりしていればヴァルフィリスへの誤解を解けるはずだと思っていたのに、これじゃまるで逆効果だ。

案の定、周りから注がれる視線には生ぬるさと刺々しさが加わり始めていた。

僕を見下ろすジャミルの目もどこか不愉快そうで、眉間には深いしわが刻まれている。

ジャミルは僕の肩に両手を置いて、諭すような口調でこう言った。

「相手は『悪魔』だ。そんなわけがないだろう、トア。ひょっとしてなにか毒でも盛られたのか？」

「は……!?」

「神父を締め上げて吐かせたが、『悪魔』の正体は吸血鬼らしいじゃないか。かつて国中に恐怖を撒き散らした忌まわしい人外だぞ？　そんな邪悪な生き物が、危険でないわけないだろう」

「違う、違う!!　ヴァルは、吸血鬼と人間の混血なんだよ！　吸血もしないし、無害で……！」

「……ああ、なるほど。吸血鬼に襲われると毒に侵されると聞いたことがあるが……」

伝わらないもどかしさでますます語気が強くなる僕を心底憐れむような顔をしていたジャミルの目が、ふと見開かれる。

そして、僕の肩を掴む手をわなわなと震わせながら、恐れ慄くような口調でこう言った。

「まさか、その毒にやられてしまったのか……!?　そうなんだな!!」

「違う……!!　僕は正気だ！」

「皆！　見てくれ……この子は毒に侵され、吸血鬼に操られているに違いない!!　やはり森の奥に潜んでいるものは紛れもなく『悪魔』だ!!　生かしておくわけにはいかない!!」

僕の肩を抱き寄せて、ジャミルは拳を突き上げ声高にそう言い放った。

その声に呼応するように、酒場のそこここから「そうだそうだ!!」「悪魔は殺せ!!」「悪魔の好きにさせてたまるか!!」と怒号が上がる。

僕は真っ青になった。

自分のおこないのせいで、さらに事態が悪化しているではないか。

男たちは各々が手に酒瓶を持ち、「決起するぞ!!　盃を持て!!」と互いを鼓舞し合うように大声を上げている。

『悪』を倒すというわかりやすい正義に酔いしれながら勇ましい歌を歌い、酒瓶を傾けては浴びるように酒を呷って、手のつけようがないほどに酒場の空気は熱されていた。

——どうしよう、どうしよう……!!　僕のせいでこんなことに……!

この状況をどう挽回すれば、ヴァルフィリスを救えるのだろう——……必死に打開策を探る僕の肩をジャミルはぐいと抱き寄せて、無言でずんずん歩き出す。ふらつく僕などお構いなしだ。

強引に引きずられつつも僕はジャミルを見上げて「なぁ、お願いだ!　みんなを止めて……!!」と訴え続けた。

だがジャミルは無言で、僕の言葉など聞こえていないかのような振る舞いだ。腕を引っ張られながら階段を上がり、いつしか僕は二階へと連れてこられた。

手近な部屋のドアを荒々しく足で蹴り開けたジャミルに、乱暴な手つきで中へと押し込まれる。

部屋にあるのは一台の質素なベッドだ。マットレスの上に荒っぽく突き飛ばされ、僕は困惑しつつジャミルを見上げた。

「なぁ、あんたが一言言ってくれれば、みんな冷静になるんじゃないのか⁉　お願いだ、あの人たちを止めてくれよ……！」

「放っておけばいい。吸血鬼狩りであいつらは日頃の憂さ晴らしができて、この世界から『悪魔』が消える。いいことづくめだと思うけどねぇ？」

「なっ……なんてこと言うんだ‼　ヴァルは『悪魔』じゃない‼　優しい人なんだ、殺すだなんて……‼」

「優しい人ぉ？　あっははははは‼」

ジャミルは突然、気でも触れたかのように大笑いしだした。

そして腹を抱えて笑いながら近づいてくると、乱暴な手つきでベッドに僕を突き倒し、上から四つ這いになって覆いかぶさってくる。

「痛っ……なにするんだよ‼」

「ふくく……帰ってきてくれて嬉しいよ、トア」

「はぁ⁉」

「『悪魔』が無害だろうがなんだろうが、僕にはなんの関係もないんだよ。僕が気に食わなかったのはね、これからどうやって攫って犯してやろうかって狙ってた君が、いつの間にか『生贄』になって消えていたことだ」

「……えっ」

ジャミルは細い唇を弓形にしならせてねっとりと笑い、僕が身につけていたシャツを荒々しく引き裂いた。いとも容易くボタンは飛び、布が裂ける音が部屋に響く。

咄嗟にジャミルの下から逃げ出そうとしたけれど、僕よりもはるかに身体の大きなジャミルに馬乗りになられているせいで、うまくいかなかった。

首を掴まれてベッドに押さえつけられたが、僕は苦悶の声を漏らしつつジャミルを睨め上げる。憎しみのこもった僕の眼差しを受け止めるジャミルの表情は恍惚としていて、あまりにも不気味だ。

「ああ……可愛いなぁ。その生意気な目つき、たまらなく可愛いよ」

「この野郎っ……!! 離せ、離せよ!!」

「離すもんか。ずっとずっと夢見てたんだよ? 君のようにね、なんの力もないくせに生意気ばかり言う可愛い子を、どうやって屈服させて、どうやって言いなりにさせるかを考えるのが楽しくてね」

「っ……悪趣味すぎるだろ暇人がっ!! 離せっ……!!」

じたばたと脚をばたつかせるも、ジャミルの身体はびくともしない。

ジャミルは心底楽しそうな笑みを浮かべながら、首に巻いていたアスコットタイで、僕の両手をひとまとめに縛り上げてしまった。

縛られた僕を見下ろして舌なめずりをし、ジャミルはゆっくりと身を屈めてくる。思わず顔を横に倒して口付けられるのは免れたものの、耳をねっとりと舐め上げられ、あまりのおぞましさに震え上がった。

「や……やめろ……っ!!」

「抵抗してもいいことはないよ？　だって君は、僕に皆を止めてほしいんだろう？」

「っ……」

「僕が言えば、皆は正気に戻って吸血鬼狩りなんてやめるかもしれないなぁ？　そのためには、君がまず僕をその気にさせないといけないね？」

ジャミルの手から逃れようと必死になっていた身体から、力が抜ける。

――……そうだ。こいつが止めれば、誰もヴァルのところへ攻めていかない。ヴァルを助けることができるんだ。

一度この身体を差し出せば、ヴァルフィリスの命を救うことができる。

今、自分ができる一番確実な方法だ。

脳裡に浮かんだその考えは、今の自分にできる最善の方法に思えた。

おとなしくなった僕の肌の上を、汗ばんだジャミルの指先が這い回る。酒の匂い混じりの生温かい吐息が肌に吹きかかり、露わになっていた胸の尖りに生々しく濡れた唇が吸い付いてきた。

「ぅ、ぁっ……」

「んん……ぁあ、いいね。もっと声を出してもいいんだよ？　はぁ……ほら、こっちも触ってやるから」

「っ……んん、ぅ」

ちゅ、ちゅぱっとわざとらしく濡れた音をさせながら僕の胸を舐め転がしつつ、ジャミルはズボンの上から、僕の股ぐらをぐにぐにと揉みしだいた。

同じ行為でも、触れられる相手が異なるとおぞましさしか湧いてこない。

ヴァルフィリスに触れられるとあんなにも心地よく、幸せな気持ちになるというのに。

怖くて、気持ち悪くて、歯を食いしばっていなければ涙が溢れてしまいそうになる。……だが、これはヴァルフィリスのためなのだ。

うまい説得ができなかった自分のせいで、ヴァルフィリスを危険に晒してしまったのだから、これくらいはして当然だ。ジャミルの一声で、下の酒場で盛り上がっている男たちが吸血鬼狩りをやめるのなら、安いもの――……

「ふふ、怖いのかい？　ぜんぜん勃たないね。……そうだ、直に舐めてやろう」

「いやっ……嫌だっ……」

「そう？　じゃあ、僕のをしゃぶってもらおうか。ああ……それとももう挿れる？　あんまりのんびりしていたら、あいつら、すぐにでも吸血鬼狩りに行ってしまうかもしれないもんなぁ？　君も困るだろ？」

僕の上に馬乗りになったまま、ジャミルはシャツの前をいそいそと開き、ベルトを解いてズボンを下げ始めている。

黒々とした下生えの中からそそり立つ肉棒を目の当たりにして、おぞましさのあまり息が止まった。

怯えた瞳でそれを見上げる僕を見下ろすジャミルの表情は嬉々としたもので、あまりに醜い。

思わず目を逸らすと、ジャミルは苛立った口調でこう言った。

「ほら、早くしゃぶるなりなんなりして、僕をその気にさせろよ」

「……嫌だ、できない……っ」

「できないだって？　おいおいおい、時間がなくて焦ってるのはお前のほうだろ」

「っ……」

猫撫で声だったジャミルの声が低くなり、僕は怯えた。身体を竦ませる僕を見下ろすジャミルの表情がますます邪悪なものになる。

「さぁ、自分で脱いで脚を開くんだ」

「……っく」

「おい、早くしろよ。純情ぶってないで、とっとと突っ込ませろって言ってんだよ!!」

苛立ちを隠そうともしない大声で凄まれ、僕の目からはとうとう涙が溢れた。

両手を縛られたまま、震える指で自らの着衣を解いてゆこうとしかけたその時——……

ガシャン!!　とガラスが爆ぜるような音が響き渡り、ごぉぉ……と冬の風が部屋の中に吹き荒ぶ。

なにが起きたのかと首だけで窓のほうを見やった僕は、大きく目を見開いた。

すらりとした黒いシルエットが月光を背にして佇んでいる。

——え……!?　まさか……

じゃり、じゃりと、割れた窓ガラスを踏みしめながらこちらに近づいてくる黒いマント姿の男が、ゆっくりとフードを外した。

「……ヴァル……！」

暗がりの中に浮かび上がるのは、業火を宿して赫く輝くふたつの瞳。

その場に現れたのは、灼熱を孕んだ瞳とは裏腹に、凍りつくように冷ややかな表情を浮かべたヴァルフィリスだった。

「な、なんだお前、どうやって入っ……!?」

突如二階の窓を突き破って現れたヴァルフィリスを前にして狼狽えていたジャミルが、身体の上からふっと消えた。

次の瞬間には、壁に叩きつけられ、その場にずるずると崩れ落ちるジャミルの姿が僕の視界に飛び込んでくる。ヴァルフィリスがジャミルを殴り飛ばしたのだ。

……あっという間の出来事で呆然としてしまう。

だが、じゃり、と靴底がガラスを踏み砕く音が響き、僕はハッと我に返った。

押さえつけられていた重みとおぞましいほどの恐怖が消えてゆく。僕は手首を縛られたまま、ベッドの上で身体を起こした。

薄暗い部屋の中、視線でとどめを刺すかのような鋭い表情でジャミルを睥睨していたヴァルフィリスの視線が、流れるようにこちらを向く。

無言で歩み寄ってきたヴァルフィリスに手首の戒めをほどかれると、僕は思わず黒いマントを握りしめた。

「ヴァル……なんで!?　どうしてここにいるんだよ!?」

「胸騒ぎがして屋敷に戻ってみたら、アンルからお前の姿が見えないと聞いて。……まさかとは思ったが、こんな、馬鹿なことを」

「っ……」

ヴァルフィリスの瞳の奥には、燃え盛るような激情が揺らめいている。自分が起こした行動が浅はかだったという自覚があるからこそ、僕の目にはそれが激しい怒りによるものに見えた。

だが、あそこでなにも行動を起こさなかったら、いずれあの屋敷は襲われていたんだ！　ここは、あの小説の中の世界なんだから――……!!　と、叫んでしまいたかった。けれど、そんなことをしてもなにもならない。僕はその台詞を、喉の奥へ引っ張り戻した。

「ごめん……でも！　こうでもしないと、ヴァルはずっと悪いやつだって誤解されたままなんだよ!?　なにも悪いことなんてしてないのに……！」

「無駄だな。お前がなにをしたって、『悪魔』の毒にあてられて、気が触れたと思われるに決まってる。実際そうだったんだろう？」

「っ……そうだけど、でも！　やってみないとわからないじゃないか！」

「わかってないのはお前のほうだ!!」

必死さを含んだ強い口調に気圧されて、僕はビクッと震え上がった。

そのまま強く掻き抱かれ、僕はヴァルフィリスの腕の中で目を見張った。

「馬鹿なことをするな!!　俺は、お前を危険な目に遭わせたくないんだよ！」

「危険かもしれないけど……!!　でも、きっと大丈夫だよ。きちんと話をすれば、少しずつ理解を得られるかもしれないじゃないか……！」

ぴく、とヴァルフィリスの肩が揺れた。

ヴァルフィリスは間近でじっと僕をまっすぐに見据えながら、硬い口調でこう言った。

「そんなに簡単に済むと思ってるのか？　お前の言葉ひとつで俺を……『吸血鬼』を忌み嫌う人間たちの理解を、得ることができるとでも？」

「それは……」

「村の老人たちは、俺が『血の粛清』をまぬがれて生き延びた吸血鬼だと薄々わかっていたんだろう。だから村に危害を及ぼさないように、お前のような子どもを俺に投げ寄越すんだ」

「でもヴァルは混血であいつらとは違う！　吸血なんかしないし、すごく優しいじゃないか！」

僕のその言葉に、ヴァルフィリスの顔が苦しげに歪む。それは怒っているようにも見え、胸を締めつけられるほどに悲しげな表情にも見えた。

「……純血の吸血鬼どもが犯した殺戮（さつりく）の数々を、俺はよく知ってる。過去のこととはいえ、人間たちは俺を許しはしないだろう」

「過去……そうだよ！　もう過去だ！　しかもヴァルはその毒に苦しむ人を救ってる！」

「この程度で贖（あがな）いきれることじゃないんだ。それに俺も純血種のやつらが憎い。父と母を殺したあいつらのことを、心底軽蔑している」

「っ……」

「それに俺は、許されたいとも思わないんだよ」

その言葉とともに痛いほどに肩を掴んでいたヴァルフィリスの手からするりと力が抜け、両手を握りしめられる。

まるで、僕に縋るように。刃を素手で受け止めてしまえるほどの力を持っているとは思えないほど、優しい力で。

「俺のために、お前が危険な目に遭う必要なんてないんだ」

「ヴァル……」

出会ったばかりの頃は表情を窺い知れなかった深紅の瞳に、今は焦燥や必死さのようなものをはっきりと見て取ることができる。

だが、救われたことに安堵する以上に、僕の胸には焦りが渦巻いていた。

ヴァルフィリスを殺そうと息巻いている若者たちが階下にいるという状況。そんな敵の本陣に、当の本人がたったひとりで乗り込んできたのだ。

今すぐここから逃げるにしても、ジャミルにはヴァルフィリスの姿を見られてしまった。気絶している間に逃げられたとしても、状況は同じ……いや、むしろ悪くなっている。

「もう……どうして助けに来ちゃうかな……」

黒衣に顔を埋(うず)めながら、僕は呻くようにそう言った。

「僕がいなくたって、ヴァルは別に〝食事〟に困るわけじゃないじゃないか。僕はここに帰ってこられないかもしれないけど、説得がうまくいけばヴァルはまた静かな暮らしを取り戻せるんだよ？なのに、なんでわざわざ、僕なんかを助けに来たんだよ……っ!!」

喉から搾り出すようにそう訴える。すると、ヴァルフィリスのマントをふわりと羽織らされた。涙を堪えて見上げた先にあるのは、いつものニヒルな笑みがあった。

「お前を犠牲にして、俺だけが静かに暮らす？　……ふん、そんな滑稽なことがあってたまるか」

「え……？」

「トアが現れるまで、俺の暮らしは平穏そのものだった。だけどお前は俺の前に突然現れて、逃げるどころかわざわざ自分から俺に関わってくるし」

「ヴァル……？」

ヴァルフィリスは呆れた口調でそんなことを言うと、ため息をつきながら肩を竦めた。

「お前は最初、俺を殺すつもりだったんだろう？　なのに、勝手に俺を信じてみたり疑ってみたり、なにを奪われているかわかっておきながら、あいも変わらずあそこに居座って、一方的な俺の行為を受け入れて……本当に、やることなすこと意味がわからない。お前のようなわけのわからない人間は、初めて見たよ」

「こ、こんな時だってのに、なにが言いたいんだよっ！」

口をへの字にする僕を見てか、ヴァルフィリスは眉根を上げ、優しく微笑んだ。

「……俺は、感情を言葉にすることに慣れてない。ずっとひとりだったから、そんなことをする必要がなかったからだ」

「うん……」

「だからうまく言えないが……お前と出会ってからずっと、ここが騒いでどうしようもないいんだよ」

ヴァルフィリスは、自らの胸に手を押し当てる。

僕を見つめるヴァルフィリスは無言だが、唇はなにやら物言いたげだ。まるで、心の中に彷徨う感情にあてはまる言葉を探しているかのように。

トクトクと高まる鼓動に身を委ねながら次の言葉を待ち侘びる。

すると、ヴァルフィリスは、迷いのない瞳でまっすぐに僕を見つめた。

「……俺は、お前を手放したくないんだ」

「へ……っ？」

「お前を糧としているのは事実だが、それだけじゃない。お前が可愛くて、たまらない」

「か、かわ……？」

「だいたい、この俺がただの〝栄養源〟と思ってるだけの相手に、あんなにしつこくベタベタするわけないだろ」

いつも通りの斜に構えたような口調だが、ヴァルフィリスの表情は柔らかく、それでいてどこかせつなげだった。

嘘のように優しい台詞が、紛れもなく自分に向けられたものだと理解できるまで、ずいぶん時間がかかってしまった。

呆然とする僕の頭を撫でるヴァルフィリスの顔も、じわじわと気恥ずかしげなものになっていく。

「そ……そうだったの？」

「……ああ、そうだよ」

「う、うわ……ほんとに？　本当に？」

つい何度も確認してしまう僕のしつこさに耐えかねたのか、ヴァルフィリスは白い頬を薔薇色に染め、無言でこくりと頷いた。

熱い涙がぼろぼろと溢れ出す。涙とともに、押さえ込んでいた気持ちまでもが溢れ出す。

僕は嗚咽を漏らしながら、ヴァルフィリスに心のうちを明かした。

「……僕も、ヴァルが好きだ」

ずっと秘めていた感情が、言葉となって放たれる。

背中を包み込むマントをぎゅっと握りしめながら、これまでずっと押し殺してきた本音を言葉に乗せ、ヴァルフィリスに伝えた。だが……。

「……どうして？　俺のような人外を、なぜそんなふうに思えるんだ。俺は殺戮を犯し尽くした吸血鬼の生き残りなのに」

返ってきたのは疑問だった。

眉根を寄せた苦しげな顔で、ヴァルフィリスはそう問うてきた。

なぜ自分が僕に好意を寄せられているのか、本気でわからないといった表情だ。

互いに同じ想いでいるという喜びよりも、赤い瞳に浮かぶものは戸惑いのほうがずっと大きい。

僕はそっとヴァルフィリスの頬に両手で触れ、まっすぐに、揺れる瞳を見つめてこう伝えた。

「ヴァルは自分のことを『人外』とか『悪魔』とか、『吸血鬼の生き残り』って呼ぶけど、僕はどの言葉もヴァルには全然当てはまらないって思ってる」

「……でも、それが事実だ」

目を伏せるヴァルフィリスの頬を手のひらで包み込み、僕はゆっくりと首を振る。

翳りのある瞳を覗き込みながら僕は言葉を続けた。

ずっと心に秘めていた気持ちを、今こそ、ヴァルフィリスに伝えたかった。

「たとえ過去の吸血鬼を知る人たちにとってはそうでも、僕はヴァルがすごく優しいって知ってる」

「っ……」

「僕にとってヴァルはただひとり、僕が心の底から求める愛しい人だ」

僕の眼差しを受け止める深紅の瞳が、うるりと揺れる。

窓から差し込む月明かりを受けて赤くきらめくヴァルフィリスの瞳は、まさに至宝。

なにものにも代えがたい僕の宝だ。

ヴァルフィリスは、僕にとって唯一、愛し愛されたいと望む存在だ。

頬を濡らす涙をヴァルフィリスに拭われる。そのまま強く抱きしめられ、慣れた体温と匂いに包み込まれながら、僕はヴァルフィリスの背中に両手を回した。

「……つくづくわけのわからんやつだ。どうして、よりにもよって俺なんかを」

ため息交じりの小さな笑みが、ヴァルフィリスにしがみついた僕の耳元を掠めてゆく。

泣き濡れた顔を上げると、目の前に綻ぶのはヴァルフィリスの幸せそうな微笑みだった。

こんなに幸せそうな顔ができるのかと驚いてしまうくらい、その笑顔は蕩けるように優しくて、尊いほどに美しい。

濡れた頬を何度も拭われながら泣き笑い、多幸感に包まれていたその時――……

床に倒れ伏していたジャミルの呻く声が聞こえてきた。

弾かれたように声のしたほうへ目をやると、床に這いつくばったジャミルが身じろぎをし、ゆっくりと身体を起こそうとしている。

「……話の続きはあとだ」

「ヴァル……！」

袖を掴んでいた手をそっと外されたかと思うと、ヴァルフィリスは僕のそばから離れてゆく。追い縋ろうと伸ばした手は、ヴァルフィリスに届くことなく空を掴んだ。

紅い瞳は、すでにジャミルへと向いている。

部屋の床中に散乱したガラス片を踏む音がじゃりりと響くと、ジャミルはギョッとしたような顔で身体を起こし、尻で後退るうち壁に背中をぶつけた。

だが、目の前に立つヴァルフィリスをゆっくりと見上げ……ひきつった笑みを浮かべてこう言った。

「その目の色……!!　へぇ、すごいな、本物の吸血鬼だ。伝承の通りだな!!」

「伝承？　へぇ、どんなふうに伝わってるんだ？」

震え声でヴァルフィリスに相対しているジャミルに向かって、ヴァルフィリスは艶やかな微笑みを浮かべて肩を竦めて見せる。

いつもと同じように飄々とした口調だが、射抜くような視線はそのままだ。

「血のように赤い不気味な目。残虐かつ凶暴極まりない非情な悪魔。人間に喰らいついて血を啜り、咬んだ人間を狂人にしてしまう。ああ……なんて薄気味悪いやつらだ。お前はその生き残りなんだろう!?」

「そこは否定しない」

「へぇ……ははっ、本当にいたのか……! すごい、すごいぞ……!! お前を殺せば、僕は一躍英雄だな!!」

そう言うや、目を爛々（らんらん）とぎらつかせながら、ジャミルはゆらりと立ち上がった。

そして腰のベルトに帯びていた鞘から、ヴァルフィリスにしかと見せつけるように、ゆっくりと短剣を抜く。

月光を受けてきらめく刀身は白銀色。

混じり気のない、透き通るように美しい剣である。

いつか、オリオドに剣を向けられた時は微動だにしなかったヴァルフィリスの表情が、にわかに険しくなったことに僕は気づいた。

——まさか銀製？　吸血鬼は銀の刃や弾丸で攻撃されると致命傷を負うって聞いたけど……

前世での記憶の限りだが、吸血鬼は銀を嫌う。

銀には強力な浄化作用があると考えられていて、邪悪な存在とされている吸血鬼が銀の刃で傷を受けてしまうとその傷は治癒しない。そして、そこから徐々に死に至る――……

混血とはいえ、ヴァルフィリスにも純血の吸血鬼と同じく禁忌なものはある。

にんにくや十字架は平気でも、直射日光を浴びると肌が焼け爛れてしまうらしい。ひょっとすると、銀の刃による攻撃もヴァルフィリスにとっては致命傷となるのかもしれない。

『血の粛清』の記録は図書館にも残っていたはず。吸血鬼を必殺するものが『伝承』として伝わっているとすれば、ジャミルはその知識を本から得ているとみて間違いないだろう。

だが、オリオドのように訓練された兵士というわけでもなく、ジャミルはただの没落貴族。ブン、ブン！　と短剣を振り回す勇ましい音はするものの、ヴァルフィリスは難なくそれを避けている。

「この野郎っ……、ふらふら避けるだけなのか！　さすがの吸血鬼様も、銀の剣は怖いのか!?」

声高にそう叫びつつ剣を突き出したジャミルの腕が、ヴァルフィリスのすぐそばを掠めてゆく。するとヴァルフィリスは流れるような動きでジャミルの腕を捕らえ、そのまま背中のほうへ捻じ上げた。

武器を持った腕を封じ、ジャミルの手から短剣を叩き落として掴んだ腕をより強く締め上げる。

悲鳴を上げながら膝をついたジャミルが、血走った目でヴァルフィリスを睨め上げた。

「痛ッ……痛いだろうがっ!!　くそ、離せ!!　この薄汚い人外が!!」

「薄汚い人外、ね。お前がトアにやろうとしていたことのほうが、よほど薄汚いように思えるが？」

「ふん、どこが!?　あいつが僕に頼み事をしたいと言うから、その対価をもらおうとしただけだろ!?　それのどこが悪い！」

「……」

　ジャミルの恨めしげな視線が突き刺さり、僕はびくっと身を硬くした。ついさっき襲われかけた恐怖と情けなさが蘇り、悔しさのあまり奥歯をぐっと噛みしめる。

「なにが対価だ!!　僕を言いなりにしたかっただけだって言ったくせに……！」

「うるさい！　お前のような孤児上がりの馬鹿なガキ、この僕に役立ててもらえるだけありがたいと思……」

　次の瞬間、ズン!!　と重い音が部屋を震わせた。

　瞬きをしたほんの一瞬のうちに、ヴァルフィリスがジャミルの首を掴んで壁に叩きつけたのだ。

「ぐ、はぁッ……!!」

　乱れた服のまま、ジャミルはヴァルフィリスに首を掴まれ、身体が浮き上がるほどの力で壁に押しつけられていた。

　苦悶の表情でじたばた脚をばたつかせ、喉を締め上げる手から逃れようともがき苦しんでいる。

「もう黙れ。お前のような下劣な人間の言葉など聞く価値もない。こいつは俺がもらっていく」

「あは、あははは……ッ!!　なんだお前、こんな孤児上がりのガキひとりのために、わざわざ人里まで来たってのか!?」

「ああ、そうだよ」

「へぇ。ふくく……わかる、わかるよお前の気持ち……!!　可愛い顔してるもんなぁ、トアは!!生意気なくせに馬鹿で、騙されやすくてさ!!　こういうガキを言いくるめて好き放題犯すのって、最高だよな!!」

悪辣な言葉に、ヴァルフィリスの瞳の奥で残忍な光が燃え上がる。

すぅ……と表情を失ってゆくヴァルフィリスの相貌に残忍さが宿り、壁に押しつけられていたジャミルの身体がさらに高く持ち上がった。

「ぐっ……ぐっぅ……や、やめろクソっ……くるし……っ」

「人を殺めたくはない。……だが、お前のようなやつは生かしておく価値もなさそうだな」

ヴァルフィリスは冷え冷えとした美貌に凄絶な笑みを浮かべながら、牙をちらつかせて舌舐めずりをした。

一瞬淡い陽炎のようなものが、ゆらりと全身から放たれたように見えた。

その途端、悪態をついていたジャミルの表情が恐怖に強張り、さっきよりも大仰に暴れ始める。

「ひ、ひぃ……っ! や、やめ……殺さないで……っ!」

「……ヴァル?」

——ヴァルは、ジャミルを殺そうとしているのか……!?

部屋中の空気が、微かに震えている。目には見えない圧迫感がびりびりと空気を張り詰めさせ、背後にいる僕の頬までひりつくほどだ。

これは殺気だ。

見れば、ヴァルフィリスの指先には鉤爪さえも出現し始めている。

あのままジャミルの首を握りつぶしてしまうのが先か、あの鋭い鉤爪によって肉を切り裂いてしまうのが先か……どちらにせよ、このまま放っておいたら、ヴァルフィリスは本当に人を殺めてしまうことになる……！

——いけない……!! それだけはダメだ!!

「ヴァルっ……!! やめて!! やめて!!」

思わず駆け出し、背後からヴァルフィリスにしがみつく。

だが、抱きついたその身体はびくともしない。

「そいつがどんなクズでも、殺しちゃダメだ!!」

「……どうして止めるんだ。こいつはお前を貶め、穢そうとしたんだぞ」

「僕が馬鹿だったのは本当だから!! そいつの言う通りだから!! やめてよ、そんなやつのために、ヴァルが罪を犯す必要なんてないんだよ……っ!!」

悲痛な思いのまま叫んだ僕の声が響いたのか、ヴァルフィリスの身体からふと力が抜ける。

ほどなくして、どさ、とジャミルが床に崩れ落ちる音が聞こえた。

僕はようやくはぁ……と長い息を吐く。

「ヴァル、ごめん。ごめん……！ 僕がもっと、ちゃんと後先考えて行動していれば、こんなことにはならなかったのに……!!」

「……今更だな」

冷ややかな台詞だが、ヴァルフィリスの声音は穏やかだった。

腰に抱きついたまま恐る恐る顔を上げると、ヴァルフィリスもまた僕を横顔で振り返る。その瞳には、いつもと変わらぬ静かな真紅が戻りつつある。

安堵して微笑みかけたその時、微かな衝撃とともにヴァルフィリスの身体がゆるやかに傾いだ。

「っ……く……」

「ヴァル……？　え、ど、どうしたの……？」

がく、とその場に膝をついたヴァルフィリスの向こうに、血まみれの短剣を手にはぁはぁと息を荒げるジャミルの姿が見えた。

「あは……あははははっ……!!　ははは、やってやった。殺してやったぞ!!　あはははは!!」

息を呑み、崩れ落ちそうになるヴァルフィリスを咄嗟に支えた。

「そんな……ヴァル、ヴァルっ!!　傷を見せて!!」

マントの裾をめくってみると、白いシャツの脇腹が真っ赤な鮮血でぐっしょりと濡れていた。よほど深く刺されたのか、かなりの出血量だ。

「あぁ……そんな」

両手で傷を押さえてみても、出血が止まる気配はない。

みるみる溢れ出す血液が僕の両手さえも濡らし、床に血溜まりを作ってゆく。

「トア!!　こっちに来い!!　この死にかけの悪魔の目の前で、お前を犯してやるからな」

「なっ……は、離せ!!　離せよ!!　早く手当しないと……!!」

「はっ、無駄だね。どうせこいつは死ぬんだ。この僕を痛めつけてくれたお返しに、目にもの見せてやる！」

血まみれの手首を掴まれ、ヴァルフィリスから引き剥がされたその瞬間、項垂れていた赫い瞳が、ぎらりと剣呑な光を帯びた。

ヴァルフィリスはゆらりと立ち上がり、そのままジャミルに体当たりを喰らわせた。廊下へと突き飛ばされたジャミルはバランスを崩し、悲鳴を上げながら一階の酒場へと続く階段を転がり落ちていった。

そして、ジャミルを追うようにヴァルフィリスの姿も消えてしまう。

ぞっとした僕は咄嗟に部屋を飛び出した。

「ヴァル……!! やめて、行ったらダメだ!!」

僕の制止もきかず、ヴァルフィリスはひらりと一飛びで階段の下に降り立っていた。

ボロボロになったジャミルと血まみれのヴァルフィリスが突然現れたことで、酒場は騒然となっている。

滑るように階段を下り、ヴァルフィリスのそばに駆け寄った僕にもまた、そこに集まっていた大勢の男たちからの突き刺すような視線が注がれる。

「……なんだ、これ! おいジャミル、なにがどうなってる⁉」

手近な男たちの手によってフラフラと立ち上がったジャミルは、潰されそうになった喉を押さえながら大声でがなりたてた。

「見ろ!! 悪魔が出たぞ!! 僕が、この銀の短剣で刺してやったんだ!! どうだ!!」

血に濡れた短剣を勇ましく掲げたジャミルの姿に、男たちの雄々しい歓声が響き渡る。

続いてジャミルは、壁に手をついてなんとか立っているヴァルフィリスのそばにいる僕を指差し、忌々しげに顔を歪めながらこう叫んだ。

「そしてあいつは!!　化け物の毒で頭がおかしくなった穢らわしいガキだ!!　あいつも殺せ!!　殺しちまえ!!」

「っ……」

唾棄するように言い放ったジャミルの言葉で、男たちの目にぞっとするような殺意が宿る。

僕ひとりで、これだけの人数の男たちを相手に立ち回れるのか？　傷ついたヴァルフィリスを守りながらこの場を切り抜けられるのだろうか……

——どうする、どうする……!?

ぎゅ、とヴァルフィリスのマントを握りしめ、必死で脳を働かせて逃げ道を考えていたその時、ヴァルフィリスがスッと動いた。

白磁の肌をさらに蒼白にしながらもまっすぐに立ち、ばさりとマントを脱ぎ捨てる。

きらめく白銀色の髪、深紅の瞳、そして鋭い鉤爪。

半身を血に濡らしながら、人外たる証の全てを人々の目の前に晒したヴァルフィリスが、にぃ……と邪悪な笑みを浮かべた。

「死ぬのはここにいるお前らのほうだ」

甘い低音の声にはひどく凄みがあった。

人々の恐怖心を根底から煽るかのような残忍な笑みに、じり、じりと前方にいた数人が後退る。

ヴァルフィリスが指を軋ませて鉤爪を鋭くすると、「ひぃ……っ‼」と数人の男たちから悲鳴が上がり……僕は、この先に起こる絶望的な風景を予感した。

――ダメだ、ダメだ、こんなの……‼　このままじゃあの小説の通り、バッドエンドに向かうだけじゃないか……！

どうにかしなきゃと思うのに、身体が硬直して動かない。

ヴァルフィリスが鉤爪を軋ませると、その全身をゆらりと淡い炎のようなものが覆う。酒場の中に見渡す限りの死体の山が築かれている映像が脳裡をよぎったその時――……

バン‼　と派手な音とともに、酒場の扉が開け放たれた。

不穏な動揺で硬直していた酒場の空気を一掃するかのように、まばゆい黄金色に輝く美しい鎧を身に纏った男たちが、列をなして酒場へと入ってきた。

先頭に立つ男が掲げている旗には、黄金の十字架を紅い薔薇が飾る気高き紋章が描かれている。

「全員そこを動くな‼　我らは聖騎士団である‼」

先頭に立つ男が凛とした声で堂々とそう告げると、酒場は水を打ったようにしんと静まり返った。

――あれ？　この声……

聖騎士団に知り合いなどいないはず。

なのに、なぜだかその声に聞き覚えがあるような気がして、僕は先頭に立つ男の顔を見上げた。

綺麗に撫でつけられた焦茶色の髪、周囲の騎士団員よりも頭ひとつぶん背の高いその男の顔は、紛れもなくオリオドのものだった。

「……オリオド⁉　どうして……⁉」

オリオドは凛々しい表情と声で場を制し、周囲の男たちをその場に跪（ひざまず）かせてゆく。

堂々たる振る舞いは、指揮官たる威厳に溢れていた。揃いの鎧に身を包んだ騎士たちに指示を飛ばし、あっという間に酒場を制圧している。

——オリオドは聖騎士団の一員だった……⁉　まさか……まさかオリオドも、ヴァルを殺そうしてるのか……⁉

だとしたら、屋敷を頻繁に訪れて決闘に挑んでいた理由もわかる。

やはりオリオドはヴァルフィリスを消すためにやってきていたのだ。戦いを挑むのも、彼の戦闘能力を調べるためだったに違いない。

ヴァルフィリスを支える手から、力が抜けてゆく。

——ここはバッドエンド小説の世界。……ラストはやっぱり、変わらないんだ。

僕のさらなる絶望が伝わりでもしたのか、ヴァルフィリスが「っ……」と小さく呻いてその場に膝をついてしまった。

「あっ、ヴァル……！」

咄嗟（とっさ）に背中を支えるが力が入らず、共倒れするように僕もまたその場にへたり込む。

もう立ち上がる気力もない。聖騎士団まで出張ってきてはもう、僕がなにを訴えたところで結果が変わるはずもないのだから。

鉄靴の音を響かせながらオリオドが近づいてくる。

憎しみのこもった眼差しでオリオドを睨みつけると、隣でヴァルフィリスが小さく息を吐いた。

そして横顔に笑みを浮かべ「大丈夫だ」と囁く。

なんのことやら戸惑いつつ首を傾げた。

「遅いぞ馬鹿。迷子にでもなってたのか」

「ば……馬鹿はないだろう！　こっちにも準備ってもんがあったんだ！」

「へ……なに？　ふたりとも、なに言ってんの……？」

狐につままれたような気分で、オリオドとヴァルフィリスの顔を見比べる。

オリオドは僕らの前に跪き(ひざまず)、いつもの快活な笑顔を浮かべた。そして色を失いつつある唇で、
ヴァルフィリスもニヒルに笑う。

「お前が無鉄砲なことをしそうだったから、オリオドの力を借りることにしたんだよ」

「え……っ!?　なにそれ、どういうこと？」

「ま、詳しい話はあとでだな！　おい誰か！　こいつの傷を見てやってくれ！」

オリオドはすっくと立ち上がり、騎士団員にきびきびとそう告げた。

そして今度は酒場の人々の前に向かって立つと、そばに立つ騎士から美しい装飾の施された巻物を受け取り、高々と掲げた。

「我ら聖騎士団は、イグルフで今もなお続いている忌まわしき因習について内密に調査を進めていた!!　この泰平の時代において、厄災を祓うために生贄を捧げるといった行為がまことしやかに続いているようだが、言語道断!!　幼子の人権を否定する鬼畜の所業である!!」

「だ、だけど……!!　見ろよ!!　吸血鬼の生き残りが本当にいたんだぞ!!　お前らがやるべきなのは、その人外を退治することだろうが!!」

ふらりと立ち上がったジャミルが大声でそう怒鳴った。

すると、彼のそばにいた若者たちが「そうだ、そうだ!!」と同調する。その声に励まされたのか、ジャミルは卑しい笑みを浮かべた。

するとオリオドはふんと鼻を鳴らし、つかつかとジャミルの目の前に立った。

身長差を見せつけるように真上からジャミルを見下ろし、オリオドは酒場中に響く声でこう述べた。

「当然、彼についても調査済みだ。あの男は人間と吸血鬼の混血であり、吸血行為を行うことはなく、かつて人々を狂人と化した毒なども持ち合わせていないとわかっている！」

「はぁ!?　ふざけんなよ、どう見ても危険だろ!!　見ろ、俺は殺されかけたんだぞ!?」

ジャミルは首を反らし、ヴァルフィリスの指の痕がくっきりと刻まれた喉元を見せつけた。

指の形をした赤い痣を目にした周囲の男たちが怯えたようにどよめくものだから、ジャミルは勝ち誇ったように「こんな危険な悪魔を放置するお前らのほうがどうかしてる!!　殺すべきだ!!」と喚き立てた。

聞くに耐えないジャミルの主張に、腹の奥で怒りが爆発した。

僕はすかさず立ち上がり、ジャミルをまっすぐに指差しながら声高に訴えた。

「それは違う!!　あれは、ジャミルに騙されて襲われていた僕を助けるためにやったことだ！　この人は、無闇に人を傷つけたりしない!!」

「なんだと⁉　このガキ……ッ!!　孤児上がりの分際でこの僕に逆らおうってのか⁉」

ジャミルの顔がさらに醜く歪む。甘い顔立ちは嘘のように険しくなり、憎々しげに僕を睨みつける目つきは凶暴になった。

だが、すっとジャミルの視線を遮るものがある。

ヴァルフィリスが立ち上がり、僕を背に庇ったのだ。

もはや卑しさを隠すこともなく僕を睨みつけるおぞましい視線が断ち切られ、意図せず安堵の吐息が漏れた。

すると腕組みをしてその様子を静観していたオリオドが、ガシャガシャ、と鎧の音を響かせながらジャミルに歩み寄り、ばしん、と大袈裟な仕草で肩に手を置いた。

「っ……痛いじゃないか！　僕に触るな！」

「王都においては、混血吸血鬼の危険性についてはとっくの昔に否定されている」

「……。は？」

「そんなことも知らずに、君は若者たちを煽り立てていたのかな？」

眉を下げ、憐れむような表情を浮かべるオリオドを見上げるジャミルの顔が、みるみる赤黒く染まってゆく。怒りのためか、羞恥のせいか。

しかも、そばにいた取り巻きたちが「はぁ？　そうだったのか⁉」「なんだよ！　そんなことも知らずに、俺たちを巻き込もうとしてたのか⁉」と、ジャミルを一斉に責め始めた。

「うるさい、うるさいんだよ、愚鈍どもめ!! お前らは僕の言うことを黙って聞いてりゃいいんだ!!」

両手を振り回して大声を上げながら、ジャミルは逃げるように酒場を飛び出していった。数人の騎士がジャミルのあとを追って、酒場を出てゆく。

しん……と、妙な沈黙が酒場に落ちた。

ジャミルがいなくなり、男たちの間にもどことなく弛緩した空気が漂い始める。オリオドはその場にいる一人ひとりの顔をじっと見つめながら、さっきとは打って変わった穏やかな口調で言った。

「無知は悪ではない。だが、時に無用な罪を生む。この村に教育が足りないことは、よくわかった。改善するよう、我らから王に働きかけておくとしよう」

オリオドの静かな口調に、若者たちが項垂れる。

いつもとはまるで異なる立派な立ち居振る舞いだ。

僕は呆気に取られながらオリオドの背中を見上げていた。

――……あれ? つまり、僕らは助かった、ってこと……?

そのままへなへなとへたり込みそうになった僕の身体を、ヴァルフィリスの腕が咄嗟(とっさ)に支えた。

「おい、しっかりしろ」

「……ご、ごめん……なんか、力が抜けちゃって……」

力なく見上げた先には、ヴァルフィリスの穏やかな瞳がある。

ようやく安堵し、「はぁ…………よかった」と脱力する僕の耳元で、ヴァルフィリスの含み笑いが聞こえてきた。

「オリオドのおかげで助かったな。危うく『悪魔』らしい行動を取ってしまうところだった」

『悪魔』らしい行動って……いや、全然笑えないから」

酒場にいた人間たちを皆殺しにしてしまうかもと危機感を抱き、内臓から凍りついてしまいそうになったばかりだ。本当に笑えない。

「ていうか、オリオドと手を組んでたなら、僕にも教えておいてくれたらよかったのに！」

「言う暇がなかったんだ。そもそも、お前が馬鹿みたいに突っ走るからこうなったんだぞ」

「だって、ほかにどうしようもなかったんだよ！　ヴァルを守るためには、こうするしかないって……!!」

「俺を守る……？」

「まぁまぁまぁ！　うまくことが運んだのだから、もういいだろう！　あっははは」

けんかになりかけたところで、満面に笑顔を浮かべたオリオドが割って入ってくる。

僕は口をつぐみ、オリオドにぺこりと頭を下げた。

「……ありがとう。本当に助かったよ」

「なぁに、礼には及ばんさ。それに、我らももっと早くこうして群衆を止めることができたらよかったのだが、この書状がなかなか準備できなくてな」

オリオドが手にしている巻物をするすると開く。

流麗な文字で書かれているためすぐには判読できなかったけれど、オリオドいわく、これはイグルフに政治的な指導を入れるという旨の内容らしい。

これで荒んでいた町の状況も、劣悪な孤児院の環境も改善されるだろう。

貧しさゆえに学べなかった若者たちには学びの機会が与えられることとなり、子どもたちに不当な扱いを強いている修道院の老人たちはそれ相応の罰が下されるという。

この一件を機に、イグルフは生まれ変わるのだ。

「あと、ここだけの話なんだが……」

巻物を仕舞い込んだオリオドが、なぜか周りをきょろきょろと窺っている。

僕とヴァルフィリスのほうへ身を屈め、こそこそと小声でこんなことを言った。

「『王都において混血吸血鬼の危険性が否定されている』うんぬんっていうあれ、実はハッタリなんだよな」

「えっ⁉　なにそれ、大丈夫なの？」

「大丈夫、大丈夫！　以前、ヴァルに救われたという人物をすでに数人見つけているからな。彼らは、こいつのためなら喜んで証言すると言ってくれているし」

「そ、そうなんだ……！」

「それに、今も民を苦しめる奇病の治療法のことで、ヴァルは医学界への貢献も認められている。だから大丈夫だ。さっきの若いのよりもずっと、ヴァルのほうが人の役に立っているからな！　わははははっ」

若干不安は拭えないが、自信に満ちた顔で鼻を膨らませ、頼もしく胸を叩くオリオドの表情は抜けるように清々しい。

「ヴァルはそれでいいの？」

ヴァルフィリスの横顔を窺うと、色の薄くなった唇が微(かす)かに笑みの形になった。

「まぁ、その件についてはオリオドに任せよう。なんとかなるだろ……」

「あっ……ヴァル！」

顔面蒼白だったヴァルフィリスの身体がゆらりと傾ぎ、僕は慌てて下から支えた。

白い肌に浮かぶ脂汗が痛ましく、力の入らない身体をそっとその場に座らせる。

「銀はヴァルには毒なんだね」

「毒だが……あいつの持っていた剣は純銀じゃなかったようだ。……だから、傷さえ塞がれば大丈夫だ」

「え……本当に!?」

「おおかた、銀の量をケチったんだろ。どこまでも呆れたガキだ」

そうは言うものの、ヴァルフィリスの吐息には力がない。

オリオドの指示でやってきた騎士団員の応急処置が始まる中、ただ手を握っていることしかできない自分が歯痒くてたまらなかった。

やがて、立ち上がれるようになったヴァルフィリスに支えの手を伸ばすも、「大丈夫だ、もう歩ける」と僕を制した。

だが、夜闇に透けてしまいそうなほど蒼白な顔色はそのままなので心配で仕方がない。

「さぁ、屋敷まで送ろう。トアはこいつの傷を治せると聞いたんだが……本当か？　医者を同行させなくてもいいのか？」

馬車の扉を開けながら、オリオドが不思議そうに僕たちの顔を見比べている。

「え？　ヴァルがそう言ったの？」

無言のヴァルフィリスを見上げ、密やかに視線を交わす。

瞳の表情で彼が今求めているものを察した僕は、大きくこくりと頷いた。

「うん、僕が治すよ。だから、早く帰ろう」

生気を分け与え、ヴァルフィリスに力が戻れば、この深い傷はきっと塞がるに違いない。

のんびりしていては夜が明けてしまう。

ふたたび屋敷へ戻るべく、オリオドの準備した馬車に乗り込んだ。

第九章　命を注いで

「うわぁ～～!!　ど、どうしたんだよヴァル!!」

屋敷へ戻った僕たちを出迎えたアンルが、血まみれのヴァルフィリスを目の当たりにして真っ青になっている。

そして「あ、着替えとかお湯とか、用意するから!!」と言って、どたばたとキッチンへ駆けていった。

その間、歩くのが精一杯のヴァルフィリスを支えて二階へ上がり、ようやくベッドに寝かせることに成功した。苦しげな呼吸を繰り返すヴァルフィリスの顔色はさっきよりも蒼白で、空気に溶けてしまいそうに儚い。

「……ヴァル、汗を拭くね」

アンルが運んできた木製のたらいにはたっぷりの湯が張られている。布を湯に浸してヴァルフィリスの額に浮かぶ汗を拭っていると、思いのほか強い力で手首を握られた。

顔を覗き込むと、ヴァルフィリスがうっすらと目を開ける。

長いまつ毛の下から覗くルビー色の瞳はいつになく重い翳（かげ）りがあり、突き上げてくる不安に駆られた。

——このままヴァルが死んでしまったらどうしよう、バッドエンドをまだ回避できていなかったら、どうしよう……

湯に濡れた麻布を手放して、急かされるようにベッドの上に乗り上げると、僕は自分からヴァルフィリスに口付けた。両手で白い頬に手を添えて体温を伝え、薄く唇を開かせて、息を深く吹き込むように何度も、何度も。

——僕のせいだ。僕のせいで、ヴァルはこんなにもひどい怪我を……

「ヴァル、ごめん。馬鹿なことをして、ごめん……」

キスの隙間で償いの言葉を囁くたび、目からは涙が溢れた。

時折僕の口付けに応えるように唇が動くけれど、あまりに微かな動きで、それがさらに僕を不安にさせた。

オリオドを始めとした騎士団の面々がそばにいた時は気を張っていたのだろう、ふたりきりになった途端ヴァルフィリスは崩れるように僕に体重を預け、馬車に乗っている間はずっと目を閉じていた。

自分の浅はかな行動のせいで深い傷を負わせ、こんなにも弱らせて命の危機に晒している。謝っても謝っても贖いきれないことをした罪悪感で、胸が押し潰されてしまいそうだった。

「……トア」

やがて、掠れた声が鼓膜を淡く震わせる。

ハッとして顔を覗き込むと、さっきよりはいくらか明るい瞳が僕を見上げていた。

ようやく少しホッとして「はぁ〜〜〜……」とヴァルフィリスの肩口に顔を埋める。

「ヴァル、大丈夫？　傷はどう？」

「血が止まれば、問題ない……」

「本当にごめん！　僕のせいでこんな怪我を……！」

「……怪我のことはいい、謝るな。ただ……」

「うん、なに？」

冷たい手が、僕の手を固く握る。

重たげな瞬きのあと、ヴァルフィリスは僕を見上げた。

「もう二度と、あんな想いはしたくない」

「え……？」

「俺なんかを守るために、自分を犠牲にしようとするのはやめてくれ。あんな男にお前が穢されてしまうなんて……耐えられないよ」

「うん……うん、ごめん。ごめんね、ヴァル」

苦しげに声を詰まらせるヴァルフィリスの手を両手でしっかりと握りしめる。重なり合った手に頬を寄せ、何度も何度も頷きながら。

本当は怖かった。

ヴァルフィリスを『悪』と捉える圧倒的多数の前に立った時、身が竦んだ。

怖くて怖くてたまらなかった。正義感に燃える男たちの前で、彼らと反する自らの考えを主張する声は、きっと震えていたはずだ。

そしてジャミルに騙され、襲われかけた時も、本当はすごく怖かった。

ヴァルフィリスを守るためならなんでもできると思っていた。自分はなにも間違っていないのだと自信があった。……なのに、なにもできなかった。

不甲斐なくて、情けなくてたまらない。ヴァルフィリスに怪我を負わせた自分が許せない。

だけど、僕にできることはただひとつ。

ヴァルフィリスのために、命を注ぐことだけだ。

「助けに来てくれて、ありがとう」

万感の想いを込めた感謝の言葉とともに、僕はヴァルフィリスにキスを贈った。

深く、命を分け与えるように、想いを注ぎ込むように。

ヴァルフィリスの唇が微かに動き、僕のキスに小さく応えた。ほんの些細な動きでさえも嬉しくて、泣き笑いの表情でキスをしながらヴァルフィリスのシャツを握りしめる。

こうして僕が上になり、ヴァルフィリスにキスをするのは初めてだ。

長いまつ毛を伏せて力なく横たわり、されるがままになっている姿は痛ましい。

けれど、いじらしさもあって妙に心をくすぐられてしまう。

キスをしながら耳に触れ、いまだ触れたことのなかった白銀色の髪の毛に指を通してみた。

柔らかな銀髪に指を通しながらそっと頭を撫でると、指先に絡む髪の毛の艶やかさがくすぐったい。もう片方の手のひらの下で上下する胸板の動きに力をもらいながら、僕はヴァルフィリスを癒やし続けた。

すると不意にヴァルフィリスの手が腰に触れた。

びっくりして顔を上げると、さっきよりも一段明るさを取り戻した真紅の瞳が僕を見上げている。

自分のおこないが確実にヴァルフィリスの力になっていることが嬉しかった。

ようやく表情を綻ばせたその拍子に、一筋の涙が頬を伝う。

「……ヴァル、どう？」

「あぁ……いい感じだ」

「本当？　傷、治せてるかな」

「だいぶ痛みが消えてきた。……すごいな、お前」

「へ、へへ……」

重たげに持ち上がった白い指が濡れた僕の頬を拭う。

また触れてもらえた喜びに、小さく鼻を啜った。

「必ず、僕が治すから」

「ふふ……楽しみだ」

いつもの皮肉っぽい笑みを浮かべながら、ヴァルフィリスは微かに顔を顰めつつ上体を起こした。

そして、たっぷりしたクッションとヘッドボードに背を預け、気だるげにため息をつく。

「起き上がって大丈夫なの？」

「ああ、こっちのほうが楽だ。お前の顔もよく見えるし」

膝立ちになって、いたずらっぽく微笑むヴァルフィリスの額にキスをする。

そして脇腹の傷に触らないように気遣いながら、血で汚れた白いシャツをそっと脱がせた。脇腹の傷を覆う包帯には血が滲んでいるが、赤い染みが広がる気配はない。

そういえば、ヴァルフィリスの裸体をこんなふうに目の前にするのは初めてだ。

――ヴァルって、もっと細いと思ってたけど……こんなに筋肉があったんだ。

いつも着衣のまま僕を高めるヴァルフィリスだが、上半身だけとはいえ今日は裸体だ。普段は覆い隠されているものが無防備に晒されていると気づくや、胸がどきどきとときめき始める。

――ああ……すごく綺麗だ。首から肩にかけての線も、鎖骨の浮き具合も、肩幅が広いところも、ちょっと盛り上がった胸板も……。

傷に触らないようにヴァルフィリスの膝に跨り、白くしなやかな首筋に唇を這わせる。唇から伝わるのはしっとりとした肌の感触だ。うっとりするあまり、ほう……と熱い吐息が漏れた。

するとそれがくすぐったかったのか、ヴァルフィリスの肌が微(かす)かに震える。

思いがけないその反応にも、僕はキュンとした。

おずおずと胸板に触れてみると、弾力のある筋肉が指を心地よく押し返す。白く透き通るような肌をしているのに逞しい体つきだ。

芸術的な稜線を描く肩から腕にかけてのラインにもそっと指を這わせてみると、珍しくヴァルフィリスが「んっ……」と声を漏らした。

「あっ……ごめん、痛かった？」

「違う。くすぐったかったんだよ、妙な触り方しやがって」

「だ、だって。ヴァルの肌すごく綺麗だし、身体もかっこよくて……」

見て、触れているだけで興奮が高まるほど美しい肉体だ。

僕はまた膝立ちになると、ヴァルフィリスの首に腕を絡めて唇を重ねた。

「……ん、ん……ヴァル……」

おずおずと、自ら舌を入れてみる。

すると、すぐに温かな舌が応えてくれ、ゆったりした動きで絡まり合う。

夢中でキスを交わすうち、ヴァルフィリスにシャツを脱がされ、いつしか互いに上半身裸になっていた。

ぐいと背中を抱き寄せられ、隔てるものなく肌と肌が密着する。

「はぁ……っ……」

さらりとした肌の感触。互いの体温が伝わる心地よさと安堵感に、僕は陶然と酔いしれた。

広い背中に手を回し、ぴったりと身を寄せると、鼓動がひとつに重なり合ってゆく。

ふと気づくと、ヴァルフィリスの股座に腰を落とす格好になっていた。傷に障りやしないかと心配になったけれど、ヴァルフィリスにいっそう強く抱きしめられ、濃厚な口付けで貪られる。

濡れた唇と舌が重なるたび、艶めいた水音が部屋に響く。

後頭部を大きな手で包み込まれ、いつにも増して情熱的な愛撫の色香に、僕はすっかり酔わされていた。

「ん、んっ……ァ……あ」

しかも、感じる。

尻の下で、硬く芯を持ったヴァルフィリスの興奮の証を。その上、無意識のように下からゆるく突き上げるように腰を揺らす淫らな動きに、僕は気づいてしまった。

——あ……すごく、硬くなってる。僕とのキスで、こんなに……

ドクンと胸がひときわ大きく跳ね上がり、腹の奥で燻っていた熱が僕の内壁を疼かせる。

「ねぇ、ヴァル……口でしてもいい？」

「え……？」

ヴァルフィリスの胸を押して唇を離し、おずおずと尋ねてみた。

ゆすゆすとぎこちなく腰を前後に揺らしてみると、ヴァルフィリスは眉間に皺を寄せて「っ……こら」と僕を叱った。だが、その声に力はなく、ひどく甘い響きを帯びている。

その上、目の縁や頬はうっすらと紅潮し、紙のように白かった唇にも赤みが戻った。

——ああ、よかった……！　さっきよりもずっと具合が良さそうだ。

自分の命がヴァルフィリスの糧となっている実感に胸が弾む。

まだ口淫の許可は出ていないけれど、僕はもぞもぞと腰の位置をずらしてヴァルフィリスの脚の間に入り込み、ベルトを解いてズボンの前をはだけさせてゆく。

「おい、トア……っ」

「わ……すごい」

ヴァルフィリスの雄芯が窮屈そうなズボンの中から露わになった。ふるりと撓って勃ち上がった性器を目にした途端、僕のそれも痛いほどに疼き、内壁がきゅぅとひくついてしまう。

昂りを如実に表すかのような雄々しい屹立の先端に、僕は迷わず口付けた。

微かに濡れた鈴口から溢れた体液を舌でゆっくりと舐め取って、くぽりと口の中へ迎え入れる。

すると頭上から、「っ……は」と色っぽいため息が聞こえてきた。

初めてだし、拙い口淫に違いないが、感じてくれているだろうか。

「トア、お前……っ」

「ん、んっ……ん……」

「はぁ……っ……、はァ……」

舌先で割れ目をなぞり、根本をそっと手で扱くと、僕の口内でさらにヴァルフィリスのそれは硬くなった。

いつも与えられてばかりの快感を返せている……その手応えを感じられたことが嬉しくて、僕はさらに大胆に深くまでそれを呑み込んだ。

「ん、んく……ン……」

「はァ……ッ、トア。そこまでしなくても、いい……」

「ん、ふぅ……っ……」

口いっぱいに頬張りながら、僕は小さくかぶりを振る。

小さな口にはあまりにも大きいが、苦しさなど感じない。

たっぷりと唾液を絡めて柔らかな粘膜で包み込み、喉奥を締めて先端を愛撫する。

そのたびに、びく、びくっと身体を震わせ、拳で口元を押さえて声を殺すヴァルフィリスの仕草が妙に初々しく、可愛らしく思えてたまらなくなった。

「やめろ、もう……っ、出る……」

「いいよ、出してよ。呑みたいな、僕……」

「っ……だめだ！　そんなことさせられない」

ぐい、と肩を掴まれて、舌で転がすように舐めくすぐっていた先端が口から出ていってしまった。

体液か、唾液か。透明な細い糸が僕の唇から一筋伝う。

舌に残るやや苦味のある青い味が、妙に名残惜しい。

あと少しでいかせられたのに——……と、残念な気持ちをありありと瞳に浮かべて見上げると、ヴァルフィリスは頬を赤らめたまま「まったく」とため息をついた。

「どこで覚えたんだ、こんなの」

「どこって、ヴァルがいつも僕にするから」

「ああ……そうか」

「口がだめなら、あの……」

もじもじと太ももをすり合わせ、上目遣いにヴァルフィリスを見つめた。

視線が絡まり合うだけで僕の内壁は疼く。口淫をするうち、早々に勃ち上がってしまったペニスは、ズボンが擦れるだけで快感を拾ってしまい、どうにもならない。

「ヴァル……僕の中に、出して」

「え……？」

「〝食事〟のたび、いつもいつも思ってた。ヴァルに抱かれたい……って」

「っ……」

やや怒ったような顔をしているものの、白い頬を上気させるヴァルフィリスの瞳には欲情が浮かんでいる。普段は理性が勝る理知的な瞳にも、ありありと欲を帯びた興奮が見て取れる。

だが、ヴァルフィリスは目を伏せて首を振った。

「……そんなことをしたら、俺はお前を殺すまで貪り尽くしてしまうかもしれない」

「大丈夫、大丈夫だよ！　きっと」

「簡単に言うな。それが恐ろしくて、これまでもずっとお前に手を出さなかったのに……」

「えっ⁉」

思いがけない告白だった。

僕の身を案じて、ヴァルフィリスも我慢をしていたというのだから。

抱きたいと思ってもらえていたのが嬉しくてたまらず、思わず顔がゆるゆると緩む。歓喜のあまり、どうにかなってしまいそうだ。

「そ……そうだったんだ。うわ、どうしよ、嬉しすぎる……」

「なにを喜んでいるのか知らないが、危険かもしれないんだぞ？」

「そうかもしれないけど、でも……！」

僕は膝立ちになり、ヴァルフィリスをぎゅっと抱きしめた。

そっと腰に回る手のぬくもりに目を閉じて、僕ははにかみながら言った。

「大丈夫だよ、きっと。僕は平気だ、なんとなくわかるんだ」

「なにがわかるんだ？」

「ヴァルに抱いてもらえたら、僕は興奮がおさまらないと思うんだよね」

「……？　それがどうして大丈夫なんだ？」

「ええと……だからさ。ヴァルが食べきれないくらい、生気が溢れかえっちゃうと思うんだ。だから、平気だよ」

僕がそう言うと、ヴァルフィリスがふっと噴き出すのが吐息でわかった。

そのまま「ふっ……ふふっ……なんだそれ」と肩を揺すって笑っては傷が痛むらしく、微かに顔を顰めている。

恥ずかしいが、ヴァルフィリスが笑ってくれるのはとても嬉しい。

ついでに僕は、もうひとつ告白しておくことにした。

「ヴァルに抱いてほしくて、でも抱いてもらえなくて……自分でここ、いじったりしたこともあるくらいなんだぞ」

「え？　……じ、自分で？」

「うん、そうだよ……。な、なんだその目は！」

まじまじと間近で見つめられ、羞恥のあまりかぁっと頬が熱くなる。

真面目な顔でヴァルフィリスが「……なるほど、それはちょっと……いや、かなり見てみたい光景だな」と言うものだから、さらに頬が火照ってしまう。

赤らんだ顔を隠すべく、僕はぎゅうっとヴァルフィリスにしがみついた。

「だからお願いだ。僕を抱いてよ。……もう、我慢できない」

するとヴァルフィリスは根負けしたかのように、「はぁ……」と天を仰いでため息をつく。そしてやおら腰を上げ、身体を起こした。

さっきとは反対に組み敷かれる格好になった途端、ヴァルフィリスからの淫靡なキスが容赦なく降り注ぐ。

胸元に唇が触れ、軽く吸われて、僕は「は、ぁっ……」と声を漏らした。

柔らかな愛撫で敏感な尖りを舐めくすぐられながら下を全て脱がされると、はしたない蜜で濡れた屹立が露わになった。

恥ずかしさが込み上げるけれど、その羞恥心にさえも興奮を煽られ、とぷん……とまた鈴口から雫が溢れた。

「ん、はぁ……っ、ヴァル……早く、挿れて」

「……本当にいいんだな？」

「うん……！　はやくここ、欲しいよ……」

ひくひくと疼きの止まらない後孔に指を這わせ、蕩けた視線でヴァルフィリスを誘う。

すると、情欲に濡れた紅い瞳がうっそりと細められ、額にキスが落ちてきた。

「……煽りすぎだ、ばか。どうなっても知らないからな」

「ん……っ」

口淫の余韻とたっぷりの香油でとろとろに濡れたヴァルフィリスの雄芯が、ぴたりと窄まりにあてがわれる。

ようやくこの美しい男に全てを支配されるのだという悦びが、僕の内壁をさらに熱く昂らせる。

けれど、まず訪れたのは身体をふたつに割られるような圧迫感だった。

その感覚に一瞬怯えもしたけれど、僕の腰を包む大きな手の優しさや胸元、首筋に柔らかく触れるヴァルフィリスの愛撫の心地よさに、少しずつ身体がほどけてゆく。

「ぁ、あぁ、ん……ンっ……」

「無理するなよ。……痛かったら、やめるから」

「やだ、やだよっ、やめないで……っ」

腕を伸ばして首に縋ると、大きな手で腰を包まれ、下から小刻みに突き上げられる。

ゆっくり、ゆっくりと熱い屹立が中を満たしてゆく感覚に、僕は濡れた声を漏らしながら背中をしならせた。

「はぁ、あ……っ、入っ……ン、ぁ……」

くぽり、と丸く尖った先端を呑み込んだ瞬間、僕の身体は歓喜に震えた。

涙目になりながらヴァルフィリスを見つめると、ひりつくような熱を帯びた紅い瞳が僕を射抜く。

暗がりの中でなお美しくきらめく瞳に魅入られ、引き寄せ合うように唇が重なった。

挿入された舌に大胆に舌を絡めて、ヴァルフィリスのキスを求める。

濃密に絡み合う水音が無性にいやらしく、僕の性感を高めてゆく。

「ぁっ……はァ、……いっぱい、奥まで……っ」

そうしてキスをしながらことを進めるうち、ヴァルフィリスの全てを受け入れられていたらしい。

尻たぶに感じるのは、しっとりと濡れた肌の感触だ。

腹の奥の奥まで、ヴァルフィリスの熱に満たされている。

――すごい……僕、ヴァルとつながってる……

胸を震わせるほどの感動が瞳を熱くするけれど、まだ動くと苦しさがある。

ヴァルフィリスの肌にぴったりとくっついて胸を弾ませていると、長い指がさらりと僕の髪の毛を梳いた。

顔を上げると、透き通るような輝きを湛えた深紅の瞳と視線が重なる。

まぶたに唇で触れ、優しく背中を撫でながら、ヴァルフィリスは「……大丈夫か？」と僕の身を気遣った。

その甘い低音の声が身体に響くだけで、内壁がきゅうっと締まる。

声に鼓膜を震わされるだけでぞくぞくと感じさせられて、腰が勝手に小さく揺れた。

「大丈夫……っ、ん」

「っ……トア、そんなに締めるな。我慢できなくなるだろ」

「我慢……してるの？」

僕がそう問うと、ヴァルフィリスは眉間に皺を寄せつつ目を伏せて、こくんと素直に頷いた。

「……してる。下手に動くと、お前に怪我をさせそうで」

不意打ちの愛らしい仕草に、僕の胸はまたきゅんきゅんと高鳴った。

圧迫感の苦しさはいつしか蕩けて消えてゆき、勝手にまた腰が揺れてしまう。

「うっ……ぁ、トアっ……」

「もう、平気だよ……？」

「……本当か？」

「ほんと。だからヴァルも、気持ち良くなって……？」

自らゆるゆると腰を上下すると、奥まで嵌められたヴァルフィリスの先端が好いところを掠め、意図せず「ん、ぁっ……」と声が出てしまった。

恥ずかしさのあまり咄嗟に手で口を覆うも、ヴァルフィリスには僕の感覚が伝わっているらしい。

「そう、ここがイイんだな？」

「あ！　っ……アッ……ん」

「もっと教えてくれ。トア……どこが好きなんだ？」

「ぁ、あっ……ア、あん……っ」

深くまで挿入されていた雄芯がゆっくりと引き抜かれてゆき、またゆっくりと挿入される。

ヴァルフィリスの腕に抱かれてゆるやかな抽送を受け止めながら、僕もぎゅっと広い背中に手を回した。

抽送を受け止めるごとに、快感が高まるようだった。

熱く熟れた内壁を擦られるたびに全身が震え、堪えようとしても甘えた声が漏れてしまう。

「ぁ、んん、んっ、……ん、ぁっ！」

さっき見つけられた好いところを突き上げられると、痺れるような快感が内側からせり上がってきた。

ヴァルフィリスが腰を打ちつけるたび、ぱちゅ、ぱちゅ、と結合部から濡れた音が聞こえてくる。

内壁を擦られる快感に腰をくねらせながらヴァルフィリスにきつくしがみつき、広い背中に赤い爪痕を刻んだ。

「あ……っ、はぁ、っ。きもちいい、きもちいいよぉ……っ」

「……本当に？　無理して、ないか？」

「してない、……っ……ヴァル、好き、好きだよ……すき……っ」

思わずこぼれ落ちた愛の言葉に、ヴァルフィリスの動きが少しばかり激しくなった。

濡れた肌がぶつかり合う弾けた音が淫靡に響き、ふたりぶんの荒い吐息と重なり合う。

「ぁ、あっ！　ぁん、ヴァル……っ、ぁん……っ」

「ん……はぁっ、すごくイイ。お前の、中……」

「ほんと？　きもちいい……？　ぼくと、するの……」

揺さぶられながらそう問いかけた声は、昂る感情のせいで涙声になっていた。

つと、温かな手が頭に触れる。

ヴァルフィリスの肩口に埋めた顔を上げると、優しく細められた赫い瞳がすぐそこにあった。

まっすぐに僕を見つめ、唇に軽いキスを落としながら、ヴァルフィリスは甘い声で囁いた。

「ああ、気持ちいい。とても温かくて……すごく、愛おしい」

「へっ……」

「もう、どこにも行かないでくれ。……お前を、愛してる」

「あ、あぁ……」

間近で見つめられ、まっすぐに告げられたヴァルフィリスの愛の言葉に、胸が震えた。

眦から溢れ、転がり落ちてゆく一筋の涙を、ヴァルフィリスが唇で受け止める。

「うん、うん……もう離れない。好きだよ、ヴァルが好き、大好き」

涙声で告げる僕の唇に、優しい笑みを湛えた唇がそっと重なる。

触れ合うだけの口付けで済むはずがない。互いを求めて吐息は高まり、キスがますます深くなる。

汗に濡れた肌と肌が擦れると、蕩けてしまいそうなほどに気持ちが良い。

もはや声を堪えることなどできず、僕は身をくねらせながら、嬌声を上げることしかできなかった。

「あ、ヴァルっ……、またイく……っ、イくっ……！」

「っ……、く……」

全身を震わせて達した瞬間、腹の奥で爆ぜるヴァルフィリスの熱を感じた。

最奥に刻み込まれた愛欲の痕跡さえも愛おしく、感情が涙となってとめどなく溢れ出す。

「すき……すきだよ、ヴァル……だいすき」

吐精してもなお力を失わないヴァルフィリスの愛撫に喘ぎ乱れながら、僕はうわごとのように愛の言葉を伝え続けた。

すると汗で濡れそぼった髪の毛をそっと搔き上げられ、額に優しいキスが落とされる。

「俺もお前を愛してる。……ずっと、俺のそばにいてくれ」

注がれる愛に心も身体も蕩けさせられ、幸せの涙が僕の頰を濡らしてゆく。

長い夜が終わり、朝が訪れてもなお、僕らは優しい嵐のような交わりに溺れ続けた。

エピローグ

春が近い。

森を白く覆い尽くしていた雪は解け始め、庭のそこここから新緑が芽吹いている。

空高くから大地を照らす太陽を見上げて僕は眩しさに目を細めた。

頬を照らす日差しにぬくもりを感じながら、「はぁ、今日もいい天気だ」と笑顔を浮かべる。

「あの、すみません！　この雪はどうしたらいいでしょうか？」

「ああ、森のほうに持ってってくれるー？　できるだけ日当たりの悪いとこに溜めとくから！」

「はい！」

庭の真ん中のほうで、若い男とアンルがせっせと雪かきをしている。

若い男は、『混血吸血鬼の生態に関する調査』に訪れている聖騎士団の青年だ。一番下っ端ということで、アンルの手伝いに駆り出されているのである。

下っ端といっても、さすがは訓練された騎士だ。こめかみに汗を光らせながら、堆く雪が積み上げられた荷車をさくさくと運んでいて頼もしい。

「こら、トアもさぼらない！」

「さぼってないって、やってるよ」

「うそつけ、ぜんぜん土が耕されてない！」

新しい野菜を植えるために畑を耕す手伝いをするようアンルに頼まれたのだが、昨晩もヴァルフィリスと濃密な夜を過ごしていたため、全身が重だるいのだ。

だけど、ここ最近ますます肌や髪の艶は良くなり、こうして畑仕事に駆り出されるおかげで体つきもしっかりしてきた。

とはいえ、理想の高いアンルが求める畑を作り上げるのは安易ではない。僕は地面に突き立てた鍬に両手でもたれかかり、ため息をついた。

「ああ……腰が痛い」

「どーせまたヴァルとイチャイチャしてたんだろ」

「し、してないよ！　……ってこともない、か」

「正直か!!　ああ〜もう！　うらやましいなぁ！」

春が近づいても、まだ〝お嫁さん〟が見つからないアンルは物憂げだ。

だが、最近はようやくヴァルフィリスも重い腰を上げて、アンルにも体術を教えるようになった。強い雄の狼たちに勝ち、お嫁さんを見つけられる日も近いかもしれない。

「けどま、おれも安心したよ。最近のヴァル、よく笑うし、すごく丸くなった」

「うん、そうだね」

「おれがお嫁さん見つけて出ていっちゃったら、ヴァルはずーっとひとりだろ？　いつまでひとりぼっちでいるつもりなのかなぁって、実は少し心配してたんだよね」

「えっ、アンル……！　まさか、そのせいでお嫁さん探しに本腰入れられずに、今も見つからないとか……？」

思いがけないアンルの気遣いに感動して、僕は思わず両手で口元を覆った。

だがアンルはむぅっと唇を尖らせて渋い顔をしている。

「そういうことにしときたいけどー、ただ単におれがモテなかっただけー」

「あ……そうなんだ。そっか、なんかごめん」

「あやまるなよ！　悲しくなるだろっ！」

怒っているようだが、耳や尻尾は悲しげに下を向いている。

僕はよしよしとアンルの頭を撫で、慰めた。

「ヴァルに鍛えられたら強くなるって！　大丈夫だよ、今年こそ絶対モテる！」

「そ、そうかな……？　そうだよな！」

「そうだよ！　さ、元気出して畑を耕そう！」

「おう！」

グッと拳を作って励ますと、アンルはすぐに元気になり、張り切って畑を耕し始めた。

素直で可愛いアンルにほっこりしていると、屋敷のほうから「おーい、トア！　ちょっと来てくれ！」とオリオドから声がかかった。

歩調も軽く、開けっぱなしの玄関扉から屋敷の中へと小走りに駆け込んでいく。日の当たらない玄関ホールはとても涼しく、うっすらとかいていた汗がひんやり冷えて心地いい。

「あれ？　どうしたんだよ、ふたりとも」

二階へ続く螺旋階段にヴァルフィリスが座っていた。その隣には平服姿のオリオドがあぐらをかいて、くたびれたように項垂れている。直射日光にさえ当たらなければ、ヴァルフィリスは日中でも活動できるのだ。

僕は首を傾げた。どういうわけか、オリオドは青色吐息だ。

震える手を差し伸べながら「トア……水をくれ……」と訴えてくる。

「あれ？　また手合わせしてたの？　調査は？」

「あんまりにも根掘り葉掘り聞かれて疲れたから、オリオドでストレス発散してたんだよ」

「またか……」

このひと月あまり、ヴァルフィリスには聖騎士団と調査員がずっと張り付いている。

調査員の面々は瓶底眼鏡をかけた熱心な老若男女の学者たちで、ヴァルフィリスが珍しくてたまらないらしい。来れば質問攻めが止まらない。

おとなしく調査に応じているヴァルフィリスだが、さすがにこうも長期間に及ぶとは思っていなかったらしく、すっかりくたびれているのだ。

「おい……オリオド、あれはいつまで続くんだ？　お前、『なぁにすぐ済む』とか言ってたよな」

「俺だってすぐ済むと思っていたんだがな。よほどお前の生態が面白いらしい」

「ひとを面白がりやがって……」

「まぁまぁ、いいじゃないか。そうやって調査に素直に応じているから、お前の存在は皆に受け入れられつつあるんだからな」

「はぁ……」

心底疲れたようにため息をつくヴァルフィリスの肩をポンと叩き、オリオドはいたずらっぽい笑みとともに、僕にウインクを送ってきた。

「トアのためにも頑張るって言ってたじゃないか！　なぁ、ヴァル！」

「えっ？　僕のため？」

「っ……この野郎！　余計なこと言うな！」

「わははははは」

頬を赤らめ、ヴァルフィリスがぷいと目を伏せる。……が、僕はしかと聞いてしまった。

冷えてきたと思っていた頬がふたたびかぁっと熱くなる。嬉し恥ずかしさのあまり言葉が出ない。

「僕のため……うわぁ」

「トアがここで平和に暮らせるように、自分の危険性は否定しておかないと……みたいなことを言ってたかな？」

「ええぇ？　ほんとに？」

「だから、なんでわざわざ本人に言うんだ！」

「逆にどうして隠す必要がある。恥ずかしがり屋なのか？」

「うるさい」

ヴァルフィリスにジロリと睨まれ、オリオドは両手で降参のポーズを取りながら立ち上がった。

そして、謎の高笑いを残しつつ、キッチンへ歩いていく。水を飲みにでも行くのだろう。

ふたりきりになると、ヴァルフィリスはバツが悪そうな顔でうなじを掻いている。

僕は込み上げてくるにやけ顔もそのままに、隣にすとんと腰を下ろした。

「僕のためにありがとう。ヴァル」

「……」

「んで？　今日はどんな調査をされたの？」

この話を引っ張ってしまうのは僕自身も気恥ずかしいので、さくっと話題を変える。

「〝食事〟方法について根掘り葉掘り聞かれたよ。だから詳細に話しておいた」

「えっ……しょ、詳細に？　あれを!?　ど、どのように……？」

「ありのままだよ。お前と毎晩どんなことをしてどんなふうに俺が〝食事〟しているか」

「えええ!?　ま、まさかあれを、包み隠さず話したって……!?」

生真面目な顔でさらりととんでもないことを口にするものだから、全身から汗が吹き出す。

――危険性を否定するための調査とはいえ……あんなにも淫らな〝食事〟方法をありのままに……!?

ゆでだこのような顔で絶句していると、堪えきれない様子でヴァルフィリスが噴き出した。

そしてひとしきり肩を震わせて笑ったあと、ぽかんとする僕を涙目で見つめる。

「冗談だよ。さすがに向こうも、そんなプライベートなことまでがっつり突っ込まなかったし」

「んなっ!?」

「ははっ……悪かったよ。そんなに驚くとは思わなかったんだ」

拍子抜けするやら安堵するやらで、僕はむくれた。「ああ～もう腹立つなっ！」と喚いて、ヴァルフィリスの肩をべしっと叩く。

「それともうひとつは調査報告だな。あのジャミルって男が具体的にどんな計画を練っていたのかがわかったらしくて」

「え……具体的な計画って？」

ジャミルの顔を思い出すだけで今でもぞっとしてしまう。

口調を硬くする僕の肩をヴァルフィリスがそっと抱き寄せた。

「御者を痛めつけたものの、この屋敷の正確な位置はわからなかったらしい。ここが見つからなかった時は、森に火を放つつもりだったそうだ」

「え……？　嘘だろ」

「森が消えれば見晴らしが良くなって、この屋敷が見つかるとでも思ったんだろ。……まったく、救いようのない馬鹿だな」

あの男ならやりかねない。

『悪魔』から僕を救い出すというもっともらしい目的を掲げて人を集めたようだが、それはただの詭弁(きべん)だ。

本当は、僕を連れ戻して『助けてやっただろ』と恩を売り、自分の性欲を満たそうとしていただけ。そして、田舎で燻(くすぶ)っている若者たちとともに暴れる理由が欲しかっただけ——それがジャミルの本音だったのだから。

あの時を思い出して小さく震える僕の拳に大きな手のひらが重なった。

顔を上げると、軽く唇が触れる。

「この森も、屋敷も、焼かれずに済んで本当に良かった。お前が行動を起こしたおかげだな」

「……そうなのかな」

ヴァルフィリスは微笑み、広々とした屋敷を見渡した。

「ここには、ジルコーという医師がひとりで住んでいた。シルヴェラから逃げ出し、傷だらけになって死にかけていた俺を救ってくれた恩人だ」

「死にかけていた……？　ヴァルが？」

「ああ。両親を殺された俺は純血の吸血鬼である叔父のもとへ連れていかれた。叔父は俺の目の前で人間の女を咬み、死に絶えるまで吸血してみせたんだ。そして、それを俺にもやれと強いた。……俺に、そんなことができるわけがないのに」

口元に穏やかな笑みを湛え、ヴァルフィリスは遠い目をして過去を語った。

僕の手を包む大きな手のひらからぬくもりが去ってゆくように感じられ、今度は僕からヴァルフィリスの手を握りしめる。

「純血でありながら人間の母を愛した父は、俺に吸血能力がないことを喜んでいた。俺なら、いつか人間と暮らせるようになるかもしれないと、希望を抱いていたんだよ。……最期の時も、俺に人と親しく生きるようにと言い残して、死んだ」

「……っ」

「そんな父の弟なのに、ためらいなく人を殺す叔父が恐ろしくてね。恐怖に駆られて叔父を突き飛ばした拍子に燭台の炎がカーテンに燃え移って、叔父は炎に巻かれてしまった。その姿が怖くて怖くて……それで俺は逃げたんだ」

想像を絶するような過去を語る口調は静かで、まるで自分とは関わりのない物語を語っているかのようだった。

恐ろしかった過去から感情を切り離しているせいだとわかるからこそ、心を締めつけられる。ひんやりとした大きな手を握る手に、力を込めた。

「この森で死にかけていた俺を、ジルコーは助けてくれた。俺を匿い、育ててくれた恩人だ。『苦しんでいる人間がいたら助けろ、そして生かせ。助けた命によってきっとお前も生かされる』――俺はジルコーから、繰り返しそう教えられてきたんだよ」

「……そうか。だからヴァルは、『生贄』の子どもたちを助けてたんだね」

「ま、しくしく泣いてるうるさいガキの世話を焼くのは面倒なんでね」

しんみりした空気を吹き飛ばすように、ヴァルフィリスは皮肉っぽくそんなことを言う。

だが、それが本心でないことくらい、僕はお見通しだ。

ジルコーの教えは、ヴァルフィリスに優しさを伝え、彼の心を支える〝芯〟となっていたに違いない。

今回の騒動を通して、彼の存在は多くの人の知るところとなった。

純血吸血鬼たちが犯した罪の大きさを鑑みると、もっと人々から大きな反発が出るかと思われたが、幸いそうはならなかった。

かつて助けた生贄の子どもたちは皆、立派に成人している。

中には大成している人物もいて、王都において大きな発言力を持っていたのだ。

『生贄』として抹殺されたはずの彼らは、ヴァルフィリスによって生かされた。彼らの証言は人々の心を打ち、そのおかげで、ヴァルフィリスは危険な存在ではないと広く知らしめられた。

まさに、助けた命に生かされている。――ジルコーの教えの通りに。

ふと、僕の指に長い指がするりと絡まり、固く握りしめられた。

「ありがとう、トア」

「えっ……？」

「お前は俺の大切な場所を守ってくれた。……ありがとうな」

「い、いや……そんな」

感謝の言葉をかけてもらえるとは思ってもみなかったため、僕はしばし言葉を失ってしまった。

あの時の浅はかな行動でヴァルフィリスに迷惑をかけたことをずっと気に病んでいたのだ。

だが胸の奥でわだかまっていた罪悪感が、今、ようやく解けて消えてゆく気がした。

――ああ、本当によかった。ヴァルが死ななかったことも、こうして、また日常を取り戻せたことも……

目を閉じると涙が滲む。

涙に気づかれないように俯いて、ヴァルフィリスの言葉を身体中に刻み込むように、僕は何度も「うん」と呟いた。

ホッとして気が抜けてしまうと、なんだか急に甘えたいような気分が湧いてくる。

僕はそっと、傍らにあるぬくもりに身体をもたせかけた。

力強く肩を抱く腕に包まれているうち、トクトクと胸が早鐘を打ち始める。

「……ヴァル、キスしたい」

「えっ？」

視線を上げ、ヴァルフィリスの顔を間近で見つめる。

いつも僕を快楽に酔わせ、狂わせる形のいい唇がすぐそこにあり、無意識に指で触れていた。

指先を押し返す心地良い弾力が、肌のそこここに触れた時の感触を思い出すだけで、腹の奥が熱くなる。

「だ……ダメかな」

「あのな、トア。……あんまり煽らないでくれ。すぐそこの談話室には調査員がいるし、そのへんにオリオドや騎士団の連中もいるんだぞ」

片手で額を覆いながら、ヴァルフィリスが天井を仰いだ。

そういえばそうだ。今日のこの屋敷には、ゆうに十人を超す客人がいるのだった。

一瞬にして気まずくなり、じりりと尻の位置をずらしてヴァルフィリスから距離を取る。

「そ、そうだった……ごめん。ヴァルのせいで、なんだか色惚けしちゃったみたいだな……」

「ふん、俺のせいにするな」

「いやいや、どう考えてもヴァルのせいだし」

「お前の反応が良すぎるから、こっちもいろいろしつこくなるだけだ。そもそも俺は、こういうことにはまったく縁がなかったんだぞ」

「なに言ってんだか。いくらでも美男美女を取って食えそうな顔してるくせに」

「そんなことするわけないだろ。お前とするのが初めてだ」

「え⁉」

その台詞が心底意外で、目玉が飛び出そうになった。

「え……？　いや、まって。なにがどこまで初めてなわけ⁉」

「ほとんど全部かな。起きてる人間と、まともに口付けるのもお前が初めてだし」

「まともに？　でも……僕と知り合うまでだって、〝食事〟はしてたんでしょ？」

「ああ、酒場で頑丈そうな男を眠らせてな」

「眠らせちゃうの？　エッチなことをすれば、たらふく生気が奪えるんじゃ……」

首を傾げると、ヴァルフィリスは少し遠い目をしてため息をついた。

「そう簡単にはいかないんだよ。眠らせたと思っても手加減しすぎてすぐ目を覚ますやつもいたし」

『眠らせる』という言葉とともに、ヴァルフィリスは手刀を落とすジェスチャーをしてみせた。なるほど、物理的に眠らせているということかと、内心、屈強な男たちが気の毒になった。

「目を覚ました途端、俺に迫られていると勘違いして興奮した男に、逆に襲われそうになったことがあるんだ。相手も俺を好ましく思っていたみたいでさ。……まぁその時に、生気の量が増える理由がわかったわけだが」

「……な、なるほど。てかそれ、大丈夫だったの？」

「まぁ、改めて眠らせたまでだ。変に顔を覚えられたり、騒ぎになっても困るからな」

――筋骨隆々とした男に組み敷かれるヴァルというのも乙なものだな……チラリとそんなことを想像して危うく萌えてしまいそうになったが、慌ててその不埒な妄想を追い払った。

「そうだったのか……。ていうか、初めてなのにあんな……？」

「あんな？　なんだよ」

「……いや、僕の口からはとても言えない」

初めてという割には巧みで、しかもものすごくいやらしかったのに……と言いかけたが、恥ずかしいので引っ込めた。

しかしヴァルフィリスは首を傾げて、「なんだよ、気になるだろ」と不服げだ。

出会った日から僕にあれだけ色っぽいことをしてきたヴァルフィリスだ。男女問わず経験豊富なのだと思っていたものだから、驚きを隠せない。

「それに、人間なら誰でもいいわけじゃないんだ。俺にも好みってもんがあるんだぞ？」

「えっ⁉　僕が好みだったってこと？」

「ああ、そうだよ。匂いも、味も、容姿もな」

「よ、容姿まで……？」

なにやらすごく嬉しいことを言われてしまった。

さっきからずっとぶっきらぼうな口調だが、ヴァルフィリスが可愛いことばかり言うのでときめきが止まらない。ふつふつと込み上げてくるむずがゆさで、頬が緩んで仕方がなかった。

「そ、そんなに僕が好みだったなんて……うわ、すごい……溢れちゃいそうだ」

「へぇ、なにが」

「生気だよ！」

生ぬるい返事に思わずつっこみを入れるものの、「ほんっとうに物好きだな、お前も」と微笑むヴァルフィリスの麗しさについつい見惚れてしまう。

「騒ぎにならないように、特定の人間と深い関係になるのは避けてたんだ。でもお前は、ここへやってきた時から様子が変だし、俺にお礼だの差し入れだの、わざわざ自分から関わろうとしてくるだろ？　やっぱり頭がイカれているのかと思っていたんだが……」

「あれっ、なんかまた悪口になってるんだけど？」

思い切り仏頂面をすると、ヴァルフィリスは楽しげに肩を揺すって笑った。

そんなに変な顔をしていただろうか。

指先で眦(まなじり)を拭い、そっと僕の頭を撫でながらこう言った。

「俺は長い間ひとりでいた。孤独を孤独とも思わなかったし、静かな生活が送れるのならそれでいいと思っていた。……トアが現れるまでは」

「へ……」

「お前といると、ここがとても温かいんだ。それがすごく心地いいんだよ」

自らの胸に手を当て、ヴァルフィリスは目を閉じて微笑んだ。穏やかで、満ち足りた表情だ。

愛しい人の幸せそうな微笑みに、僕の胸には純粋な喜びが溢れてゆく。

——ああ、嬉しくて泣きそう……

目の奥が熱くなり、鼻がつんと痛くなる。

うっすらと涙を浮かべながら、僕はヴァルフィリスに笑いかけた。

「僕もヴァルといると、毎日がすごく楽しいし、幸せだよ。だから嬉しい、そんなふうに思ってもらえて……う、うっ」

「トア？　どうした、泣いてるのか？」

「な、泣いてる……けど、嬉しいから泣いてるんだ。これからも、ヴァルとこうやって一緒に生きていけるのかと思うと……なんか、嬉しくて泣けてくる」

ぽろぽろと涙をこぼしていると、ふわりと優しい腕で抱き寄せられる。

髪に頬擦りをされ、愛おしげに抱きしめられる幸せを噛みしめながら僕は目を閉じ、これまでのことを想った。

ずっと、愛する人に愛される世界に憧れていた。絶対に自分の手には入らない未来だと、求める前から諦めていた。

だけど今は隣にヴァルフィリスがいる。

僕を優しく包み込み、心から愛してくれる、大切な存在だ。

見つめ合ううち、自然と互いの唇が引き寄せ合う。

あとほんの数ミリまで近づいたその時。

アンルの上機嫌な「夕飯だぞ〜！」という声が遠くから微（かす）かに聞こえ、僕たちは同時に苦笑した。

「そうだ、今日は騎士団のひとたちも食べていくって言ってたっけ。ヴァルも行こうよ」

「嫌だね、どうせまた俺の食事データがどうとかってジロジロ観察されるだけだ」

「まぁまぁ、たまには賑やかにご飯食べようよ！　ほら、立って立って！」

「……やれやれ」

食堂のほうからはすでに賑やかな声が聞こえていて、美味そうに焼けた肉の匂いやじっくり煮込んだ具だくさんのスープの香りが漂っている。

ぐいぐいと腕を引くと、ヴァルフィリスは思いのほかすんなりと立ち上がった。

なんだかんだと文句を言う割には口元に穏やかな笑みを浮かべ、それが僕をまた嬉しくさせる。

吸血鬼と人間の寿命にどのくらいの差があるのかまだわからないけれど、この生が尽きるまで、僕はずっとヴァルフィリスのそばにいる。


この先もずっと、この笑顔のすぐそばで生きてゆく。

重なった手のぬくもりを愛おしく感じながら、僕は真紅の瞳を眩しく見上げた。

番外編　小さな同胞と静かな月夜

《ヴァルフィリス視点》

まだ幼い俺の足元に倒れ伏した女の肌は、土気色をしていた。

思わずたたらを踏み、そのまま尻もちをついてへたり込んだ俺を見下ろす冷酷な瞳は、血の色をしている。

黒く濁った、暗い赤だ。

ついさっきまで、この男は両の牙と唇を血に濡らしていた。女の血を吸い尽くし、満足げに息を吐きながら天井を仰いだこの男の瞳は、その時ばかりは燃えるような緋色に染まっていた。

それが、初めて目の当たりにする同族の吸血行為だった。

人間である俺の母と番(つが)って以来、純血種の吸血鬼だった父親は一切の吸血行為をしなくなった。

それゆえに弱ってしまった父は、純血種の仲間たちによって戯れのように暴行され、死んだ。

そして俺はこうして叔父、ベルロードの屋敷に引き取られることになった。

仕立ての良い白いシャツの胸元には数滴の飛沫。

興奮が去ったのか、物静かな所作で口元を拭いながらこちらへ近づいてくるベルロードの顔かたちは、驚くほどに俺の父親そっくりだった。

だが、瞳の温度がまるで違う。けぶるような黄金色の髪、作り物の人形のように端整な顔立ちとすらりとした長身——美しい容姿と上品な衣服の下に隠すのは、衝動のままに人の命を奪う獣の本性だ。

目つきにも立ち居振る舞いにも隙がなく、常に威嚇されるような圧を感じて、俺は微動だにできなかった。

表情のない瞳でじっと俺を見据えながら、ベルロードは片膝を折ってしゃがみ込んだ。緋色の瞳の中にある縦長の瞳孔がすっと細く鋭さを増す。

「なるほど、これが混血か」

「ひっ……」

べっとりと濡れた指先で顎を掴まれ、幼かった俺は震え上がった。

幼い子ども相手にも力加減に容赦がない。顎の骨がミシミシと軋み、俺は痛みと恐怖とむせかえるような血の匂いで呼吸さえまともにできなかった。

ガタガタと震えながら目を見開くばかりの俺を見下ろして、ベルロードはフンと鼻を鳴らした。

「顔かたちは美しいな。兄さんにそっくりだ」

「……ぁ……あ」

「まったく、人間などに心を奪われるとは愚かなことをしてくれる。……一族の恥晒しめ」

「いっ……！」

顎を掴んでいた手を荒々しく振りほどかれ、俺は床に叩きつけられて這いつくばった。

幼い俺の容姿は悪い意味で目を引いた。

純血種は皆金色の髪をしている上、牙は大きく、鋭く尖っている。だが俺の髪は白銀で、牙も彼らのそれとは比べ物にならないほどに小さなものだ。

それに純血種ならば常に禍々しく伸びている鉤爪も俺にはない。

やつらの性格は残忍だ。人間など自分たちの餌としか思っていない。

戯れに人間の女を襲って孕ませはするけれど、子への情など皆無だ。家畜にも等しい人間の血が流れた子など、純血種にとっては蔑むべき存在に違いない。

つまり俺も、彼らにとっては家畜と同じ。

音もなく立ち上がったベルロードは、いっそう冷え冷えとした酷薄な眼差しをこちらに向けながら舌打ちをする。そして、部屋の片隅で震えていたひとりの青年のもとへ歩を進めた。

「ひぃっ……‼　や、やめろ離せっ……‼　この化け物っ……‼」

痩身のベルロードの手で襟首を掴まれたその男は蒼白な顔面を恐怖に歪め、白くほっそりとした手を振り解こうともがいている。

ベルロードよりも一回りは大きな身体がいかにも健康的な青年だ。厳しい自然の中で鍛え上げられた逞しい肉体に、土に汚れた粗末な野良着を身につけている。

吸血鬼の棲まう国、シルヴェラは人間を寄せ付けない高山地帯にある。そのふもとにある農村で攫ってきた男だろう。

やすやすと片手で持ち上げていた男の首を締め上げるベルロードの瞳には、やはり一切の感情の揺らぎさえ見て取れない。

ついさっき、俺の眼の前で若い女の血を吸い尽くした時に見せた愉悦の表情、獣じみた吐息の猛々しさが嘘のようだ。

「離せ!! はな、せ……っぐ……!!」

じたばたと足掻いていた男の身体からやがてだらりと力が抜けた。

まさか死んでしまったのだろうか?

人の命を奪うことにひとひらのためらいも見せないベルロードが心底恐ろしく、俺は縮こまっていた四肢をさらに小さく抱え込んだ。

「こ、殺したの……?」

「まさか、死んではいない。死人の血など飲むものではないからな」

「……っ」

「お前のためにおとなしくしてやったんだ。ほら、食事だ。お前も人間の生き血を啜ってみろ」

ドサリと無造作に放り投げられた男の肉体が俺の足元に横たわる。

確かに呼吸はしているようだが、締め上げられた首筋には指の痕がくっきりと紅く浮かび上がり、唇の端には白い泡のようなものが付着していた。

ぴく、ぴくと痙攣する男を見つめ、俺はごくりと息を呑む。

目の前にいるのは人間だ。母と同じ人間だ。『食事』だなんて思えるわけがない。

俺は二度、三度と首を振り、震えながらベルロードを見上げた。

「血は……いらない。俺は、飲まなくても平気なんだ」

「……ほう？」

「いらない……血なんか、いらない。母さまと同じ人間を殺すなんて……俺にはできない……！」

俺が震えを押し殺してきっぱりとそう言い放つや、ベルロードの瞳にぎらりと剣呑な光が宿った。

父に似た端整な顔をしているけれど、表情の作り方がまるで違う。

父は穏やかに微笑む優しい人だった。純血種には不似合いの優しい心を持っていた。人を殺すことをよしとはせず、人である母を愛していた。

その優しさが父から力を奪い去ってしまった。けれど父の瞳は常に静かに凪いでいた。

『お前は俺たちとは違う。人間を傷つけてはいけない。彼らと、どうか親しく生きてほしい』――それが俺に言い残された最期の言葉だ。

それに俺は血を飲みたいなんて思わない。

人の血も、獣の血であっても、あの匂いを嗅ぐと胃が迫り上がってくるような不快さを感じて身体が拒む。

自分とは違う俺のその特徴を見て、父はとても嬉しそうだった。

『お前ならば、俺たちとは違う生き方を見つけられるだろう』――そう言って、頭を撫でてくれた。

父の言葉と微笑みを思い出すと胸の奥が熱くなり、身体に力が宿る気がした。

だが、ベルロードはコツ、コツと艶のある革靴を高らかに響かせながら俺のそばへ歩み寄り、そのつま先で俺の腹を蹴り上げた。

「がっ……、はっ……ぁ……!!」

呼吸が止まり、腹の奥が燃え上がるような痛みが俺の全身を焦がした。

うずくまり、なんとか息をしようともがき苦しむ俺を氷のような視線で射抜きながら、ベルロードは妖美な唇を半月の形に吊り上げる。

「これ以上、僕を苛立たせないでくれないか？」

「ハァッ……ハァッ……ぐ……ぅ……」

「兄さんは、僕の愛しき家族だった。だが、人間などに心を奪われ、僕のもとから去っていったかと思えば勝手に死んで。しかも……こんな薄汚い混血を僕に投げ寄越すとは」

「う、ぅぐ……」

「やれやれ、脆いな」

ベルロードは俺の銀髪を無造作に掴み上げ、倒れ臥していた身体を無理やり引き起こした。そして苦悶に歪む俺の顔をじっくりと観察しつつ、またバシンと頬を張る。

「っ……！」

「……いいか？　たとえ混血であっても人の血を飲み続けていれば、我ら純血種の力に近づくことができるという。さあ、飲め」

「い、嫌だ……!!　嫌だ!!」

「チッ……」

冷たい舌打ちとともに突き飛ばされ、倒れていた男の身体の上に覆いかぶさる格好になった。

男のはぁ、はぁと苦しげな呼吸の音、ドクン、ドクンと脈打つ心臓の音がはっきりと聞こえる。布越しに感じる体温もある。

——こんな……生きている人間を殺すなんて……できるわけない……

この男を逃し、自分もここから飛び出すにはどうしたらいいだろう——……恐怖と痛みに竦みながらも、必死で考えを巡らせようとした。

だが、ベルロードに荒々しく頭を押さえつけられ、俺はくぐもった悲鳴を上げた。

男の心臓の真上に頬を擦りつけられながら、上目遣いにベルロードを睨め上げる。

「噛め。その貧相な牙でも、肉を食い破るくらいはできるだろう」

「そんなこと、しない……!! 離せよ!!」

「ここのところ、人間どもの吸血鬼狩りの動きが活発だ。貴様のような半端者でも多少の戦力にはなるだろう。とっととこれの血を吸って、吸血鬼たる本能を目覚めさせることだ」

「嫌だ……嫌だ……!!」

「まったく……うるさいな。これだからガキは嫌なんだよ」

ベルロードの鋭い爪が音もなく振り下ろされる。

その瞬間、俺の視界は赤に染まった。

同時にぶわりと俺の鼻腔を満たすのは、濃厚な人間の血の匂いだ。

斬りつけられた男の喉元から溢れ出す鮮やかな血潮に俺は強烈な吐き気を催し、両手で咄嗟に口を覆った。

「うっ……!!　ぐ……ぅ」

「あぁ……芳しい。お前にはこの芳醇な命の香りがわからないのか？」

「っ……わかるわけない……!!　はやく、手当しないと……」

「はっ、手当てだと？　馬鹿を言うな。これはお前のために僕が調達した食事だぞ？　ありがたく受け取るんだ」

「嫌だ、嫌だ……!!　この野郎、離せよ……!!」

渾身の力でベルロードの腕に爪を立て、勢いよく振り払う。

同時に一足飛びに部屋の隅へ飛び退り、そこから距離を取った。

次に目に飛び込んできたのは、ベルロードの白い手首から滴る鮮血だ。忌々しげにこちらを睨みつけ、長く伸ばした赫い舌で自らの手首を舐め上げながら、ベルロードはにぃ……と邪悪に笑った。

「ひ……っ……」

「この僕に傷を負わせるとはいい度胸だな。穢らわしき混血でも兄さんの忘れ形見。……それなりに面倒を見てやろうと思っていたのに」

ほんの一瞬。

瞬きをしたその刹那、ベルロードの姿が目の前に迫っていた。

ついさっき、自分よりも大きな男をやすやすと締め上げていたその細い指が迫り、有無を言わさぬほど恐ろしい力で俺の首を締め上げてくる。

「かはっ……っ……！」

「いいからさっさと飲め!!　ひとたびこれを味わえば、お前の奥底に眠る吸血鬼としての本能が目覚めるに違いないのだからな！」

「っ……ぐ、ぅ……！」

「下賤(げせん)な人間の血が混じったとはいえ、お前は兄さんの血を受け継いでいるんだ……!!　さぁ、やれ!!」

首を締め上げられているせいで意識が遠のきそうだ。……だが俺はその時、ベルロードのすぐそばに、小さく揺らめく燭台の灯りを見た。

豪奢な調度品に囲まれた屋敷のそこここにはいかにも重たげなカーテンがかかっている。

純血種はわずかな陽の光にさえも肌を焼かれ、皮膚がぼろぼろに炭化してしまう。

月光を招き入れるための窓はあれど、そこにはほぼ一日中、濃い色のたっぷりとしたドレープカーテンが引かれている。

そのそばに置かれた小さな灯火が、その時の俺には希望の光に見えた。

「うぁあああ――――!!」

渾身の力を振り絞り、血を流していたベルロードの手首にさらに深く爪を立てた。

目を爛々(らんらん)と光らせつつ俺を締め上げていたベルロードの表情が苦悶に歪む。

一瞬生まれたその隙を突いて、俺はベルロードの身体を燭台のほうへドン!!　と突き飛ばした。

ぐらりとよろめいた背中で燭台が傾く。そして傾いて倒れゆくその先にあるのは、床から天井まで覆うカーテンだ。

ボッ……と微かな音を立てて燭台の火が布地に燃え移った。

炎はまたたく間にカーテンの表面を舐めるように広がり、薄暗かった部屋が真昼のように明るくなる。

同時に燃え盛るカーテンに背中を打ちつけたベルロードの身体にも、ゆらゆらと炎が絡みつく。

想像していた以上に苛烈な光景が目の前に広がり、俺は思わずふらりとよろめいた。

「ぁ、あああぁっ……!! くそっ……!! ヴァルフィリス、貴様ァ……っ!!」

炎に巻かれながらも鋭い鉤爪を振りかざして襲いかかろうとするベルロードが、心の底から恐ろしかった。

耳にこびりつく獣じみた咆哮、なにもかもを焼き尽くす炎と煙の臭い、人間を救えなかった罪悪感――……それらの全てから逃れるために俺は死にものぐるいで屋敷を飛び出し、暗い暗い森の中をあてどもなく走り続けた。

走りながら咽び泣き、立ち止まっては何度か嘔吐した。

だけど、そこにとどまり続けることなどできやしない。

火だるまになったベルロードがどこまでも追いかけてくるように思えて恐ろしかった。騒ぎを聞きつけたほかの純血種が追いかけてきそうで怖かった。

この暗い森のどこかからやつらが音もなく飛びかかってきて、今度こそ殺されるのではないか……鬱蒼と樹々の生い茂った森の中を俺は泣きながらめちゃくちゃに逃げた。

――早く逃げないと……!! ここからずっと遠くへ逃げなくては……!!

遠く、狼の遠吠えが響いている。

空からは、白い花弁のような大ぶりの雪が降り始めている。

冴えざえとした月が夜空に輝く、凍てつく月夜のことだった。

† † †

「はぁっ……!! はぁ……っ、は……っ」

凍てつく水の底から喘ぎ喘ぎ浮上するかのように夢から目覚めた。

幼い頃の夢を見てしまった時はいつもこうだ。

もうとっくに忘れ去っているはずの恐怖が、夢とともに俺の身体を支配する。

忘れることなど許さない――……それはまるで、ベルロードが俺に刻んだ呪いのようだ。

「……ヴァル？」

目覚めると同時に起き上がった俺の傍らで、トアが微かに身じろぎした。そういえば、昨晩もこの部屋で〝食事〟をさせてもらい……そのまま、ここでトアを抱いたのだった。

幼い頃の恐怖に凍えていた心臓が、ふたたび息を吹き返すように拍動する。

手を伸ばし、トアの柔らかな髪の毛にそっと触れた。

俺の手を探すようにトアの手が伸び、そのままぎゅっと握りしめられる。

温かい手のひらに触れて初めて、自分の手がひどく冷たいと気づいた。

「……すまない、起こしたな」

「ううん、どうしたの……？　すごい汗だよ？」

仄暗いベッドの上で、起き上がったトアが気遣わしげに俺を見つめている。

頬に伸びてきたトアの手を掴み、指先に唇を押し当てた。

唇越しに伝わるトアの肌の柔らかさとぬくもりに深く安堵すると、過去の夢ごときにこうも動揺してしまった自分がひどく恥ずかしく思えた。

「なんでもない。湯浴みをして着替えてくる」

ベッドから降りようとする俺のシャツをトアが掴む。そして、背中からぎゅっと抱きしめられた。

汗で冷えた背中に伝わるトアの体温が温かい。トクン、トクン、と穏やかなリズムを刻むトアの拍動を背に感じながら、横顔でトアを振り返った。

「どうした」

「どうしたもこうしたもないよ。……怖い夢でも見たんじゃないの？」

「な……なんでそう思う」

「汗だくで飛び起きるなんてよっぽどじゃないか。孤児院で世話してた子たちと同じ反応だったからなんとなくそう思ったんだけど、違う？」

「孤児院の……」

すでに百三十年もの長い時間を生きている俺が、子どもと同じ反応を……？

若干の動揺で二の句を継げずにいると、胸に回っていたトアの腕がさらに強く俺を抱きしめる。

「大丈夫、怖くない。怖くないよ」

「……」

まるで幼子に言い聞かせるように慰められて、俺はだんだん小っ恥ずかしくなってきた。……だけど、悪い気はしない。

肌を通じて伝わってくるトアのぬくもりと静かな声は心地よく、確かに心が凪いでいく。

ようやくいつもの調子を取り戻した俺は胸に回されたトアの手をそっと掴み、そのままベッドに押し倒した。

「うわっ、びっくりした……！　あのさ、無駄に素早く動かないでくれる？」

「無駄にとはなんだ、無駄にとは。さっきから俺を子ども扱いしやがって」

「いや、だって怖い夢見たんだろ？　違うの？」

「ち…………違わないけど」

「ほら」

「……見たけど、大丈夫だ。大昔の夢だよ」

トアの上に覆いかぶさりながら、指の背でトアの頬を撫でる。

するとトアはホッとしたように眉を下げ、俺の髪に指を通してきた。

こうして髪に触れられるのも悪い気はしない。トアは俺の髪に手櫛を通すのが好きなのか、こうしてよく髪に触れてくる。

温かな手で俺の耳に触れ、頬に触れ、首筋へと撫で下ろしながら、トアは目を細めて愛おしげに微笑んだ。

「よかった。……ねぇ、どんな夢を見たの？」

「んー……まぁ、それはまた今度話すよ」

「あっ……ちょ、ヴァルっ……」

トアの下唇をかぷりと甘噛みしながら、ぶかぶかのシャツの中へ手を忍ばせる。

昨晩貸した俺のシャツは、トアが身につけると膝丈ほどの長さになってしまう。初めてその姿を見た時、自分でもちょっと驚いてしまうくらい胸が高鳴った。

ぶかっとしたシャツの裾から覗く細い脚が妙に艶かしいものに見えたし、袖の長さを気にしてわざわざ袖口を折り返している姿さえも絶妙に愛らしかった。

しかも、「……あぁ、すごい。ヴァルの匂いがする」と言いながら頬を赤らめ、潤んだ瞳で俺を見上げてくるものだから、なんだかものすごくたまらない気分になった。

そうして昨夜の俺は、恥じらうトアを思うさま抱きつくしたのだった。

するするとシャツをたくし上げてゆくと、仄闇の中に白い太ももが浮かび上がって見える。

夜目の利く俺の目には、燭台の灯りがなくともトアの乱れる姿を瞳に映し出せる。

初めてここへ来た時は、棒のように細っこい脚をしていたが、今はしなやかな筋肉が備わりつつある。俺の前でだけ艶かしく開かれる太ももや、まだ頼りなさを残すほっそりとしたふくらはぎを淡く撫でながら、トアの唇にキスをした。

「ぁん、っ……ぁっ……ヴァルっ……」

「ん……？」

「あ、あの……するの？　昨日も、あの……」

「……したくない？」

「ぁっ……」

キスをしながら囁きかけると、トアの吐息に色香がこもる。

どこもかしこも敏感なトアだが、耳が特に弱いことを俺はよく知っている。

やや強引に舌を絡ませながら指先で耳孔をくすぐり、耳たぶを撫でるうち、トアの腰が微かに揺れ動き始めた。

「ん、んぅ……ン」

「……俺は挿れたい。トアを抱きたい」

「っ……！　イ、イケボでそんな、そんなふうに囁かれたら……っ」

「？　いけぼ？」

「そんなふうに誘惑されたら、僕も……したくなってきちゃっただろ……」

ときどき耳慣れない言葉を口にするトアだ。きっと俺が知らないだけで、流行りの若者言葉かなにかなのだろう。

脚を開かせたままぐいと細い腰を引き寄せると、トアの双丘が俺の屹立に押し当たった。腕を伸ばして香油の瓶を取り、手のひらで温めたあと――……トアの後孔を指でくるりと撫でてみる。

「ん、……っ……」

昨晩の愛撫の痕跡か、そこはまだ柔らかく、ひくひくと俺の指を締めつけた。

ここに入った時、どれほどの快楽が与えられるかを知った俺の肉体は、恥ずかしいほどに容易く昂る。

抱いても抱いてもまだ足りない。昨晩も、トアを貪り尽くすように行為に溺れたというのに、性懲りもなくこの身体を抱きたくてたまらなくなってしまう。

俺は下履きを下ろし、硬く芯を持って屹立する自らの性器を、熱く蕩けた窄まりにあてがった。

「……ぁ、ああっ……はぁ……っ、ヴァル……」

「っ……は……」

思いのほか抵抗もなく俺の屹立を呑み込みながら、トアは顎を仰向かせながら熱っぽく息を吐いた。

こんなにも細い腰で、こんなにも小さな窄まりで俺のこれを呑み込む姿は健気で、言いようのない背徳感を感じる。

「ん、っぁ……はぁ……っ」

「……苦しくないか？」

「ない……っ……。ハァ……ナカ、きもちいい……っ」

トアは薄い胸を弾ませながらうっとりと微笑んで、自らシャツをたくし上げる。シャツの下から、しっかりと上を向いたトアの性器が露わになった。

てっきり俺に触れてほしくてシャツをめくり上げたのだと思い、トロトロと濡れた鈴口に親指を言わせ、くるりと撫ぜた。

「ひゃっ……！」

「こっちも触ってほしいのか？」

「ち、ちがう……シャツ、汚れちゃう……と思って……」

「へぇ、どうして？　なんで汚れるんだ？」

「……そ、それはっ……アッ、あ、あっ……！」

俺は上体を起こし、ぐっとトアの腰を引き寄せる。

挿入を深くしながら、奥を狙うように腰を振った。

ゆるやかにピストンするたび、露わになった結合部から濡れた音が微かに響いた。

「アッ……ぁんん、っ、……んっ、ぁっ」

「……もうこんなに滴らせてる。これを俺に見てほしいのかと思ったけど？」

「ちがっ……アッ……！　だって、イったら、いっぱい、でちゃう、から……っ」

「昨日、あんなに出したのに？」

「ア、ぁんっ……そんなこと、いわなくていいっ……からっ……！」

怒ったせいで快楽に蕩けていた顔にわずかな理性が蘇ったようだ。

だが今度は羞恥心を刺激されたのか、トアは両手で顔を覆ってしまった。

だけど俺は抽送をやめず、さらにトアを深く穿った。

「ん、んんっ……ぁ、はぁ……っ」

「……俺を見ろ」

「ん、や、やだ……はずかし……っ」

「なにを今更。トア……顔を隠さないでくれ」

「んんっ」

両手を外させ、そのまま指を絡めて手を握る。

両手を繋いだ状態で腰だけをぐん、ぐんと深くグラインドさせるたび、トアの腰も艶かしく揺れ動く。

目と目を合わせながらの行為に溺れるうち、ふたたびトアの目からは理性が消え失せてゆく。

トアはどちらかというと童顔だが、陶然と蕩けた表情はとても淫靡だ。俺の肉体で酔いしれてくれるトアが可愛くて仕方がない。

次第に射精感が高まって、腰の動きが速くなる。

するとトアの内壁もひく、ひくと搾り取るかのように蠕動し始め、あまりの心地よさに俺は思わずため息を漏らした。

「っ……はぁ……イイな。……すごく、気持ちいいよ、トア」

「んんっ、……ねぇ、ヴァル……、キス、して……」

ねだられるままに身を屈め、トアの唇を荒々しく奪う。

熱い唾液で濡れた舌と舌を絡め合ううち、深く深く繋がり合った部分の熱もさらに高まる。

トアの膝裏を掴んでさらに大きく脚を開かせ、身を乗り出して最奥を穿つうち、俺の吐精を促すようにひときわ強く締めつけられて……

「ぁ、あ、っ……ヴァルっ……！　ぁ、イくっ……イく……っ！」

「はぁっ……っ、……ん……っ」

飽和した快感が一気に弾け、視界が白く染まる。

溢れんばかりの体液がトアの腹の奥でどくどくと爆ぜる感覚に腰が震え、全身から力が抜ける。

「はぁ……っ、は……ぁ……」

めまいがするほどの快感とともに心が潤い、満たされてゆく。

肘で身体を支えながらトアの唇に軽いキスをするうち、びく、びくっと細かに震えていたトアの身体からもようやく力が抜けてくる。

トアの腹の深くまで挿入っていた性器を抜き去ると、トアはくったりと脱力した。

はぁ、はぁと胸を上下させるトアの隣に横たわり、汗に濡れた亜麻色の前髪を掻き上げて、額にキスを落とした。

「ん……」

「……すまない」

「へ……？　なにが？」

「がっつきすぎなのは自分でもわかってるんだ。百年以上生きてるってのに、恥ずかしいよ」

「え？　……ふふっ、えへへ……なにそれ」

吐精して冷静になってくると、込み上げてくるのは罪悪感だ。

昨晩もさんざんトアに無理をさせておいて、夜も明け切らないうちにまた同じことをしてしまった。

華奢なトアの肉体に無理を強いていることが申し訳ないし、欲に抗えない自分が情けなくてたまらなかった。

だが、トアは俺にぴったりとくっついてくすぐったそうに笑っている。

「なにがおかしいんだ？」

「いや、なんか、かわいいなぁと思ってさ」

「か、かわいい？」

「僕は嬉しいよ？　こうやって欲しがってもらえるの、すごく幸せだから」

「そうは言っても、俺はお前から奪いすぎてる気がするんだ。生気だけじゃ飽き足らず、トアの身体まで……」

「前も言ったじゃん。ヴァルとすると幸せだから生気が溢れかえっちゃうって。だから全然大丈夫だよ」

トアがことともなさそうに笑うおかげで、行為のあとにいつも襲われる罪悪感が解けていく。

ふと笑みをこぼすと、トアの腕がするりと下から伸びてきた。

「……しないの？　〝食事〟」

「今はいい。ここのところ、俺はいつも満腹だよ」

「なんだ、そっか」

「残念そうだな。生気を抜かれるあの感じ、気持ち悪くないのか？」

「んー……最初はちょっと変な感じはしたけど、今は全然。普通のキスと、〝食事〟のキスの違いもわかんなくなってきちゃったくらいだね」

あっけらかんと笑うトアを前にすると、あれこれ思い悩んでいたことが馬鹿らしくなる。

トアが笑っていると嬉しくて、これまで静かに凍りついていた心が少しずつ溶け、息を吹き返すようだった。

すると、またぞろむくむくと込み上げてくるのは性欲だ。

懲りずにもう一度、トアを抱きたい気分のままキスを仕掛けようとした時――……

「ヴァル～～!!　トア～～!!　もう朝なんですけど～～～～!!」

ドンドンドン！　というノックとともに、アンルの間延びした声が部屋の中にまで響く。

トアはがばりと起き上がった。

「も、もうそんな時間!?　今日は孤児院に行かなきゃだった!!」

「……そ、そうだったな。悪かった」

「ヴァルも支度しないと。今日も王都から調査団の人たちが来るんだろ？」

「ああ……そうだった。ったく面倒だな、いつまで通ってくるんだ、あいつらは」

「まあまあ、そう言わないで」

肘枕をしてぼやくと、トアから俺にキスしてくれた。……それだけで機嫌が良くなる自分に呆れる。

ふらふらとベッドから起き上がり、燭台に火を灯していたトアが、ふと「ぁ……っ」と小さく嘆息した。どこか痛むのだろうか。

「どうした？　大丈夫か？」

とろりとトアの白い内腿を伝うのは紛れもなく、さっき俺が放ったものだ。

「だ、大丈夫、溢れてきちゃっただけ。……すごいね、こんなにいっぱい……」

「……っ」

熱いため息交じりにうっとりとそんなことを言う。申し訳ないと思うのに、むくむくとふたたび欲が湧き上がってきてしまうのはなぜだろう。

そのままひょこひょこと湯浴みをしに行くトアの背中を抱きしめ、そのままバスルームでもう一度トアを抱きつくしてしまいたくなったが、これ以上不埒を重ねていいわけがない。

「……ああ、ダメだ。どうしたっていうんだ俺は……」

この百数十年凪いでいた心に生まれた弾むような漣(さざなみ)を、まったく制御できない。

どさりとベッドに仰向けになり、俺は長い長いため息をついた。

†　†　†

いつしか、季節は夏を迎えているらしい。

雪の匂い、雨の匂い、熱を含んだ陽の匂い——……出かけた先から帰ってきたトアが身に纏う風の香りで、俺は季節の移ろいを知るようになった。

人間と吸血鬼との混血である俺の存在が、イグルフの田舎町から王都にまで広く知られるようになってから約二年。

トアは二十歳になり、イグルフの孤児院をより良い環境にするため奮闘している。

かつて王都からの給金は全て附属する修道院の大人たちの酒代に消えていた。そのせいで、子どもたちはひどく劣悪な環境で生活せざるをえなかったという。

だが、ジャミルの一件以来、その環境は改善されつつある。

これまで不正に金を使い込んでいた修道僧や修道女たちは排除された。代わりに王都から幾人もの役人が派遣され、子どもたちを取り巻く環境を整え直すために活動している。

明るく清潔な建物が新たに建設され、栄養の行き届いた食事と温かい寝床が揃えられ、適切な医療を受けることも可能になった。

トアは王都からやってきた役人たちとともに孤児院の再建に尽力し、今は子どもたちに文字や歴史を教える役回りも担っている。

仕事から戻るたび、目を輝かせながら子どもたちの変化を語るトアの声に耳を傾けることも、最近の俺の楽しみのひとつだ。

「じゃ、行ってくる。明後日には帰るから」

玄関の扉が開かれると、燭台の頼りない光とは段違いの明るさが屋敷の中に満ちた。

身支度を整え、螺旋（らせん）階段の下でくるりとこちらを振り返ったトアの瞳が軽やかに碧くきらめく。

屋敷の中に直射日光が差し込まないよう、窓という窓に外側から板が打ちつけられ、ご丁寧に内側からは分厚いカーテンがかけられている。

日光を直接浴びると、俺の肌は焼け爛れてしまうらしい。――といっても、本当に火傷を負ったことはないのだが、本能的に陽光は危険だとわかるのだ。

直に浴びれば危険な代物だ。だが、開かれた扉から陽光が差し込むと、黒で塗りつぶされていた屋内が、一気に白い光に洗い流されていくように明るくなる。

そのおかげで、俺は色鮮やかなトアの姿をこの目に映すことができる。

肩まで伸びた亜麻色の髪をうなじのあたりでひとつにまとめ、鮮やかな空色の瞳で俺を見上げるトアの姿を。

初めて出会った時よりも数センチ背丈が伸び、骨と皮だけだった手脚にはしなやかな筋肉が備わった。尖った頬と細い顎のせいで、大きな瞳が目立ってみえた顔はたおやかになった。

孤児院の再建に関わるようになってからは新たなやりがいを得ているためか、内側から光り輝くような華やかさに溢れている。

シンプルな白いシャツに焦茶色のズボンを穿き、同色のブーツを身につけているだけだというのに、全身に光を帯びているかのように明るく輝いてみえる。

明るく広い外の世界へ向かうトアの姿を見るたび、伸びやかに空へと飛び立つ若鳥を見守るような誇らしさを感じている。

それは、俺が生まれて初めて知った感情のひとつだった。

孤独に慣れ、ただのっぺりと凪いでいた俺の心に、トアは小さな漣を生んだ。

それは徐々に大きくなり、俺の心を大きく揺さぶり――……そして俺は、愛し愛される喜びを知ったのだ。

俺はトアの前髪をよけて額に唇を寄せ、隣に佇む大男に目をやった。

「ああ、気をつけて。オリオド、トアを頼むぞ」

「おう、任しとけ！」

どん、と厚い胸を叩くのはオリオドだ。彼が屋敷からイグルフの町までトアを送り届けることになっている。

俺の存在が明らかとなってからこっち、森にも光が入り、人々の往来も増えたとはいえ、場所によっては獰猛な獣が潜んでいて危険なのだ。

それに、危険なのは獣だけではないかもしれない。

「……どうだった？」

馬に水を飲ませてくるといってトアが外に出たのを見計らい、オリオドにこそっと声をかける。

すると、平服の上に分厚い革のマントを羽織ったオリオドは、腕組みをしつつこう言った。

「イグルフでトアにつけている護衛からは、これといった報告は上がってきていない。孤児院の環境改善のために、役人たちとともに頑張っているようだぞ。特にトアを狙ってつけ回すような輩もいないようだし、子どもたちからも大人気！　ついでに言っとくと、新しく孤児院で働くようになったナニーたちからも熱い視線を送られているようだぞ！　羨ましい！」

「そういう情報はいいんだよ。……いや、良くないけど……」

「そうだろ、お前も気がかりだろう？　ま、トアが女たちに靡(なび)く様子はないが、中には積極的な娘もいるからなぁ……その手の護衛も引き受けようか？」

動揺するつもりはないが、ぴくっと眉が動いてしまう。

それを見たオリオドはニンマリしながら俺に流し目を送ってきた。

なるほど、俺をからかって遊んでいるつもりらしい。悪趣味なやつだ。

「トアの心配より、自分の心配をしたほうがいいんじゃないのか？」

「なっ？　な、なんでだ？」

たじろぐオリオドに流し目を送り返し、俺は腕組みをしてニヤリと笑った。

「調査団の連中から聞いたがお前、女の前に立つと緊張してろくに喋れなくなるそうじゃないか」

「なっ⁉　そっ……そんなことはない‼　ただ、ただちょっと、ちょっと話題に困るだけで……！」

「お前、豪快なのは見た目だけなんだなぁ。トアがモテて羨ましいのはわかるが、お前はお前でもっと努力したほうがいいんじゃないのか？」

「ぐぬぬ……この悪魔め。性格の悪さは相変わらずだなっ！」

「ふん、なんとでも言え」

顔を真っ赤にして憤怒の形相を浮かべるオリオドを鼻で笑い、俺はふたたび明るい日差しに溢れた玄関扉の向こうに目をやった。

「まぁ、危険がないようならそれでいい。トアに迫る女は放っておけ、自分でなんとかするだろ」

「わかったよ。で、お前はどうなんだ？　襲ってきたものの正体はわかったのか？」

「いや。こっちも、今のところは収穫はなしだ」

一週間ほど前。

シルヴェラからの帰路の途中で、俺は禍々しい殺気を感じた。

俺はすぐさまあたりの気配を探ったが、俺の気配を察したらしい相手はすぐに殺気を隠し、ふっつりと消えてしまった。

その晩は月もなく、あたりは漆黒一色に塗りつぶされたような闇だった。

暗いが、下界の森からは少し離れた高山地帯は背の低い植物ばかりで見晴らしが良く、見渡せばすぐに相手の存在を目視できそうなものだったが、その時はなにも見つからなかった。

獣たちが俺を餌と勘違いして狙ったのか……？　とも思ったけれど、おそらくその可能性は低い。生物界において、吸血鬼は最上位に属する種族だ。

深い森の中に潜む獰猛な獣たちは勘が鋭く、間違っても吸血鬼を襲うことはない（のんびりした野うさぎやノネズミなどの小動物たちは別だ）。

それなら人間だろうか？　……だが、山を越えるにはかなり厳しい道のりを行かねばならないし、夏でも霜が降りるほどの寒さになる。

そんなところに人がいるとは思えない。いくら油断していても人がいれば必ず気づくはず。

胸が不穏にざわつくのを感じながら、あたりの気配を探りながら屋敷へ戻ってきたが、あれはただの勘違いだったのだろうか。

勘が鈍ったのだろうか。ここ最近、トアとの親密な関係にすっかり和んで腑抜けている自覚はあるが……

一瞬にしろ、肌を刺すような鋭い殺気をそのまま放置しておくわけにもいかず、オリオドにトアの護衛を依頼したのだった。

オリオドは顎を撫で、腕組みをした。

「森の中でも気をつけてはいたが、静かなもんだったぞ」

「俺だけを狙うのならいい。だが、トアは俺の弱点でもある。しっかり守ってやってくれ」

「弱点ね、そりゃそうだ。まぁ、こっちは俺に任せておけ」

グッと親指を立てていい笑顔を浮かべるオリオドは頼もしい。

……だが、大切なトアの身柄をほかの人間の手に委ねなければならないことがもどかしく、俺は前髪を掻き上げながらため息をついた。

「ああ～～……クソ。俺が陽の下を歩けるなら、直にトアを守れるのに」

「まあまあ、無茶言ってないで、お前は気配の主をなんとかすることだけを考えろ」

ぽんぽんと俺の肩を叩き、オリオドも外へ出ていった。

すると、入れ違いに屋敷の中へ勢いよく駆け込んでくるものがある。

灰褐色の小さな毛玉がひとつ、コロコロと俺の足元にまとわりつく。俺はその首根っこを掴んで、ひょいとつまみ上げてやった。

「ヴァル！　トアがいっちゃうよ！　トアがどっかいっちゃうよぉ！」

灰褐色の尻尾を揺らし、ピンと立った尖った耳を震わせながら、小さな子どもが半泣きで腕を伸ばしてくる。

アンルによく似た大きな目を涙でうるうると揺らめかせながら、俺にしがみついてくるのは、狼半獣人の子ども。

去年の春に生まれたアンルの子、メルンだ。

「大丈夫、別にここから出ていくわけじゃないよ。二、三日もすれば帰ってくる」

「にさんにちって？　どのくらい？　あした？」

「明日の、そのまた明日。いつもそうだろ？」

「そうだっけ……」

首を傾げて日数を数えようとするメルンを腕に抱き、くるくるとカールした灰褐色の前髪の乱れを直してやる。

すると玄関からひょいと当のトアが顔を出し、苦笑いを浮かべながらこっちへ歩み寄ってきた。

俺のシャツに縋って涙目のメルンの涙を拭い、わしゃわしゃと頭を撫でて小さな額にキスをする。

そして今度は伸び上がって俺の唇に軽くキスすると、清々しい笑顔を浮かべた。

「メルンが二回寝たら僕は帰ってくるから、アンルと一緒に狩りの練習、しっかりするんだよ」

「うん……わかった」

「ヴァルも、調査団の人に意地悪したらダメだからね」

「ついでに子ども扱いするのはやめろ」

「あはっ、ごめんごめん！　じゃ、行ってきます！」

「気をつけてな」

駆けてゆく背中に言霊を送るように言葉をかける。するとトアはくるりと身体ごと振り返って笑顔を返し、「わかってる！」と手を振って、颯爽と出かけていった。

トアの出ていった玄関に向かってメルンが小さく手を振る姿を見守っていると、今度はアンルがやってきた。

「あ、こんなとこにいた！　ったく、目を離すとすぐいなくなるんだからなぁ」

「だって、トアが、ヴァルをおいてどっかいっちゃうっておもったから、いそいでよばなきゃっておもったんだもん」

「そんなわけないって、ちゃんといつも帰ってくるだろ？」

「うん……そうかも……」

納得したような顔をしつつも、やや唇を尖らせて不安げな返事をするメルンだ。

俺との戦闘訓練が功を奏したのか、アンルは無事に〝お嫁さん〟を見つけることができた。

そのあとすぐに三頭の子宝に恵まれ、今では立派な父親だ。夜は狼の姿になり、森の中で子育てに勤しんでいる。

三頭の子どものうち、メルンだけが半獣人の姿で生まれた。

生まれたその姿を見て、アンルの番(つがい)――雌狼のジュリアは少なからず狼狽したようだが、アンル自身が半獣人だとすでに理解していることもあり、ほかの子どもたちと同じようにメルンを可愛がっている。

だが、メルンは夜もまだ狼の姿に変化できないし、鋭い牙や爪を持つ獣の姿をした兄弟たちと同じ遊び方もできない。

しかも同じ群れの仲間たちの中には、半獣人を異物と捉えて攻撃的になる個体もいたらしい。

家族の安全を考えたアンルの一家は群れを抜け、この屋敷のすぐそばで暮らしている。

メルン以外の狼たちは昼間は屋敷の庭で走り回っていることもあるが、夜は森へ出ていく。

気配に敏感な獣たちにとって、やはり俺の存在は脅威となるらしい。

ジュリアも、メルン以外の子どもたちも、俺には一切近寄ってはこない。

けれど狼たちは、トアには全員懐いている。

庭で野良仕事をしているトアの周りにはいつも小さな狼たちがまとわりついているし、木陰でのんびりその姿を見守っているジュリアの眼差しもおとなしい。

ほっこりする光景だ。陽の入らない窓からその姿を眺めていると、ときどき太陽の下を歩けない自らの体質が恨めしくなった。

だが、これでいい。

ひとりきりで過ごしていた頃とは比べ物にならないくらい、俺の心は満ち足りている。

「メルンはずいぶんトアに懐いてるな」

「本当だよ。どっちがママだかわかんないって、ジュリアがしょっちゅうぼやいてる」

「狼もぼやくんだな」

「そりゃそうだよー、言葉が違うだけだもん。とはいえ、トアとヴァルがいるからみんな群れから離れても安心して生きていけてるって感じだね」

「俺も？」

「うん、ヴァルがいるからほかの狼たちは屋敷の周りに近づいてこないんだよー。安心して狩りの練習ができて助かってるよ」

「へぇ、そうなのか」

「そうだよ！　ジュリアも安心してるしね」

アンルが鋭い犬歯を覗かせてニカッと笑う。裏表のない明るい笑顔に、俺の表情もつられて緩んだ。

「ヴァルはよく笑うようになったね。トアのおかげだ」

「……笑ってるか？　俺」

「自覚ないのー？　トアといる時は言わずもがなだけど、メルンの相手しながらうっすらにっこりしてる時あるよ？　ねぇ、メルン」

「わかんない」

俺の顔を食い入るように見つめる割にそっけない返事だ。

俺は苦笑し、メルンをそっと床へ降ろしてやった。

「さ、庭で遊んでこい。そろそろ調査団の連中が来るからな」

「またか……今日はなにするんだろうね」

「知るか。飽きもせずにご苦労なことだよな」

はからずともアンルと同時に肩を竦めた。

なんとなく笑い合う俺たちを、下からメルンが不思議そうに見上げている。


昼間はたっぷり調査団の連中と過ごしたものだから、夜にはすっかり疲れてしまった。

シルヴェラや王都への道のりを移動する時には疲れなど感じたことはなかったが、爛々と目を光らせながら前のめりでさまざまな問いを投げかける調査団の相手は、すこぶる疲れる。

これは、二年前から始まった俺の生態調査だ。

まずは俺の生まれに関する質問から始まり、両親のこと、純血種のこと、食事方法、『血の粛清』の時期はどこにいたのかなど、ありとあらゆることを聞かれた。

質問責めにされながら同時に血を抜かれたり、身長体重を測定されたり、視力や聴力まで調べられた。

面倒で仕方がなかったが、オリオドから「絶対に抵抗するなよ！　お前のためだけじゃない、トアのためでもあるんだからなっ！」と釘を刺されていたこともあって、俺はおとなしく従った。

俎上の魚はこういう気分なのだろうなと虚ろに想像しながら、心臓や腹の音まで聴かせたものだ。

年月を経て、彼らがやってくる頻度こそずいぶん減ったが、熱が冷める様子はない。とにかく疲れる。

日が暮れて、ようやくぞろぞろと来た道を引き返していく調査団（プラス、護衛の騎士たち）を自室のバルコニーから見送るうち、長いため息が漏れていた。

「……やれやれ」

トアが惜しみなく生気を与えてくれるおかげで、飢えは一切感じない。

けれど、今ここにトアがいて、あの温かい身体を抱きしめられたらどんなに癒されるだろうと想像すると、もどかしくも恋しい気持ちが込み上げてくる。

――……恋しい、か。

これも、トアと出会って初めて知った感情だ。

生きていくのに不要な感情のようにも思えたが、そう悪いものでもないと今では思う。

恋しさや寂しさがあるからこそ、トアがそばにいる時間の大切さを知ることができるからだ。

数日後、この腕に飛び込んでくる愛おしいぬくもりを想いながらバルコニーの手すりに足をかけ、俺は闇に沈む夜の森へ身を踊らせた。

気晴らしがてら、森とイグルフ近辺の見回りだ。

本当なら、トアが寝泊まりする孤児院まで見に行ってしまいたいが、それはさすがにやめておく。

トアの身は心配だが、イグルフの町には王都からの役人や騎士たちが常駐している。今はどこよりも安全な場所ともいえるだろう。

それに、今夜はオリオドもその場にいるのだ。

俺が孤児院に顔など出してしまったら「トア恋しさにここまで来たのか!?」とオリオドに一生からかわれ続けるに違いない。

巨大に育った樹々の枝を蹴って進むたび、ざわ、ざわと葉が擦れる音が響く。

太い枝々の上に積もった雪はすっかり解け、色鮮やかな若葉が芽吹いている。暗闇の中でもなお艶やかな若葉は、陽の下であればきっと素晴らしく美しい緑色なのだろう。

ふと、トアの瞳の色を思い出す。

燭台や暖炉の灯りを映す、大きなアクアマリン色の瞳。

柔らかな橙色の光に溶けてまろやかに揺れるトアの瞳は、どんな高価な宝石とも比べることができないほど美しいものだ。

決して叶うことはない望みだが、燦然と地上を照らす太陽の下でトアの瞳を見つめてみたい。

俺が想像する色彩よりもはるかに鮮やかに力強く、トアの瞳は美しく輝くのだろう――……

そうしてのほほんと物思いに耽ってしまっていたのが良くなかった。

ピリッ……!!　と頬を刺す殺気を感じ取った次の瞬間、真下からなにかが襲いかかってきた。

咄嗟（とっさ）に枝を蹴って空（くう）に身を翻したものの、こちらに向かって一直線に伸びてくる鉤爪の一閃をかわしきることができなかった。

手首にチリリとした微（かす）かな痛みが走り、己の血の匂いが鼻腔に広がる。

鉄臭く生々しい人間の血の匂いとはまるで異なる、吸血鬼の血の匂い。

生き物の体内を流れる血液と同じ色をしていながら、どこか植物めいた青い香りを孕んだこの血の匂いだけは、憎らしい純血種とほとんど同じだ。

傷は浅く痛みなどあってないようなものだが、俺は手近な枝を蹴って森の中に着地した。

その拍子に、すう……と、背筋に嫌な汗が伝う。

全細胞が危機を察して熱く燃え、筋繊維の一本一本に力が漲る。

指先に鉤爪を出現させ、指の骨を鳴らした。

――……そんなことがあるのか？　『血の粛清』であいつらは根絶やしになったはずなのに……

俺に斬りつけてきたものの正体がうっすらとわかり始めていた。もし本当にそれが相手だとしたら、足場の悪いところでは存分に戦えない。

ここで確実に殺しておかねば、今後間違いなく世界を脅かす存在になりかねない相手だ。……おそらく、平穏に暮らす俺もろとも破滅へと引きずり落とす、厄災となるに違いない。

――そんなやつが生きているとなればトアの身も危ない。……確実に仕留めなくては。

俺は目に力を込めて、闇の一点を睨みつけた。

「……バレバレだ、出てこい。殺気をまったく隠しきれてないぞ」

瞬きをするごとに目の奥が熱くなる。瞳が赤く燃える。

夜闇の中で赤く光る二つの目が、不気味に浮かび上がって見えることだろう。もし、相手が普通の人間だとしたら、この双眸を目の当たりにするだけで一目散にここから逃げるに違いない。

……だが、今俺が対峙している相手が逃げるわけがない。身を低くして戦闘態勢をとり、鉤爪に力を込める。

刹那、暗闇から赤い光がまっすぐに向かってきた。

即座に避けて距離を取る。人間ではありえない素早い身のこなしだった。

――やはり、純血種の吸血鬼か……！

赤黒い閃光が、地を蹴って俺に飛びかかってくる。瞬きよりも速く、確実に俺を捉えて。

けれどそのたび俺は身をかわし、相手の出方を窺った。

「ううううう……!!！」

すると、焦れたような唸り声が森の中に妖しく響いた。

その声の響きに、俺は違和感を抱いた。

――声が細い。……女か？

禍々しく光るふたつの赤い瞳は、どろりと黒く濡れたような色をしている。

相手は間違いなく飢餓状態だ。まずは獣や人間を襲いに行きたくなるものだろうが、一直線に俺を狙う理由がわからない。

――だが、好都合だ。ここで倒してしまえば、人間への被害は出ない。

空を切る音とともに振り下ろされた鉤爪を腕ごと素早く掴み、そのまま懐に入って投げ飛ばそうとして――……その身体のあまりの軽さに、俺は目を瞬いた。

やはり女か。それとも、よほど飢えて痩せ細った純血種か。

だん!! と相手の身体を地面に叩きつけるが、その手応えはひどく軽い。逃げられないよう手首を掴んだまま地面に引き倒したけれど、その腕もなんだか短いような気が……

「……こ、子ども？」

見下ろした先で苦悶の表情を浮かべているのは、小さな子どもだった。

人間の年齢にして六、七歳ほどの身体の大きさ。身につけたシャツはボロボロだ。おそらく昔は白かったのだろうが、今はあちこち破れている上に黄ばんでいるし、ズボンの裾もほつれている。しかも裸足だ。

「……どうして」

相手が幼い子どもの姿をしている、ただそれだけで戦闘意欲が格段に下がってしまった。

ここのところトアから子どもの話を聞くことが多い上、メルンの相手をすることもある。つい敵愾心が失われてしまいそうになる。

だが、それは紛れもなく俺の隙だ。

カッと見開かれた瞳は気を削がれた俺とは違い、今も赤く燃えている。

「うがぁぁぁぁああ!!」

「っ……!」

子どもをねじ伏せていた腕を逆に掴まれ、手に鋭い痛みが走った。

――クソっ……咬まれた……!!

純血種の唾液は、人間にとっては猛毒だ。

だが、混血の俺にどんな作用をもたらすのかはわかっていない。

反射的に手を引くも、子どもは有無を言わさぬ力で俺の手にしがみついて離れない。

痛むのは人差し指の先端だ。血が溢れている感覚もある。

――人間が見つからなかったから、俺を襲って吸血を……!?

純血種が純血種の血を吸うなどありえない。俺が混血だからこんなことが起こるのだろうか。人間の匂いが混じっているから、勘違いをしているのか……？

「……ん？」

指を食いちぎられる覚悟で手を引き抜こうと思っていた矢先、かくん……と相手の身体から力が抜けた。まるで魂が抜けてしまったかのように、唐突に。

血は流れているが、大した量を吸われたような感覚もない。

ぐっと腕を引けば、あっさりと捕らわれていた手は自由になった。

「……なんだ？　俺の血が、こいつには毒だったのか？」

死んだのだろうかと訝しみ、俺はうつ伏せに倒れている子どもの肩を掴んで仰向けにしてみた。

すると……

「すぅ……すー…………」

「寝てる……？　なんで？」

わけのわからないことだらけだ。咬まれた指先の血はとっくに止まっていた。

地面ですうすう寝息を立てている子どもを見下ろして腕組みをしつつ、俺はゆっくりと首を捻った。

† † †

屋敷に連れ帰るなんてどうかしている。

危険だと頭ではわかっているくせに、どうしても放っておけなかった自分の甘さが腹立たしい。見た目が子どもというだけで、何年生きているかもわからない生き物だ。トアが戻るまでにはなんとかしておかねばならないと思うのだが……

「『血の粛清』から百年だぞ。なんでこいつは子どもの姿をしているんだ……？」

殺せなかった純血種の子どもを森に捨てておくわけにはいかなかったことに加え、この謎を究明したい気持ちがむくむくと湧いてきてしまった。

かつてジルコーが使っていた診療室の硬いベッドの上に件の子どもを寝かせ、念のため、ベッドに備え付けてある拘束具で手足を縛った。

このベッドは純血種の毒に侵されて自我を失い、大暴れする患者を押さえつけていたこともある代物だ。この体格の子どもが多少暴れたくらいでは壊れはしないだろう。……ただ、普通の子どもの力ならば、だが。

「……それにしてもひどいなりだな」

シャツの袖をまくり、たっぷり沸かした湯を注いだたらいに浸した布を絞る。

垢染みた頬を軽く擦ってみると驚くほど白い肌が現れた。伸び放題の髪の毛もたっぷり濡らした布で拭いてやり、小枝や木の葉がしつこく絡まっていた部分は切り取って整えた。

——金髪にしては色が薄いな。俺と同じ銀髪というには少し黄色みがかっているようだが……

純血種はこっくりとした見事な金色の髪をしているものだ。だが、この子どもの髪色は淡い金色を宿す程度。試しにまぶたを指で開いて瞳の色を確認する。純血種ならば血を凍らせたような鈍い赤をしているはずだ。

「……淡いな。俺の瞳の色よりもさらに淡い」

たとえるならばこの子どもの瞳の色は桃色だ。牙も小さく、鉤爪も今は引っ込んでいるところを見ると、どうやらこの子どもも俺と同じ混血であるらしい。

「どうして混血のガキがこんなところに？　どこかに純血種の生き残りがいて女を襲って孕ませているのか？」

戯れに女を襲う純血種はたくさんいたと聞いている。

無事に産声を上げた混血の吸血鬼がどれくらいいたのか、あいにくはっきりとはわかっていない。ほとんどの女が精神を病み、腹に子どもを抱いたまま死んでしまうからだ。

「直接話が聞きたいな……おい、起きろ。ほら」

気になることがありすぎて我慢が利かない。俺はぺちぺちと小さな頬を軽く叩いた。

すると、淡い色をした子どものまつ毛がピクッと震える。小さなまぶたが軽く震え、ゆっくりと目が開かれた。

「うぁ、うぁぁ……!!　誰だ貴様っ……!!　この僕をどうする気だ!?」

見た目の割に流暢な喋りっぷりがますます奇妙で、俺は腕組みをして首を傾げた。

勢いよく起き上がろうとしたようだが、手足を拘束されているせいで身動きが取れないと気づいたらしい。四肢をじたばた大暴れさせて「はなせ!!　はなせぇ、このっ!!　僕の腹を裂いて内臓を食い散らす気か!?」と血相を変えて大騒ぎするたび、拘束具の金具とベッドの柵ががちゃがちゃつかる音が部屋に響く。

この状態では話もできない。

ジルコーが使っていた事務机の上に置いていたカップを取り、子どもの鼻先に近づけてみた。

カップの中には、昼間アンルが作っていたスープがなみなみと注がれている。

野菜と肉を炒めたものをミルクで煮込んだこのスープは、トアもメルンも大好物らしい。人と同じ食事をとらない俺でもいい香りだと感じるくらいだ。もしこの少年が空腹で、なおかつ人間の食事を欲するのなら……

「……いいにおい」

予想通り子どもはすんすんと鼻をひくつかせ、俺が手にしているものを見上げておとなしくなった。たらたらと口の端からよだれが溢れているところを見ると、この子はこの手の食事で栄養がとれるのかもしれない。

「食べるか？」

「た、た、たべる！」

「よし。じゃあ今から拘束を解く。暴れたり、逃げようとするなよ」

「……」

「俺はお前と話がしたい。もし、おとなしく事情を話してくれるなら俺はお前を攻撃しないし、食べ物だっていくらでも食べていい」

「……ほんとうか？」

「ああ、本当だ」

ゆっくり穏やかなペースで語りかけるうち、子どもはすっかりおとなしくなった。

ひとつ微笑んでから拘束具を外してやると子どもはすぐさま起き上がり、スープの入ったカップに細い両手を伸ばしてくる。

「ゆっくり飲むんだぞ」

「ん、んぐ、んぐっ……げほっ、けほっ」

「焦らなくていい。大丈夫だ」

「んんっ」

ベッドに腰掛け、子どもの背中を撫でながらスープを飲ませる。

さっきはあれだけ攻撃的だったのに、今は俺が隣に座っていても静かなものだ。

——俺の血を舐めたように見えたけど……気のせいだったのか？

やがてスープを飲み終えた子どもは、ぷはぁ……と息を吐いてふたたびくらりと後ろに倒れかけている。頭を支えてそのままベッドに横たえ、胸の上まで毛布をかけてやった。

「お前、名前は？」

「リ……リル、ベル……」

「リルベル。今までどこでどうしてた？　覚えていることはあるか？」

「……いつものように、ご主人様に血をもらったあと、金色の兜をかぶった騎士たちが波のように押し寄せてきたのを、見た」

「ん？　……ちょ、ちょっと待て。ご主人様って？」

「僕は……出来損ないの混血だ。混じり気のない吸血鬼様の血を飲んで少しでも純血種に近づこうと、血を恵んでもらっていたんだ」

……俺とは正反対の考えを持つリルベルの言葉にしばらく絶句してしまった。

無言で目を見張る俺の顔を桃色の瞳がじっと見上げる。

「あんたもそうしてたんじゃないの？　混血だろう？」

「ああ、混血だ。……だけど純血種の血を飲んだところで、あいつらのような力は得られないはずだ」

「そ……そんなわけないだろう！　だって、ご主人様は、いつも僕にそう言い聞かせて……」

「やつらの血を飲んだあと、身体はどうなった？　力が湧いたように感じたのか？」

「……それは……」

言葉を濁し、過去を振り返るように視線を泳がせたリルベルの白い肌がより一層蒼白になる。

膝に置かれた手がぶるぶると震え始めるさまを目にし、思わずその小さな手を握り込んでいた。

「あいつらの血は毒だ。人間にとっても、俺たちにとっても」

「ち……違う!!　そんなはずはない!!　だって……そりゃ、飲んですぐは、喉や胸が焼けつくように痛くて、胃が暴れてるみたいに苦しかったけど……ご主人様は、いつも優しく笑いながらそんな僕を見守っていてくださって……。そのあとはちゃんと僕を介抱してくれたし……！」

リルベルの言葉を聞いて、俺は悟った。

その純血種は戯れにリルベルを飼っていただけだと。

自らの体液を飲ませ、もがき苦しむ非力な子どもを眺めて楽しんでいたにすぎない。

長命な純血種は人生に飽き、ひどく悪趣味な遊びに享楽を見出すようになる。弱者を嬲り、無様に苦しむ姿を眺めながら酒に酔い、血を啜る――……思い出したくもないが、俺の父もその戯れの延長で殺されたようなものだった。

あのままベルロードに飼われていたら、俺もきっと同じ末路を辿ったことだろう。

「……『血の粛清』を知っているか？」

「な、なんだそれは？」

「純血種の吸血鬼たちは王都の聖騎士団によって滅ぼされた。今はもう、いない」

「え……？」

「覚えてないのか？」

リルベルは白くなった唇を震わせながら俯き、震える拳を唇に当ててゆっくりと首を振った。

「あの日……いつもよりたくさんの血を……ご主人様のだけじゃなくて、そこにいた何人もの血を飲んだんだ。……あまりに苦しくて、僕は倒れた。そのあとのことは……なにも」

「どこで目が覚めたんだ？」

「地下にある僕の部屋で。……いつもそこで、血を恵んでもらっていた」

「……なるほど」

複数の純血種の血を飲んだあと、おそらくリルベルは仮死状態に陥っていたのだろう。何人分の血をどれだけ飲まされたのかはわからないが、毒と毒のブレンドをこんな小さな身体に入れてしまえば、間違いなく無事では済まない。

だが、そこでリルベルの命は尽きなかった。

地下室で倒れているリルベルは聖騎士団に見つかることなく、百年あまりの長い時間眠り続け、その間にゆっくりと肉体は回復へと向かったのだろう。

そしておそらくは俺の匂いや気配を本能的に察知し、目覚めた。

「シルヴェラで俺を見て、どう感じた？」

「……覚えていない。なんかこう……ちゃんと目が覚めたのは今さっきだし」

「森で俺を襲ったことも覚えてないのか？　俺をつけてきたんだろう？」

「襲った？　あんたを？」

心底訝（いぶか）しそうな表情を見るに、嘘をついているとは思えない。半分覚醒した状態で本能のまま俺の匂いを辿ってここまでやってきた……ということかもしれない。

──純血種の血を飲まされていたせいで、やつらに近い俺の血の匂いに反応したんだろうな。

「森で俺の血を飲んだように見えたが、それも覚えてない？」

「ああ……それは」

すん、すん……と鼻をひくつかせ、リルベルは俺の手元に目を落とした。ついさっき怪我を負った場所はすでに血は止まっているものの、傷口はまだ赤く生々しい。

「さっきのスープは美味しかったし、もっともっと欲しいって思う。……けど、喉がひりつくような渇きがあって落ち着かない」

「俺の血が欲しいと思うのか？」

「わ、わかんないけど。……物心ついた時から何年も飲まされてたあの人たちの血は不味かったけど、あんたのはすっきり甘くて爽やかな口当たりで……なんか、これなら飲んでもいいなって」

「いや、無理に飲まなくていいんだが」

物心がつくかつかないかの頃から捕らわれて玩具にされていたのかと思うと、リルベルが不憫でならない。無理やり血の味を覚え込まされてしまったのだろう。

とはいえ救いはある。人間の食事も受け付けることだ。

俺は人の……トアの生気を分け与えてもらわねば生きられないが、リルベルはひょっとすると俺よりも吸血鬼としての血が薄く、人に近い性質を持っているのかもしれない。

「混血の混血……クォーターという可能性もあるな。……髪の色といい目の色といい、俺とは違うし、一括りに混血といってもさまざまなタイプがいるということか……」

「なぁ、おい」

ブツブツひとりごとを呟きながら思案に耽っていると、シャツの袖を引っ張られた。

リルベルが起き上がっている。

「もうちょっとでいいから……あんたの血、分けてくれないか」

「えっ？　血よりスープにしろよ。まだたくさんあるし」

「それはそれ、これはこれ!!　舌に残ってるあんたの味……すごくよかった。なんだかこう、食べ物で胃は満たせるけど、あんたの血を飲むと細胞のすみずみまで力が行きわたる感覚があって……」

小さい身体でずいぶん流暢に喋るものだなと感心しつつ、俺は天井を見上げて唸った。

「うーーーん……でもな、お前は人と同じ食事だけで生きていける可能性が高いんだ。俺なんかの血を飲む必要なんてないかもしれないんだぞ？」

「そうかもしれないけど！　今は目が覚めたばかりで力が足りない感じなんだ。ちょっとでいいから……」

「うーん」

——ワインや食べ物じゃ癒せない飢えや渇きの感覚はものすごくよくわかる。力が漲らなくて身体が重だるいような感覚もわかる。指先が冷たく痺れる感じになって、頭から知性が抜けていくようになるんだよな……わかる、すごくわかる、けど……

せっかく純血種から解放されたのに、わざわざ俺の血を飲ませてしまっていいのだろうか。

トアのおかげで最近は飢え知らずだが、身体中が渇き、命を削られるような切羽詰まった感覚も知っているがゆえに、リルベルを放っておくことも難しく……

「……ちょっとだけだぞ」

「うん！　うん、ちょっとでいい！　ぜんぜん、ちょっとでいい！」

キラキラと目を輝かせ、すごい勢いで頷くリルベルの前にそっと手を差し出す。

俺の手をはっしと掴み、さっき自ら食いついた俺の人差し指の傷をじっと見つめながら、リルベルはじゅるりとよだれを啜り……

かぷ、と俺の指先に吸い付いた。

「ん、ん、んん……」

「……」

指先の傷から滲む血を吸われているようだが、くすぐったくて居心地が悪かった。

切り傷ではなくすでに擦り傷程度までには治癒しているから、大した量の血液は出ていないはず。

にもかかわらず、リルベルは恍惚の表情でちゅうちゅうと俺の指を吸っている。

――……この程度でいいのか？　それなら別に吸わなくてもいいんじゃないのか……？

指を吸われながら考え事をしているうち、リルベルはぱたんとベッドに倒れ込んで眠ってしまった。

すう、すう……と子どものような顔（年齢は百を超えているが）で健やかに眠っているリルベルを見下ろして、俺はちょっとふやけた指先を見つめる。

「ただ指が吸いたいだけなんじゃ……？　いや、そんなわけないか」

俺のため息とともに、小さな灯りが微かに揺れた。

二日後の昼すぎのこと。

バタン！　ガタン！　と屋敷の玄関扉が開け閉めされるとともに、トアが「アンルから聞いたけど、ちっちゃい吸血鬼の子がいるんだって!?」と息せききって俺の部屋に飛び込んできた。

先日やってきた調査団たちから渡された論文を読み漁っていて、夜が明けたと気づかなかった。

丁寧な文字で書きつけられた論文の中身は『シルヴェラの荊棘(いばら)から抽出した成分が人体に及ぼした影響』についてまとめられたものだ。

ジルコーから細々と引き継がれていた研究内容は王都の研究者たちにも認められ、これまでよりも大きな規模で純血種の毒の被害に遭っている人間たちの救済が行われることになった。

今後の方針について話し合いたいからと、俺にも一度王宮へ上がってほしいという言伝も届いた。

それらの書状が雑多に置かれた机に論文をどさりと置き、するりと膝に上がってくるトアの腰を抱き寄せた。

「……ということがあって、混血のガキをここで休ませてる」

「へぇ……すごい！　生き残ってた子がいたんだ」

孤児院の仕事から戻ったトアにリルベルについて聞かせると、淡いブルーの瞳が目に見えて輝いた。妙に嬉しそうな顔だ。

「ねぇ、紹介してよ！　どこにいる？」

「西側の部屋にいる。けど、あいつ昼間はまったく起きないんだ」

「へぇ、ヴァルはあんまり寝ないのにね。あ、ちびっこだからかな」

「ちびっこねぇ。仮死状態で眠っていた時間を差し引いても、トアよりかなり年上だと思うぞ」

「そ、そうなの!?」

大まかな計算だが、俺たちの一年は、およそ人間時間の六年に相当する。

リルベルは見たところ六、七歳だ。つまり人間の年齢に換算すると三十六歳前後になる。

「寝顔だけでも見てみたいな。あとでちゃんと挨拶するから」

「まぁ……先に紹介だけしておくか」

すとんと床に下り、ぐいぐい俺の腕を引っ張るトアに身を任せつつ部屋を出る。

二階の廊下の窓にもカーテンがかかっているけれど、開け放たれた一階の玄関から差し込む太陽の光で、廊下はぼんやりと淡く明るい。

直射日光が差し込んでいるわけではないが、俺は一瞬立ち止まって目を細めた。

「あっ……、大丈夫？　ごめん、無理やり引っ張り出しちゃって」

「いや、平気だ。隣の隣、そのドアがリルベルの部屋だよ」

俺の指差す方向に目をやったトアの喉がこくりと小さく鳴った。

そこから感じるのは微かな緊張だった。

俺の同類とはいえ、リルベルの性質はまだはっきりしない部分が多い。得体の知れなさに不安を抱く気持ちはわかるし、俺もまだ警戒を解いていない部分もある。

「……お邪魔します……」

小声で呟きながらそっとドアを開け、トアがリルベルの部屋に滑り込む。

リネン類を雑多に置いていただけの埃っぽい部屋だったここを、ひとまず子どもが寝起きできる程度までには片付けた。

とはいえベッドが一台置かれただけの殺風景な部屋だし、そう広いわけでもない。

だがリルベルは文句を言うどころか「ふかふかのベッドだ……」と呟きながらひとり用のベッドをしみじみと撫でていた。

純血種に地下で飼われていた間、いったいどんな暮らしを強いられてきたのだろう。ベッドに潜り込む小さな背中を見ているとますます胸が痛くなった。

静かに寝息を立てるリルベルの顔を覗き込んでいたトアが、廊下にいた俺のそばに戻ってきた。

そしてまた静かに扉を閉め、目を丸くしながら俺を見上げる。

「すっっっごい可愛いかった。お人形みたいな子だね。ヴァルがお風呂に入れてあげたの？」

「まぁ、一応」

「へぇ～やるじゃん。ちゃんとお世話してたんだ」

「やめろ、くすぐったい」

うりうりと肘で脇腹を突かれて、俺は顔を顰めた。

「こいつはまだアンルにも見せてないんだ。危険かどうかがまだわからないから、メルンを近づけるなと言ってある。昨日は皆で森にいたみたいだな」

そろそろ夏が近く、夜でも外はあたたかい。

一応アンルには事情を伝えたが、「おっけ、じゃあおれたちしばらく森にいるよ。……てか大丈夫じゃない？　妙な気配はしないけどなー」とあっけらかんとした口調だった。

「妙な気配か。確かに、悪い子には見えなかったけど……」

トアも悪い印象は抱かなかったようだ。

それには少なからず安堵するものの、人間であるトアを前にした時、リルベルがどういう行動を取るかが心配だ。

血の通った人間を前にして獰猛な一面が顔を出す可能性もある。

リルベルをここに置くかどうか、悩ましいところだ。

俺のそういう意見を聞き、トアは深く頷いた。

「……わかった。あの子が起きたら会ってみるよ」

「ああ、そうしてくれ」

「でももし、彼が僕を襲いそうになったら……ヴァルはあの子をどうするつもり？」

「……そうだなぁ」

二階の階段ホールの手すりに手をついて螺旋(らせん)階段を見下ろし、しんとした一階を眺める。

もしトアを……人間を襲うようなことがあれば、オリオドの尽力もあって確立されつつある〝混血吸血鬼であれば安全〟という説が揺らいでしまう。

ふたたび吸血鬼への恐怖を思い出す人々もいるだろう。最悪、迫害を受ける可能性もなくはない。

かといって、リルベルをひとりで投げ出すようなことは絶対にしたくない。

――どうにかして、リルベルが生きる道を見つけてやらなければ……

「ヴァル」

「……ん？」

「眉間の皺、すごい」

「あ……ああ」

とんとん、と眉間の皺を指先で均される。

くすぐったさに表情を緩めるも、トアはどこか翳りのある目で俺を見上げ、こう問いかけてきた。

「ひょっとしてなんだけど……ヴァルがシルヴェラを逃げ出した時、あのくらいの年齢だった？」

その問いに、ずぐんと胸を掴まれるような痛みが走る。

むせかえるような血の匂い、禍々しくぎらつくベルロードの瞳の色、目の前で死んでいこうとする人間の体温、肺を凍りつかせるような厳しい吹雪、裸足を刺す霜の感覚――……この間夢に見た過去の恐怖が全身に押し迫ってくる。

知らず知らずのうちに握りしめていた木製の手すりがミシッ……！　と軋み、今にも折れそうになっている。

トアの手が俺のそれに重なり、ようやく全身がひどく強張っていたと俺は気づいた。

「ヴァル、ごめん……！　変なこと聞いて……！」

「……いや。……はぁ……いいんだ。その通りだよ」

壊れかけた手すりから離れ、トアを引き寄せて抱きしめる。

すぐさま背中に回って俺を強く抱き返す腕のぬくもりに安堵しながら、トアの髪に頬を寄せた。

「この間、俺に怖い夢を見たのかと聞いただろ？」

「ああ……うん」

「ちょうど、叔父の屋敷から逃げ出した夜を夢に見ていたんだ」

「そう、あんな小さな頃のことだったんだ……」

「本当につくづく運が良かったと思うよ。よく生き延びられたもんだ」

しがみつくトアの顔を覗き込むと、涙の滲んだ瞳が間近で揺れた。

こうしていると、あそこで死ななくて良かった、助けてもらえて良かったと、心の底からジルコーへの謝意が込み上げてくる。

力尽き、肌を刺す冷たい雪の上に倒れ伏した時、聞こえてきたのは獣の低い唸り声だった。身体のそこここから血を流し、体力を失った小さな肉の塊だ。獣たちには格好のご馳走だろう。

取り囲まれ、いよいよ鋭い牙で喉笛を切り裂かれようとしていた瞬間——……視界の端で橙色の光が揺れた。松明(たいまつ)の灯りだった。

最期が近いと悟りつつ、抗う気力もなかった幼い俺を、ジルコーが死の淵から救ってくれたのだ。

「……だからリルベルのこともなんとかしてやらなければと思ってる。トアを見てどう反応するか、それを見てからだけどな」

「そうだね……うん。不安なことばっかり考えてちゃダメだな、大丈夫かもしれないし！」

トアが目に力を込めて大きく頷く。

俺の不安を受け止める力強い瞳に希望をもらえた気がして、俺はようやく少し笑うことができた。

「……ありがとう、トア」

「え？　なにが？」

「別に。ちょっと言いたくなっただけだ」

「えぇ？　なんだそれ」

ひょいと身を屈め、不服げなトアの額にキスをする。それだけで途端におとなしくなるトアの頬を両手で包んで上を向かせ、今度は薄桃色の唇へも。

たった数日離れていただけなのに、久方ぶりに唇を重ね合わせているように懐かしい。

柔らかく、温かい唇を吸い、軽く啄んでは離しながら間近で見つめ合ううち、トアの瞳にまろやかな色香が宿り始めた。

「ひょっとしてお腹空いてる？」

「んー……そうだなぁ」

「ぁ、はは……っ、くすぐったいよ」

ちゅ、ちゅっ……とリップ音を立てながら頬に触れ、首筋へと唇を滑らせていくと、トアが身を捩ってむずがゆそうに笑った。

柔らかく脈打つ首筋から香るトアの匂いに胸が高鳴る。抱きしめながらシャツの裾をたくし上げ、ほっそりとした腰回りに手を忍び込ませた。

「ちょ……ヴァル、こんなとこで」

「アンルたちはいないよ」

「けどっ……、ぁっ……ぁ」

トアが高まるにつれ、ぶわりと甘く芳しい生気が華やかに香る。

俺はたまらずトアの顎を掬い、小さな唇を塞いでトアの命を味わった。

呼吸するたびに全身に清涼な力が行きわたる。思い悩むあまり重くなっていた脳の奥にまで届き広がる生命（いのち）を感じる。

全身にトアのぬくもりが馴染んでゆくにつれ、切ないほどの愛おしさが募ってゆく。

トアの身体がなかば浮くほどに強く掻き抱きながら、とろりと柔らかな舌を喰らい尽くすように口付けていると、軽く胸を叩かれた。

「……ヴァル……っ、ダメだよ、こんなとこで〝食事〟なんて……」

「ああ、すまない。行儀が悪かったな」

「行儀っていうか……うわっ」

トアの言うことはもっともだ。

ひょいとトアを横抱きにして、そのまま部屋へ直行することにした。

† † †

結果から言うと、リルベルはトアを襲わなかった。

それどころか……

「に、にんげん……!?」

目の前に現れたトアを見るなり、飛び上がって俺の後ろに隠れてしまった。

俺のズボンを掴んでガタガタ震えながら、それでも興味はあるのか時折顔を出してこっそりトアを見てはまた顔を引っ込めて……を繰り返している。

トアは俺と顔を見合わせて、ホッとしたように眉を下げた。

どうやら、人間を捕食対象とは捉えていないようでひとまずは安堵する。

「人間が怖いのか？」

俺の背後で太ももに顔を押しつけて震えるリルベルに真上から声をかけると、ちら、と桃色の瞳が恨めしげにこっちを見上げた。

「こ、こわ、怖いわけじゃない！　初めて見たからちょっとびっくりしただけだ！」

「初めて見た？　……そうか」

そうだ、物心ついた頃は純血種に飼われていたようなことを言っていた。

ずっと地下に捕らわれていたのなら、人間を見たことがないのは当然だろう。

……だが、そんなに怯えなくてもと思う。トアは子どもの扱いに慣れているし、見るからに優しげな青年ではないか。

するとトアは俺たちから数歩離れたところでしゃがみ込み、リルベルと視線を合わせた。

「リルベル、僕はトア。よろしくね」

「……」

「初めて見る人間だもんね、びっくりしてもしょうがないよ。だけど、僕はリルベルとも仲良くしていきたいと思ってるんだ」

「……」

「よかったら、少し顔を見せてくれないかな？」

にこ、とトアが聖母のような笑顔を見せると、俺のももを擦っていたリルベルの額が微かに動いた。

半分だけ顔を覗かせて、じぃ……っとトアを睨むように見つめている。

するとトアがにわかに目を見開き「おお……！」と感嘆の声を上げた。

「リルベルの瞳、すっごく綺麗な色だね！　すごい……ピンクだ……さすが異世界……！」

「いせかい……？　なんのことだ？」

「あ、いやいや！　ちょっとびっくりしちゃってさ！　すごいなぁ、こんな綺麗な色の瞳がこの世界にあるなんて……」

「そ、そうか？　そんなに美しいか……？」

ちょっと興奮気味のトアに引いてやしないかと思ったけれど、リルベルは満更でもなさそうにもじもじしている。

「うん、美しいよ、すっごく！　ねぇ、もっとよく見てみてもいいかな？」

「まぁ……か、構わないが」

そう言って、リルベルはもじもじしながら俺の後ろから出てきたではないか。サイズの合わないシャツの裾をいじりながらトアをチラチラと気にしている。

「髪の色も綺麗だね。プラチナブロンドだ」

「ぷらちな……？」

「そうそう、淡い金色って感じだよ。ちょっと僕の髪色と似てるね、僕はこんなにキラキラしてないけど」

トアが遠慮がちに手を伸ばし、リルベルの髪にさらりと触れた。

伸び放題で見苦しかったため、風呂に入れながら短く切ったばかりだ。耳が見えるように切り揃えた髪は柔らかくまとまって、多少の失敗は目立たないので助かった。

「リルベルはアンルの作ったスープを食べたんだよね。美味しかった？」

「うん、美味かったぞ。ああいうものは初めて食べたが、お腹の中がホッとする感じがして、良いものだった」

「ああ～わかる。僕もここへ来た時はすっごくお腹が減って身体もガリガリだったから、すごく癒されたんだよね～」

「へぇ……」

トアのその言葉を聞き、リルベルは共感を覚えたらしい。

しゃがみ込んでにこにこしながら優しく語りかけるトアとの距離が少しずつ近づき始めている。

「アンルというのも、にんげん？」

「ううん、アンルは狼獣人っていって……そうだな、人間に可愛い耳と尻尾が生えてるって感じ」

「じゅうじん……」

「僕よりも前からここに住んでるんだ。とっても頼もしくていいやつだよ」

「ふうん……」

メルンの説明やジュリアたちの説明をも噛み砕いて伝えるトアの姿を見守るうち、これは大丈夫そうだなとホッとした。

リルベルの緊張感も徐々にほぐれつつあるようだ。

トアとちらちら視線を合わせながら今度はシャツのボタンをいじりつつ、素直に受け答えをしている。こうしているとただの子どものようにしか見えない。

そしていつしか、トアとリルベルは暖炉の前に置いた座椅子に並んで座り、ゆったりとした雰囲気で話し込み始めた。

「ヴァルの血を欲しがるって聞いたけど、どのくらい欲しくなるの？」

「んー……ちょっとでいいんだ。普通の食事が美味いのはわかったんだが、ヴァルの血を飲まないと、力が行きわたらないような感じがして……」

「そっか。……えっと、どうやって吸うんだろう」

「あ、そういえば。今日はまだもらってないぞ、ヴァル」

ふたりの邪魔にならないよう、少し離れた場所に置いた椅子に座っていた俺を、リルベルがくるりと振り返った。トアがやや心配そうな顔をしている。

昨日は眠りっぱなしだったリルベルだ。丸一日血をやっていないが、あまり飢えているようには見えない。

「本当に欲しいのか？　飢餓状態には見えないが」

「いるにきまってる！　まだ、内臓がすっかり回復していない感じがするんだ！」

「ふうん、元気そうに見えるのにな」

「そんなことない！　必死で生きてる！」

ととと、と俺のそばに駆け寄ってきたリルベルは頑とした表情だ。

すっかり傷の塞がった指先を見て、俺は肩を竦めた。

「まぁ、そういうことなら好きにしろ」

俺が手を差し出すと、リルベルがわかりやすく目を輝かせる。

ひょいと身軽に膝の上に乗り上がってくるや俺の手を掴み、人差し指を口に含んだ。

指先に牙が刺さる感覚はあるが、痛みというにはあまりに淡い。

皮膚が浅く切れただけで血液は滲む程度だろうが、リルベルは俺の指にしばらくの間吸い付いていた。

……が、今日はすぐそばでトアがじっと見ている。

リルベルはその視線が気になったようで、少し強めに吸ったあと、すぐに俺から離れていった。

「え？　もういいのか？」

「も、もういい！　僕は屋敷の中を見て回ってくる！」

「お、探検か」

「たんけんだぁ!?　見物だよ！　子ども扱いしないでもらおうか！」

少し頬を赤らめながらリルベルは重たそうに談話室の扉を開け、外へと飛び出していってしまった。すでに日が落ちているからどこへ行こうが危険はない。

指先を拭いながらリルベルの足音に耳を澄ませていると、トアが笑う声が聞こえた。

「可愛いじゃん、リルベル。ぜんぜん危険な感じはしないけどなぁ」

「……まぁ、そうだな。トアを見て怖がるとは思わなかったが、さすがだな。もう懐いたみたいだ」

「へへ……僕もホッとした」

立ち上がってトアの隣に腰を下ろすと、背後でぱちっと薪が爆ぜる音がした。

「リルベル、本当に血を吸ってるのかな」

「まぁ、多少は飲んでるけど……本当に微量だ。養分になっているようには思えないけどな」

「それって、なんていうか……嗜好品みたいな感じかな？」

「嗜好品？」

「たとえば酒とか煙草とか、甘いものとか。ヴァルたちがどうかはわかんないけど、人間って身体に絶対必要ってわけじゃないけど、やめられないものがあるんだよね」

「あぁ……、なるほど。それに近いかもしれないな」

トアの案が腑に落ちて、なんだかひとつ謎が解けたように清々しい気分になった。

出くわした時は、単に純血種の血の匂いに似た俺に引き寄せられて吸血したのだろう。だがそれ以降は本能に身を任せて吸血行為を行っているようには見えなかったし、人間の食べ物をリルベルは明らかに好んでいる。

「俺の血は嗜好品ね……なるほど。じゃあ、ゆくゆくは量を減らしてやめさせられるかもな」

「そうなるといいよね。あ、あと……これを言ったら怒られるかもしれないけど、いい？」

「ん？　なんだ？」

今度はトアがもじもじしながらちらっと横顔で俺を見上げる。心なしか頬が赤い。

「なんかこう……ヴァルに甘えたいだけなんじゃないかなって思ってさ」

「俺に？」

「さっき、リルベルがヴァルの指を吸っている時……なんとなく〝授乳〟って言葉がふっと浮かんで……」

「…………は？」

俺の人生からもっともかけ離れているであろう単語が、トアの口からまろび出てきた。

しばらくなにを言われているのかわからず絶句していると、トアが早口で付け加える。

「そんな顔しないでってば！　思っただけ！　ほら、乳離れできない子って指を吸ったりするし」

「乳離れ……？　どういうことだ……？　この俺に母性でも感じたと……？」

「ぼ、母性⁉　いや～それもすごく可愛いんだけど、母性っていうか……ほら、ふたりは同族ってことだろ？　ようやく信頼できて庇護してもらえる仲間に出会えたから、甘えたい気持ちが無意識に湧いてるのかな～と」

あせあせと取り繕うように説明を重ねていくトアの横で、俺は片手で頭を抱えた。

明日からどんな顔でリルベルに血を飲ませればいいのかわからなくなってしまった……

「ヴァル？　どしたの、大丈夫？」

「………ちょっと待ってくれ、頭で情報を処理できない……」

「え⁉　いや、ちょっと思っただけだから！　ね？　そんな恥ずかしがらなくてもいいと思う！」

「恥ず………恥ずかしいことなのか？　あれは」

「そんなことないって‼　ごめんごめん、僕が悪かったよ」

俺の前に膝をついて下から顔を覗き込みながら、トアが必死で俺を立ち直らせようとする。

あれこれ言葉を選びながら奮闘しているトアを見ていると、なんだか気が抜けてきた。顔を上げ、冷や汗を浮かべているトアをじっと見つめる。

「な、なに……？　やっぱ怒ってる？」

「怒ってない。……まぁ、あいつがここに慣れるために必要なら、しばらくは仕方ないかな……と整理がついたところだ」

「そ、そっか！　うん、きっと、リルベルにとっては必要なんだよ」

「そうなんだろうな。うん……しばらくは我慢する」

「うん、えらいえらい！」

すると、満面の笑みとともに俺の頭を撫でてくる。

今度こそ軽くジロリと睨むと、トアはハッとしたように目を瞬き、パッと手を離して苦笑した。

「ご……ごめん、つい」

「はぁ……。一世紀近く年下のお前に子ども扱いされる日が来るとは思わなかったよ」

「ごめんって。怒んないでよ」

「怒ってないって。というか、トアは孤児院で怖がられてはいないのか？　俺みたいな人外と暮らしてるって町の人間は皆知ってるだろ。子どもたちが噂で知ることもあるんじゃないか」

「うん、みんな知ってる。けど誰も怖がってないよ」

トアは俺の手を取って指の背にそっとキスを落とした。

そしてふたたび俺を見上げて優しく微笑む。

「子どもたちはみんな、ヴァルのおかげで町の雰囲気が変わったんだって知ってるんだよ」

「……別に俺のおかげじゃない。お前が行動を起こしたから、イグルフは変わったんだ」

「それはそうとして、ヴァルがこれまでの生贄の子どもたちを助けていたって話、子どもたちがすごく聞きたがるんだ。自分たちを見捨てる大人ばかりじゃなく、ちゃんと助けてくれる人がいたんだってわかって、救いになるみたい」

「ふうん……そんなもんか？」

「そうだよ！　僕もすごくびっくりしたし。王都から来た役人の人たちも……あ、女の人が多いんだけどね、みんなヴァルに会ってみたいって言ってる。調査団の人たちから噂が回ってるらしくて、ヴァルがものすごい美形だって王都でも評判らしいよ」

「ふーん」

まさか俺に会いたいと思う人間がこの世にいるとは思わなかった。

驚きもするけれど……オリオドから聞いた『トアがナニーたちから熱い視線を送られている』という言葉が引っかかる。

俺に会いたいというのはただの話のネタに過ぎず、女たちの本当の目的はトアなのでは……と勘繰ってしまう。

言わずもがな、二十歳を迎えたトアは魅力的だ。

同世代の男たちと比べると今でも少し小柄で細身だが、女たちの目には、紛れもなく〝魅力的な青年〟と映るだろう。

顔かたちは端整で人懐っこい笑顔は可愛らしく、その上働き者ときている。

俺のような人外を相手にするより、人間の女と連れ添ったほうがトアにとってもよほど幸せなのではないかと思うこともあるのだが……

俺の手に頬を寄せ、笑みを唇に浮かべるトアの表情はとても満ち足りた様子だ。

空色の瞳にはいつだって俺を慕う気持ちが溢れているし、俺の行為に応えるトアの身体はどこまでも素直で、積極的だ。

求められている、欲してもらえているのだと、感じることができる。

時折ちらりと心に浮かぶ人外としての卑屈さを、トアは綺麗に洗い流してくれるのだ。

艶やかな亜麻色の髪を梳いていると、少し眠たげな口調でトアは言った。

「……中には僕のことを心配して、ヴァルと離れたほうがいいんじゃないかって言う人もいるんだけど、そういう人たちに僕はこう説明してる」

「ん？」

「僕らは命を分け合って生きてる。ヴァルは僕の大切な人で、僕にとっても必要な存在なんだ……って。ヴァルがいてくれるから、僕は毎日心に力をもらえてるんだって」

「トア……」

「そう言えば、たいていみんな黙っちゃうね。……堂々と〝愛し合ってます〟って言ってるようなもんだから、ちょっと恥ずかしいけど」

「……ふふ、確かにな」

心地よく絡まる髪の毛に指を通しながら低く笑うと、トアは俺の膝に顎を乗せたまま、ちょっと照れくさそうに微笑んだ。

――〝愛し合っている〟……か。

トアの言葉が余韻を持って俺の心に響く。

想いが通じ合っている実感はあるけれど、いざ言葉にして言われると、こんなにも甘美な響きを持って聞こえるのかと感激してしまった。

「うわっ……びっくりした」

トアの腕を引っぱり上げ、膝の上に招く。

いきなり体勢が変わり目を丸くしているトアの腰を支えて、唇に軽いキスを贈った。

「好きだよ、トア。お前を愛してる」

「えっ!? な、なんだよ急に……」

「……別に。ただちょっと言いたくなっただけだ」

言ったそばから照れくさくなって目を逸らすと、するりと首にトアの腕が絡まった。

頬の熱さを感じつつちらりとトアを見やると、トアの満面の笑顔が弾けた。

「ほんっと、ツンデレなんだからなぁ～ヴァルは」

「つん……？」

またトアが耳慣れない言葉を使っている。

眉を寄せて首を傾げていると、トアはあははっ、と楽しげに笑い、しっかりと俺に抱きついた。

「僕もヴァルを愛してる。……ずっと、この気持ちは変わらないよ」

「……うん」

もっと気の利いた台詞を返したいと思うのに、胸がいっぱいになりすぎて言葉にならない。

トアの何倍も長い時間を生きているのに、ひとたび愛の言葉を囁かれてしまうとこのざまだ。

だけどそのぶん、言葉にできない想いを込めて俺はトアを抱きしめる。

すると、ドアがくすぐったそうな声で、幸せそうに笑うのだ。

そのたび、通じ合っていると実感できる。

その温かな感覚こそが、人々が〝幸せ〟と名づける感情なのだろう――……それをようやく、身をもって俺は知ることができた。

トアの背を抱いて温かい首筋に顔を埋(うず)めていると、ふと、ドアの隙間から視線を感じた。

目線だけを上げて扉のほうを見やる。

……細く開いた扉の向こう側に、青褐色の瞳と桃色の瞳がそれぞれふたつ並んでいた。そして、こそこそ囁くような小さな声も。

「……ヴァルのやつ、まーたトアに甘えちゃって」

「甘えている⁉　吸血してるんじゃないのか⁉」

「ヴァルはそういうことしないんだよー。あれはね、ただトアとイチャイチャしてるだけ」

「いちゃ……いちゃ……？　なんだそれは」

「……おい、それで隠れてるつもりなのか」

ため息交じりの低い声でそう言うと、ドアの向こうのふたりが息を呑む気配が伝わってくる。

俺にもたれかかっていたトアもバツが悪そうに顔を上げ、さっと膝の上から下りていく。……名残惜しいが、仕方がない。

俺はすたすたと扉に歩み寄り、扉を開け放つ。

リルベルとその傍らにしゃがみ込んだアンルが、揃って俺を見上げた。

「アンル……用があるならノックして入ってくればいいだろ」

「べ、別に覗いてたわけじゃないよ？　リルベルの事情をもっと詳しく聞こうと思って戻ってきたら、ヴァルたちがイチャついてたんだ」

「ちょっとハグしてただけだ」

「はいはい、そうだね。そういうことにしとく。あ、リルベルから話は聞いたよ。明日からいっぱいご飯作らないとだね！」

「どの話をどの程度聞いたのかは知らないが、よろしく頼む」

「夜のうちに、おれの家族にもリルベルのこと紹介しとくねー！　じゃ、ごゆっくり！」

リルベルは談話室を飛び出したあとでアンルと出くわし、どうやらすぐに仲良くなったらしい。

リルベルはアンルのズボンを片手で掴み、じぃ……と物言いたげな目でこっちを見上げていたが、アンルに促されて屋敷の外へと連れ出されていった。

すると、隣にやってきたトアが申し訳なさそうに苦笑する。

「リルベルは小さいから、ところ構わずベタベタするのはやめたほうが良さそうだね」

「……俺、ところ構わずお前にベタベタしてるかな」

「んー……まぁ、いつもじゃないけど」

「そうか……気をつけるよ」

意図せず悲しげな声になってしまった。

するとトアは笑い声を弾ませながら、「冗談だよ！」と言って俺を横から抱きしめた。

† † †

リルベルがここに来て、またひと月ほどの時が流れた。

庭のほうから、きゃっきゃっとメルンがはしゃぐ声が聞こえてくる。

空に冴えた月がぽっかりと浮かぶ明るい夜だ。庭のすみずみまで白い光に照らされて、なにもかもが明瞭に見える夜である。

俺は開け放したダイニングルームの掃き出し窓のそばでリルベルと並んで腰を下ろし、トアとメルン、そして仔狼たちがじゃれ合う姿を眺めていた。

「あはっ！　こら、リン、くすぐったいよ」

メルンの兄弟狼、リンとユーイが庭に寝転んだトアの服を噛んで引っ張ったり、顔をぺろぺろと舐めたりしてじゃれついている。メルンもトアの腹の上に乗って兄弟たちの戯れに交じり、大きな口を開けて楽しげに笑っていた。

そのそばでは、狼の姿に変化したアンルとジュリアが並んで寝そべっている。アンルはジュリアに尖った耳を舐められながら、恍惚とした表情で目を閉じていた。

「……平和だなぁ」

ぽつりと、リルベルが呟いた。膝を抱えた小さな同胞の横顔はどこか少し寂しげだった。

「そうだな」

「こんなにも穏やかな世界があったなんて、僕はつゆほども知らなかったよ」

「俺も知らなかったよ。こういう風景が見られるようになったのは、つい最近のことだからな」

「……トアが現れてから？」

「ああ、そうだよ」

リルベルが桃色の瞳でこちらを見上げる。

その視線を受け止め微笑んでみせると、俺は空に浮かんだ白い月を振り仰いだ。

「いいもんだろ、こういう時間も」

「うん……いいものだ」

「そう思うなら、リルベルもずっとここにいたらいい。お前なら、俺よりもずっとうまく人間とやっていけそうだしな」

「そうかな……。でも、トア以外の人間を見たことがないし、少し怖い」

「あいにく、ここには定期的にたくさんの人間がやってくる。落ち着いたら少しずつ紹介するよ」

「……」

リルベルはふたたびトアたちのほうを見て、静かにひとつ頷いた。そして小さな声でひとりごとのように「ありがとう」と言った。

ここのところ、リルベルが俺の血を吸いたがる頻度は少しずつ減っている。この環境に慣れ始めているためか、アンルの作る食事がよほど口に合っているためか……なんにせよこの調子でいけば、リルベルはまったく吸血せずとも生きていけるようになるかもしれない。

――そうなると、こいつはただ〝夜行性で身体能力の高い長生きの人外〟というだけの存在になるわけだから……〝吸血鬼〟って呼び方はおかしいな。まぁ、俺も含めてだが……

だが、これでいい。

これが俺たちにとっての〝進化〟だ。

人々の命や尊厳を奪うような恐ろしい生き物の血など、このまま消え失せていけばいい。

きっとリルベルなら、俺以上に人と親しく生きていけるはずだ。

「……前から思ってたんだけど、トアからはちょっと不思議な匂いがするよな」

「え？」

「なんかこう、浮世離れしてるというか……。妙な言い方になるけど、この世界とは違う異国の匂いみたいな」

「……ああ、俺も始めはそう思った。感じたことのない味だったからな」

「ヴァルもそう思う？　……まぁ、だからどうしたってことじゃないんだけどさ。トアは、トアだもんね」

さすがの嗅覚だなと、俺は内心驚いていた。

俺だけが感じていた違和感のようなものを、リルベルは匂いだけで勘づいたらしい。

初めてトアの姿を目にした時から、妙な違和感を覚えた。

トアはこの世界で生きる人間とはなにかが違う。

それは絶対的に異質ななにかだったけれど、それがなんなのかはわからなかった。

不思議な、遠い遠い異国の香りを纏った少年だった。

ただ、その味はひどく美味。その上、これまで俺を恐れるしかなかった人間たちとはまったく異なる反応を見せるトアに興味を惹かれ、その言動に心を揺さぶられるうち、小さな違和感など取るに足らないものになっていた。

何気なく手を伸ばし、リルベルの頭を撫でる。

ついこの間までは、誰かに少し触れられようものなら「な、なにをする！」と身構えていたリルベルだが、今はただ俺の手を受け入れているようだ。

さらさらと指先から流れ落ちてゆく淡い金色の髪の乱れを指で梳きながら、俺は静かに微笑んだ。

「……そうだよ、トアはトアだ」

今度は狼たちと追いかけっこをしているトアの姿が月明かりに眩しく映える。

弾けるような笑顔と伸びやかに躍動する肉体の瑞々しさに、いつも目を奪われてしまう。

亜麻色の髪が弾んで揺れるたび、月光を受けて柔らかくきらめく。

獣たちを見つめていた空色の瞳がふとこちらを向き、とろめくように細められた。

「ん？　どうしたの？」

「……別に。リルベルが追いかけっこに交じりたいらしい」

「えっ⁉　そ、そんなこと言ってないし！」

「手足がむずむずしてるぞ。羨ましいなら行ってこい」

「うう……」

リルベルが庭を駆け回る狼たちを焦れた瞳で見つめていたことには、とっくに気づいていた。脇の下に手を入れてひょいと立たせてやると、リルベルはちょっとムッとしたような顔を見せたものの……たたっと狼たちのほうへ駆け出した。

すると、追いかける役をアンルと交代したトアが汗を拭いながらこっちにやってきた。

狼の姿で子どもたちとリルベルを追い回すアンルは本気の走りだ。きゃー！　とはしゃぐ子どもたちの楽しげな歓声が夜の森にこだまする。

「リルベルとなに話してたの？」

俺の隣にすとんと腰を下ろしたトアが、汗を軽く拭いながら尋ねてくる。

「微笑ましい風景だなって、話してただけだよ」

「ああ～、わかる！　なんかいいよなぁ、こういうの。ジュリアとアンルが番って、メルンたちが生まれて、リルベルが来て、ちびっこが増えてさ。毎日賑やかで楽しいよね」

気持ちよさそうに脚を伸ばし、トアは歌うようにそう言った。

素直に「ああ、そうだな」と言うと、トアは笑って俺の傍らにぴったりとくっついた。

「リルベルが来てから、メルンがよく喋るようになったよね。兄弟が増えたみたいで可愛いなぁ」

ここのところ、リルベルはすっかりメルンの兄のような振る舞いを見せるようになった。

おおよそ六、七歳程度の外見をしたリルベルが、今年で二歳になるメルンに読み書きを教えたり、食事の作法を教えている絵面は、俺の目から見ても微笑ましい。

トアの目には二人がもっと可愛らしく見えているようだ。ふたりが遊んでいる様子を目にするたび、「ああ……尊いなぁ。スマホがあったら画像フォルダいっぱいになってるわ……」と謎めいたことを呟いている。

始めはリルベルを警戒していたジュリアも、最近はメルンがリルベルとふたりで過ごすことを認めるようになった。アンルはアンルで、畑仕事に集中したい時、リルベルがメルンの面倒を見ていてくれてありがたがっているのだ。

沈黙と静寂に包まれていた日々が嘘のように、賑やかで活気に満ちた毎日が穏やかに回る。

この世界全体が柔らかな光に包まれているように感じるのは、気のせいだろうか。

「ヴァル、いい顔してる」

「……え？」

「みんなを見ながら優しく微笑んでるヴァルの横顔、すごく綺麗だよ」

立てた膝の上に頬杖をついたトアの笑顔はとても嬉しそうだった。

出会って二年が経ち、トアの表情は以前よりも少し大人びて、笑顔にもどことなく精悍さを宿すようになった。人間よりもさらに成長の早い狼たちもきっと、瞬く間に大人になっていくだろう。

寿命の長い俺にとっては、この穏やかな時間はほんのひとときかもしれない。

だからこそ、この優しい刹那が愛おしくてたまらないのだ。

月光を受けて揺らめくトアの碧い瞳を見つめながら、俺はふっと微笑んだ。

「すごく綺麗だよ、か。言うようになったな。口説かれてる気分だよ」

「く、口説いてる……？　見たままを言っただけだけど、確かに……」

「町でもそんな調子で無意識に女を口説いてるのか？　トアがモテてるとオリオドが妬いてたぞ」

「モテ!?　そんなわけないって！　前も言ったろ？　みんなが僕とヴァルの関係を知ってるんだ。そこに割り込んでこようとする人なんていないよ」

やや慌てたようにそんなことを言ったあと、トアは仏頂面で「オリオドのやつめ……」と呟いた。くるくる表情の変わるところが可愛くて思わず笑みをこぼすと、トアもつられたように「あははっ」と笑った。

「僕が口説くのはヴァルだけだから、安心してよ」

「別に不安にはなってないが、口説かれるのは悪くない」

「そ、そうなの？　じゃあ……たまにはやってみようかな」

「いいね。じゃあ、今すぐ口説いてくれるかな？」

トアの頬に手を添えてうっそりと微笑むと、触れていた肌の熱が一気に上がる。

しどろもどろになりながら「え、えと……そんな急に言われても……」と目を白黒させるトアが面白いやら可愛いやらで笑えてきてしまった。

「ふん、この俺を口説こうなんて百万年早いんだよ」

「はぁ？　なんだよそれっ！　見てろよ……そのうちスパダリ攻め様ばりの口説き文句を会得してやるんだからな！」

「スパダリ……攻め……？　トアってときどき、聞き慣れない言葉を使うよな」

「あ～、これはあれだよ、町の若い子たちの間で流行ってんだよ」

「ふーん、なるほどね。……うわっ！」

するとそこへ、リルベルが一直線にトアの腕の中へ飛び込んでくる。勢いに負けて後ろにのけ反ったトアの背を咄嗟に支え、俺はジロリとリルベルを見下ろしてやった。

「こら！　危ないだろ、リルベル」

「す、すまない。人外の恐ろしさをチビ狼たちに教えてやろうとしたら、返り討ちに遭ってしまった。トア、大丈夫か……？」

「大丈夫だけど、気をつけるんだよ？　ああびっくりした」

申し訳なさそうな顔をしたリルベルだが、トアの無事を確認するやまた庭のほうへ駆けていく。

庭の木の陰に蹲って尻尾を揺らすチビ狼たちが、リルベルから逃げ回るのを眺めていると――……

横でトアが、むずがゆそうに笑う声が聞こえてきた。

「ん？　どうしたんだ」

「いや……ヴァルも『こらっ』とか言うんだなぁって、なんか萌えちゃって……ふふ、ふ……」

「……」

「あ、そんな顔しないで！　ちょっといいなぁって思っただけ！　なんかこう、お父さんみたいな感じで……！」

「だ、誰がお父さんだ」

トアの言葉に呆れ顔を見せつつも、なんとなく悪い気がしなくもない。……とはいえ、気恥ずかしさのほうが先に立ち、頬がじわりと熱くなる。

めざとく俺の赤面に気づいたらしいトアが、目を丸くして俺の顔を覗き込んできた。

「え？　ひょっとして照れてる？」

「照れてないが」

「ほんとに？　なんとなく顔が赤いような……」

「気のせいだろ。俺は部屋に戻る」

「ちょ、ヴァル～。ごめんってば」

いたたまれなくなって立ち上がると、トアも腰を上げてついてくる。

人目がなくなるや、俺はトアの腰をぐいと抱き寄せてキスをした。

唇を触れ合わせていると、トアがくすぐったそうに笑うのがわかる。

俺の唇を啄み返す柔らかな唇を味わったあと、額をこつんと合わせて抱きしめた。

「ごめんって、変なこと言って」

「……まったくだ。お前と出会ってから、感情の処理が追いつかないことだらけだよ」

「そういうのは、いや？」

「いやでは……ないけど。どんな顔をしてたらいいのかわからなくて、戸惑うな」

「いいじゃん、それだけ心が動いてるんだよ。ヴァルのいろんな表情、僕はもっと見てたいな」

「……トアは物好きだな、相変わらず」

「ふふ、そうかもね」

腕の中に閉じ込めたトアと微笑みを交わし、もう一度、柔らかく唇を重ね合う。

開け放たれた窓から入り込んできた風から、微かに太陽の匂いがした。

この作品に対する皆様のご意見・ご感想をお待ちしております。

おハガキ・お手紙は以下の宛先にお送りください。

【宛先】

〒150-6019 東京都渋谷区恵比寿4-20-3 恵比寿ｶﾞｰﾃﾞﾝﾌﾟﾚｲｽﾀﾜｰ 19F
（株）アルファポリス　書籍感想係

ご感想はこちらから

メールフォームでのご意見・ご感想は右のＱＲコードから、
あるいは以下のワードで検索をかけてください。

アルファポリス　書籍の感想

本書は、「アルファポリス」（https://www.alphapolis.co.jp/）に掲載されていたものを、改稿、加筆のうえ、書籍化したものです。

生贄に転生したけど、美形吸血鬼様は僕の血を欲しがらない

餡玉（あんたま）

2024年 10月 20日初版発行

編集－桐田千帆・大木 瞳
編集長－倉持真理
発行者－梶本雄介
発行所－株式会社アルファポリス
〒150-6019 東京都渋谷区恵比寿4-20-3 恵比寿ｶﾞｰﾃﾞﾝﾌﾟﾚｲｽﾀﾜｰ19F
TEL 03-6277-1601（営業） 03-6277-1602（編集）
URL https://www.alphapolis.co.jp/
発売元－株式会社星雲社（共同出版社・流通責任出版社）
〒112-0005 東京都文京区水道1-3-30
TEL 03-3868-3275
装丁・本文イラスト－左雨はっか
装丁デザイン－AFTERGLOW
（レーベルフォーマットデザイン―円と球）
印刷－中央精版印刷株式会社

価格はカバーに表示されてあります。

落丁乱丁の場合はアルファポリスまでご連絡ください。

送料は小社負担でお取り替えします。


ISBN978-4-434-34651-4 C0093